KB044335

불멸의 百濟

불멸의 백제 1

초판1쇄 인쇄 | 2019년 3월 13일
초판1쇄 발행 | 2019년 3월 18일

지은이 | 이원호
펴낸이 | 박연
펴낸곳 | 한결미디어

등록 | 2006년 7월 24일 (제313-2006-000152호)
주소 | 서울시 마포구 모래내로 83 한올빌딩 6층
전화 | 02-704-3331
팩스 | 02-704-3360
이메일 | okpk@hanmail.net

ISBN 979-11-5916-115-5 979-11-5916-114-8(set) 04810

불멸의
百濟
① 백제의 혼

이원호 역사 무협소설

한결미디어
HANGYEOL
MEDIA

저자의 말

　'불멸의 백제'는 '전라도 탄생' 1000주년을 기념하기 위하여 제작되었습니다. 전라도가 백제 였으니까요.

　서기 660년 7월에 백제가 멸망하고 나서 358년이 지난 고려 광종 때 '전라도'란 행정구역으로 처음 '이름'을 받았던 것입니다. 그때가 서기 1018년이었습니다.

　그동안 옛 백제 땅은 신라 귀족의 장원이 되었습니다. 3백 년 후에 백제 땅에서 '후백제'가 일어났지만 고려 왕건에게 망해 고려시대가 시작됩니다.
　그때 옛 백제 땅이 '전라도'라는 이름을 받은 것입니다.
　따라서 '전라도'는 백제나 같습니다. '전라도' 이름을 받으니 백여 년 후에 옛 신라 땅이 '경상도'란 행정구역이 되었지요.

　망(亡)한 나라에는 역사가 없습니다. 고려시대에 삼국사기, 삼국유사로 백제 역사가 기록되었지만 고려는 신라를 계승한 왕국입니다. 백제

사(百濟史)는 기록도 소멸된 데다가 많이 왜곡되었습니다.

황산벌에서 5천 군사를 거느린 달솔 계백의 기록도 그렇습니다.
김유신의 5만 군사를 4번이나 격파하고 죽었다지만 계백의 이름은
'황산벌'에서만 나옵니다.

'불멸의 백제'는 소설입니다. 그러나 역사에 몇 줄 남아 있는 기록을
중심으로 뼈와 살을 붙였고 피를 넣어서 계백이 전주(全州) 완산칠봉의
칠봉산성 성주로 부임하는 것부터 소설을 시작했습니다. 그때는 전주
(全州)란 지명이 없었으니 그냥 칠봉산성 성주입니다.

이렇게 '백제'에 살을 붙이다보니 신라 김춘추, 김유신이 선덕여왕
김덕만(金德曼)을 죽이는 구도까지 연결이 되었습니다. 계백이 왜국 영
주가 되고 황산벌의 5천 결사대는 왜국에서 데려온 정예군이 되었습
니다.

백제 멸망 후에 엄청난 수의 백제 유민이 왜국으로 망명했다는 것은 역사에 기록되지 않았습니다. 규슈 지역을 근거지로 삼은 백제 유민은 싸울아비(사무라이)의 시조가 되었고 신라와 신라를 이은 고려에 한(恨)을 품었습니다. 고려는 말기에 1년에 360여 번의 왜구 침략을 받았습니다. 이 왜군 대부분이 백제계입니다.

　역사는 지난 과오를 모르고 지나는 민족에게 같은 고통을 줍니다. 역사를 정확히 기록하면 한풀이는 없어집니다. 모두 함께 가야 합니다. 백제 이름이 지워진 지 1400년이 지났지만 지금도 백제인의 기상이 떠돌고 있습니다. 그것을 우리는 모두 자랑스럽게 여겨야 합니다.

2019. 3 이원호

목차

1장 칠봉성주(七峯城主)

백제 의자왕 3년(643년) 8월, 백제 남방(南方) 소속의 산성을 향해 2명의 기마인이 다가가고 있다. 미시(오후 2시) 무렵, 초가을의 햇볕이 강하게 내리쬐는 맑은 날씨, 기마인의 옷은 땀과 먼지로 얼룩졌고 말은 피로한 듯 자꾸 머리를 떨어뜨린다.

"주인, 산성이 보이지 않소."

마신(馬身)쯤 앞서가던 사내가 앞을 향한 채 말했다. 30대 중반쯤으로 보이는 사내는 건장한 체격으로 손에 창을 쥐었다. 그 창으로 앞을 가로막는 나뭇가지를 후려쳐 길을 내거나 풀숲을 휘젓는다. 그때 뒤를 따르던 사내가 머리를 들고 앞쪽을 바라보았다.

"군사 셋이 내려온다."

놀란 듯 앞장선 사내가 말을 세웠을 때 과연 잔 나무를 헤치면서 군사 셋이 내려왔다. 둘을 발견한 군사들이 주춤거리더니 앞장선 군사가 물었다.

"뉘시오?"

"칠봉산에서 오는 길이냐?"

뒤쪽 기마인이 되묻자 군사들이 서로의 얼굴을 보았다.

"예, 그렇습니다만……."

"내가 신임 성주 계백이다."

놀란 군사들이 제각기 허리를 꺾어 절을 했지만 앞장선 군사가 또 물었다.

"그러시다면 군성(郡城)에 들렀다 오시는 길이십니까?"

"그렇다. 군장(郡將)께서 안내역을 붙이신다고 했지만 내가 지리도 익힐 겸 찾아오는 길이다."

"그럼 저희들이 성주를 모시지요."

앞장선 군사가 몸을 돌리며 말했다.

"저희들이 칠봉 좌측 순시를 나가는 길이었으니 성주를 모셔도 됩니다."

이제 기마인 둘은 군사들의 안내를 받으며 길도 없는 산을 오른다. 산은 높지는 않지만 굵은 나무가 빽빽했다.

그때 기마인이 앞장선 군사에게 물었다.

"칠봉성이라고 했으니 봉우리가 7개란 말이냐?"

"예. 그러나 주봉의 남쪽과 서쪽으로 각각 봉우리가 6개씩 있어서 7봉이 2개인 셈이지요."

숲속에서는 보이지 않는다. 말대답하는 군사는 셋 중 선임인 모양이다. 군사가 말을 이었다.

"산성은 주봉에 있습니다."

"오면서 보았더니 아래쪽 고을이 제법 풍족했다. 아이들이 잘 먹어서 몸에 살이 붙었고 어른들은 깨끗했다. 근래에 우환이 없었느냐?"

그때 군사가 머리를 돌려 기마인을 보았다.

"제가 듣기로 성주께서는 바다 건너 내륙의 담로(擔魯)에서 오셨다지요."

"그렇다. 연남군에서 왔다."

"그래서 잘 모르시는군요. 작년에 신라군이 기습해서 아녀자 20여 명을 잡아갔습니다."

"여기까지 기습을 해왔단 말인가?"

"예. 기마군 1백 기 정도였지만 산성에서 나갔을 때는 이미 도망친 후였습니다."

"산성에 기마군이 2백여 기가 있는 건 맞느냐?"

"지금은 1백여 기에 보군 2백 정도입니다, 나리."

그때 앞쪽 시야가 트이더니 돌로 만든 낮은 석성(石城)이 드러났다. 앞장선 군사가 먼저 성안으로 뛰어 들어가더니 곧 갑옷 차림의 무장이 달려 나왔다.

"성주가 오십니까?"

사내가 두 손을 모으고 다가와 묻는다.

"제가 성주 대리를 맡고 있던 장덕(將德) 진광입니다."

"나솔(奈率) 계백이오."

신임 성주 계급은 6급품이었고 진광은 7급품이다.

"강이 산줄기를 따라 흐르고 있어서 방어에 아주 적당합니다."

장덕 진광이 성을 안내하면서 말했다.

"10명으로 능히 1백여 명의 적을 막을 수가 있지요."

석성(石城)은 높이 15자(4.5미터) 정도인 데다 틈이 많아서 넘기에 어렵지가 않다. 그러나 산 아래쪽 강으로 막힌 데다 숲이 짙어서 칠봉성(七峯城)은 지금까지 한 번도 함락된 적이 없다고 했다. 계백이 성루에서

11

좌우를 둘러보았다. 왼쪽은 넓은 평야였고 바다에 닿는다. 그리고 오른쪽은 산맥이 펼쳐져 있다. 마치 칠봉성을 뒤에서 막아주는 것 같다. 평야 쪽으로 군데군데 마을이 보였는데 이곳저곳에서 밥 짓는 연기가 오르고 있다.

"성주께선 연남군에서 기마대장을 지내셨다고 들었습니다."

문득 진광이 말해서 계백이 시선을 주었다. 진광은 30대 초반쯤으로 계백보다 10년쯤 연상 같다. 진광이 웃음 띤 얼굴로 말을 이었다.

"열흘쯤 전에 군(郡)의 도사(道使)가 다녀갔거든요. 공을 많이 세우셨다고 하더군요."

"싸울 기회가 많았으니 죽기 아니면 살아서 승진하는 것 외에 다른 수가 있겠나? 장덕이 그곳에 있었다면 지금은 군장(郡將)쯤 되어 있을 거네."

"과분한 말씀입니다."

젊은 상관에 대한 거부감이 조금 가신 진광의 어깨가 늘어졌다. 성주로 부임한 계백은 장신의 호남이다. 눈매가 날카롭고 입은 꾹 다물어서 위압감이 느껴졌지만 웃을 때 보면 얼굴이 환해진다. 진광이 알아본 바에 의하면 계백은 지금까지 바다 건너 대륙의 백제령인 담로 연남군에서 기마대장을 지냈다. 가족은 없고 시종 하나만 데리고 다닌다고 했다. 그때 발을 뗀 계백이 말했다.

"대륙에서는 당과 싸우고 귀국해서는 신라와 싸우게 되는구려."

"전시(戰時)지요."

옆을 따르면서 진광이 말을 이었다.

"이곳 칠봉성은 내지여서 가끔 신라군의 기습에 피해를 입을 뿐입니다."

성루를 내려간 계백이 이제는 전력 점검을 했다. 칠봉성의 보유 병력은 기마군 125인, 보군 236인이며, 말은 220필, 보유 양곡은 110일분이다. 성(城) 지휘부는 나솔 관등의 성주 계백과 보좌역인 장덕 진광, 그리고 소장급 10품 계덕 2명과 11품 대덕 3명, 조장 보좌역 격인 12품 문독 3명, 13품 무독 4명이 있다. 전력 점검을 마친 계백이 성안의 마루방에 진광과 계덕, 대덕급의 조장들을 불러 둘러앉았다. 진광이 먼저 보고했다.

"칠봉성에서는 근처 50리 안의 9개 마을을 방어하고 있습니다. 가구 수 5백 호 정도에 3천 명쯤 되는데 각 마을에 연락병과 정탐병을 배치했습니다."

"작년에 신라군이 기습해 왔나?"

계백이 오면서 들었던 말을 물었더니 진광이 대답했다.

"예. 원산(元山) 마을이 기습을 당했지요. 밤에 갑자기 기습을 해서 성에서 출동했을 때는 사라진 후였습니다."

"신라 별동군인가?"

"아닙니다."

나선 사내는 계덕(季德) 왕수, 30대 후반쯤으로 수염이 잡초처럼 무성한 사내다. 어깨를 편 왕수가 말을 이었다.

"국경 근처의 고선성에서 나온 기마군입니다. 그때 잡혀간 마을 사람들이 지금 그곳에서 종이 되어 있습니다. 일부는 팔려갔고요."

그러자 진광이 머리를 끄덕이며 말했다.

"왕수는 세작을 관리합니다. 성을 지키려면 세작도 관리해야 됩니다."

백제는 동, 서, 남, 북, 중의 5부로 구분되었으며 부(部)는 곧 방(方)이다. 5방에 37군, 200개 성을 보유했고 본국은 76만 호에 주민 620만의 대국(大國)이다. 당시의 대륙에서 패권을 쥐었던 수(隋)가 대륙 전체를 통일한 전성기 때의 인구가 890만 호, 4천6백만 정도였으니 대백제(大百濟)는 본국의 인구만으로도 압도적이었다. 더구나 대륙에 담로라고 부르는 영토를 보유한 상황이다. 5부, 즉 5방(方)에는 각각 방령(方領)을 두었으며 2등급 품위인 달솔(達率)이 맡았다. 각 방에는 10개 정도의 군(郡)이 소속되었는데 군장(郡將)은 4품위인 덕솔(德率)이다. 또한 방에는 방좌(方佐)가 방령을 보좌했고 군에서는 도사(道使)가 군장을 보좌한다. 백제 관등은 16관등이며 중앙관서는 내관 12부와 외관 12부로 나뉘어져 있다. 계백은 지방의 남방 방령인 달솔 윤충이 지휘하고 있는 42개 성의 성주 중 하나인 것이다.

"주인, 연남군이 이곳보다 나았습니다."

아침상을 앞에 놓으면서 덕조가 투덜거렸다. 세 다리 소반에는 조밥 한 그릇과 소금에 절인 돼지고기, 말려 놓았다가 더운 물에 불린 산채 한 접시가 차려졌다. 잠자코 수저를 드는 계백에게 앞에 앉은 덕조가 말을 이었다.

"연남군에서는 7품 장덕이었지만 1천5백 기마군을 이끌었고 숙소에는 하녀 셋에 하인 다섯이 있었습니다. 더구나 식사는 산해진미는 아니더라도……."

"시끄럽다."

씹던 것을 삼킨 계백이 덕조를 노려보았다.

"이놈, 하녀는 네가 다 건드렸지 않느냐? 내가 모르고 있는 줄 아느냐?"

“아니, 그것은……."

덕조의 검은 얼굴이 더 검어졌다. 덕조는 35세, 조부 때부터 계백 가문을 모신 씨종이다. 계백 가문은 대륙 우측에 위치한 백제령 담로 연남군에 뿌리를 내린 호족이다. 계백의 부친은 연남군의 태수 보좌역인 방좌를 지냈으며 조부는 3급품인 은솔(恩率)로 좌장군이었다. 덕조는 계백을 어릴 적부터 보살핀 큰형 같은 존재이다. 정색한 덕조가 몸을 세우더니 계백을 보았다.

“주인, 군사들 말을 들었더니 마을에 혼자 있는 여자가 많답니다. 하녀 셋쯤 구하는 건 어렵지 않다는데요.”

“안 된다.”

“지난 성주는 식구가 다섯에다 데려온 종이 여덟이나 되었다고 합니다. 거기에다 가끔 마을에서 여자들을 불러 일을 시켰다는데요.”

“그러다가 사공부(司空部) 감찰에 적발되어서 나솔에서 시덕(施德)으로 2등급이나 강등되어 도성으로 돌아갔지 않느냐?”

“주인께서 하녀 구하시는 건 해당이 안 됩니다. 오히려 먹고 살길이 막막한 여자들을 도와주는 것이 됩니다.”

“안 된다.”

“주인께서도 여자가 필요하시오.”

마침내 덕조가 본색을 드러내었다.

“본국에 오신 지 넉 달이나 되셨는데 한 번도 여자를 안지 않으셨소.”

“안지 않으면 병이 나느냐?”

수저를 내려놓은 계백이 덕조를 보았다. 시선을 받은 덕조가 숨을 들이켰다. 계백의 눈동자가 흐려져 있었기 때문이다. 먼 곳을 보는 것 같다. 어깨를 웅크린 덕조가 두 손으로 방바닥을 짚었다.

"주인, 말을 함부로 내놓았습니다. 때려 주십시오."

"아니다."

계백이 똑바로 덕조를 보았다.

"나는 항상 너한테서 배운다. 그래, 마을에서 하녀를 구해 오너라. 의식주를 이곳에서 해결하게 하는 것이 성주가 할 일이기도 하지."

"방령, 대야성의 현재 병력은?"

청에 둘이 남았을 때 의자왕이 불쑥 물었다.

사비도성의 청 안, 의자왕은 신하들의 보고를 받은 후에 윤충만 따로 남도록 한 것이다.

윤충이 상반신을 조금 숙이고는 옥좌에 앉은 의자왕을 보았다.

"김품석이 군사 5백여 명을 더 충원 받았습니다. 대야성의 병력은 7천이 조금 넘습니다."

"김춘추가 대권을 쥐려고 제 사위 놈의 병력을 증강시켜 주는 거야."

"소신의 생각도 그렇습니다."

"김춘추만 무력화시키면 신라는 무너지게 돼."

의자의 이맛살이 찌푸려졌다.

태자 때부터 아버지 무왕(武王)에 대한 효성이 지극했고 형제간의 우애가 깊었기 때문에 칭송을 받았던 의자다. 해동증자(海東曾子)라고 불리기도 했다.

의자는 무왕의 뒤를 이어 왕좌에 오른 후에 신라에 대한 적극적인 공세를 시작했다. 즉위 2년인 작년에 의자는 직접 대군을 이끌고 신라를 공격해서 40여 개의 성을 공취했지만 아직도 양에 차지 않는다.

신라에 기습적으로 빼앗긴 한성 유역의 영토까지 회복해야만 하는 것이다. 그때 윤충이 말했다.

"대왕, 신라왕 선덕이 또 당에 청병(請兵) 요청사를 보냈다고 합니다."

"외우내환(外憂內患)이군."

밖에서는 고구려와 연합한 백제군의 공격을 받고 안에서는 상대등 비담 등이 여왕의 통치에 반발하고 있기 때문이다.

의자가 말을 이었다.

"세작이 많으니 장수들을 은밀하게 준비시키도록."

"예, 대왕."

"칠봉성(七峯城)의 계백은 부임했나?"

"예, 대왕."

"그곳에서 대야성까지는 몇 리나 되나?"

"3백 리 가깝게 됩니다, 대왕."

"계백은 대륙에서 기마군을 이끌고 하루에 5백 리를 왕래한 장수야."

"대륙은 땅이 넓고 평탄하지만 이곳은 산이 많고 지형이 험합니다, 대왕."

"그래도 계백은 하루 300리 거리는 주파할 것이다."

의자가 눈을 가늘게 뜨고 윤충을 보았다.

그렇다. 담로 연남군 기마대장이었던 계백을 본국으로 불러들인 이유가 바로 이것이다. 의자와 윤충은 본국은 물론 대륙의 담로에서도 무장(武將)을 선발하여 은밀히 배치한 것이다.

의자가 말을 이었다.

"방령, 그대가 계백을 불러 영(令)을 내리게."

"예, 대왕."

허리를 굽혀 보인 윤충이 청을 나왔다.

내성 밖에서 기다리고 있던 방좌(方佐) 연신이 윤충을 보더니 다가와 물었다.

"방령, 신시(오후 4시)가 다 되었으니 방성(方城)으로 가기엔 늦지 않았습니까?"

"밤에라도 닿아야지."

병사한테서 말고삐를 받아 쥔 윤충이 말에 오르면서 말했다.

"나선군의 칠봉성주 계백에게 전령을 보내게."

"칠봉성주 계백에게 말씀이오?"

"그러네. 기마군 일로 물어볼 것이 있으니 바로 나한테 오라고 하게."

연신의 시선을 받은 윤충이 말을 이었다.

"기마군 장비 때문이라고 하게."

"계백 가문이 기마군을 오래 했지요."

방좌 연신이 전령을 소리쳐 부르더니 지시했다.

말을 걸리면서 윤충이 눈앞에 대야성을 떠올렸다. 거성(巨城)이다. 신라의 남쪽 국경 부근에 위치한 대야성 성주는 김품석으로, 김춘추의 사위이며 오른팔이나 같다.

대왕 의자는 대야성 공취를 오래전부터 계획해 왔던 것이다.

윤충과 연신이 말 머리를 나란히 하고 사비도성의 후부(後部) 상항(上巷) 거리를 지나고 있다. 폭이 1백 자(30미터)가 넘는 대로(大路)에는 행인이 가득 찼다. 행인 중에는 왜인과 당인(唐人), 남만인, 인도인까지 섞여 있다. 백제는 해상 무역의 중심이었고 인도까지 해상 무역로가 개척되었기 때문이다. 가끔 고구려 상인도 지났으므로 윤충의 얼굴에 쓴웃음이 떠올랐다.

"요즘은 고구려 배가 많이 들어온다고 하더군."

"예, 하지만 아직 뱃길이 서툴러서 우리 상선단에 끼어서 갑니다."

남만을 거쳐 인도까지 가려면 항해술만 필요한 것이 아니다. 도중의 길목에 자리 잡은 백제령 담로에서 물과 양식을 조달받고 배도 수리해야 된다. 옆을 지나던 후부(後部) 순시군(軍)이 윤충을 향해 군례를 했다. 사비도성은 부소산성 밑의 왕궁 아래로 바둑판처럼 조성된 거대한 성안 거리로 이루어져 있다. 나성(羅城)으로 둘러싸인 도성은 5부(部) 5항(巷)의 행정체제로 편성되었는데 상(上), 전(前), 중(中), 하(下), 후(後)의 5부에 각각 5항으로 나뉜 것이다. 도로는 모두 직선이며 각 부에는 5백명의 군사가 주둔하며 치안과 방어를 맡았다. 도성 안의 가구 수는 1만 가(家)가 되었으니 인구 10만이 넘는 거도(巨都)다. 윤충이 혼잣소리처럼 말했다.

"적의 적은 우군(友軍)이지만 언제 또 적이 될지 알 수 없는 세상이지."

백제와 고구려는 근래에 들어 동맹 관계나 같다. 신라 진흥왕 대에 한수 유역의 거대한 영토를 빼앗긴 고구려는 절치부심하여 기회를 노렸으며 백제 또한 같은 입장이다. 신라와 연합하여 한수 땅을 빼앗았지만 곧 신라의 배신으로 한수 유역 6개 군(郡)을 빼앗긴 데다 성왕(聖王)까지 관산성에서 신라군에게 패사(敗死)했기 때문이다. 그때 윤충이 연신에게 말했다.

"덕솔, 아무래도 올해 안에 다시 전쟁이 일어날 것 같다."

연신은 대답 대신 말 몸을 바짝 붙였고 윤충의 말이 이어졌다.

"이번 대야성 공격이 성공하면 신라는 극심한 내분이 일어날 거야."

"허나 대야성이 만만치 않습니다."

주위를 둘러본 연신이 목소리를 낮췄다.

"김품석이 지용(智勇)을 겸비했을 뿐만 아니라 보유한 군사가 2만이 넘습니다. 수성(守城)만 한다면 장기전이 될 것입니다."

"대왕께선 기어코 김춘추 세력을 꺾으실 작정이야."

연신이 길게 숨을 뱉었다. 작전은 극비로 진행되고 있다. 대왕은 방령 윤충만을 불러 명을 내리는 것이다. 연신이 윤충에게 물었다.

"방령께서 계백을 부르시는 이유가 기마군 장비 때문입니까?"

"전령을 통해 기밀이 새나갈 수도 있어."

"그렇지요."

"계백에게 대야성 정찰을 시키려는 것이네. 대왕께서 계백을 기마군 선봉으로 세우실 계획이야."

연신은 입을 다물었다. 의자왕은 효자다. 죽은 부친 무왕(武王)의 염원을 잊지 않고 있다. 어디, 관산성 싸움에서 패사한 성왕의 한(恨)뿐이겠는가? 무왕(武王)의 부인이며 의자왕의 모친은 진평왕의 둘째 딸 선화공주인 것이다. 신라 진평왕은 딸만 셋을 두었는데 첫째가 덕만(德萬)이요, 둘째가 선화(善花), 셋째가 천명(天明)이다. 덕만이 바로 현재의 신라 여왕이며, 선화는 의자왕의 모친, 천명은 김춘추의 생모가 된다. 신라 성골(聖骨) 왕족은 이 셋뿐이니 선덕여왕 다음 순위가 누가 되겠는가? 김춘추? 의자대왕?

"멈춰라!"

앞장선 기마군사가 소리치자 대열이 멈춰 섰다. 20여 인으로 구성된 대열이다. 그중 7, 8명은 말을 탔고 10여 명은 말 2필이 끄는 수레에 탔다. 말을 탄 사내들은 제각기 칼을 찼거나 창을 들었는데 관리는 아니다. 그때 계백의 옆에 선 덕조가 말했다.

"노예상입니다, 주인."

이미 알고 있었으므로 계백이 시선만 주었다. 백제에서도 신라군의 기습을 받아 아녀자를 빼앗기듯이 신라도 마찬가지다. 백제군이 기습을 해서 신라인을 납치, 종으로 파는 것이다.

"어디서 오는 길이냐?"

기마대 조장인 좌군(佐軍)이 나서서 호통치듯 물었다. 칠봉산성에서 동북쪽 30여 리 지점의 황야다. 계백은 좌군 지휘하의 기마군 50기를 이끌고 영지를 순시하는 중이었다. 미시(오후 2시) 무렵, 햇살이 밝은 청명한 날씨, 그때 대열 앞으로 가죽조끼를 걸친 30대쯤의 사내가 나섰다.

"예. 아남성에서 나와 사비도성으로 가는 노예상이올시다."

아남성은 남방의 동쪽 신라와의 국경에 위치한 성이다. 사내가 말을 이었다.

"아남성에서 노예 12인을 사오는 길인데 오늘은 칠봉성에서 머물 작정이었소."

"도시부(都市部)의 증표는 있는가?"

"물론이지요."

사내가 저고리 품안에서 가죽으로 감싼 증표를 꺼냈는데 역시 돼지가죽에 도시부의 허가가 적혀 있다. 좌군이 건네준 증표를 읽은 계백이 수레에 실린 포로를 훑어보았다. 건장한 사내가 넷, 여자가 다섯, 열 살 미만의 아이가 셋이다. 머리를 끄덕인 계백이 증표를 건네주면서 말했다.

"내가 칠봉성주다. 성안의 객사가 비었으니 이 길로 곧장 가도록 해라."

"성주를 뵙게 되어서 반갑습니다."

사내가 넉살 좋게 웃으면서 말했다.

"노예는 아남성에서 열흘 전에 잡아온 연놈들이라 아직 손도 타지 않았습니다. 성주께서도 골라 보시지요."

그때 덕조가 앞으로 나섰다.

"이봐, 내가 저녁때 객사로 갈 테니까 그때 보자구."

"장사는 뉘시오?"

"난 성주 나리 집사다."

덕조가 거드름을 피우며 말했다.

"마침 내가 종을 구하는 중이었는데 잘되었어."

"내가 값을 잘 쳐 드리지요."

둘의 수작을 듣던 계백이 말고삐를 당기며 말했다.

"자, 가자."

좌군이 정지한 기마대에 출발 신호를 보냈고 기마대가 움직였다. 백제는 상업이 발달하여 상업 교육을 맡은 도시부(都市部)를 따로 두었는데 외관 10부(部) 중의 하나로 부장(部長)은 달솔이 맡았다.

그날 밤, 객사에 다녀온 덕조가 계백에게 말했다.

"주인, 여종 둘을 샀소. 신라 삼현성 근처에서 잡았다는 년들인데 둘이 자매간이랍니다. 서로 떨어지지 않으려고 해서 같이 샀습니다."

덕조가 얼굴을 펴고 웃었다.

"값은 금 석 냥을 줬는데 연남군보다는 비싸지만 장사가 잘되는 것 같습니다. 주인께서도 출정하실 때 꼭 포로를 챙겨 오시지요. 전리품으로는 포로가 가장 낫습니다."

"시끄럽다."

계백이 꾸짖자 덕조는 순순히 물러났다. 덕조는 대를 이은 종이어서 계백을 어렸을 때 업어 키웠다. 계백에게는 형 같은 종이다. 종으로 생각한 적도 없다.

다음 날 아침, 계백이 아침 밥상을 들고 오는 여자를 보고 눈을 크게 떴다. 그 뒤를 물병을 받쳐 든 여자가 따른다. 어젯밤에 덕조가 산 여종 둘이다. 나중에 들어선 덕조가 헛기침을 하더니 멀찍이 앉았다. 마루방 안에 넷이 둘러앉은 셈이다. 작은 세 다리 밥상을 앞에 두고 계백이 앉았고 좌우에는 여종이, 문 앞에는 덕조가 자리 잡은 것이다. 그때 덕조가 말했다.

"밥상을 들고 온 년이 우덕이라는 언니고, 물병을 가져온 년이 고화라는 동생입니다, 주인."

계백이 우덕부터 보았다. 튼튼한 몸에 둥근 얼굴, 계백의 시선을 받더니 머리를 숙여 보였는데 서글서글한 인상이다. 다음은 고화, 언니와는 대조적으로 가냘프고 갸름한 얼굴, 시선도 마주치지 않는다. 치맛자락을 움켜쥔 손가락이 가늘고 길다. 계백의 시선을 좇던 덕조가 다시 헛기침을 했다.

"노예상 말을 들었더니 이것들이 말을 타고 나왔다가 백제 정탐군에게 잡혔답니다. 신라 삼현성에서 행세깨나 하는 집안이었던 모양이오."

계백이 밥상으로 시선을 옮기고는 조밥을 한 수저 떠서 입에 넣었다. 상 위에는 조밥 한 그릇과 나물 2종류, 군량으로도 쓰이는 소금에 절여 말린 돼지고기 서너 조각과 더운물이 전부다. 덕조가 말을 이었다.

"노예상은 동생 되는 고화를 도성의 유흥가에 팔 작정이었다고 합니다. 그래서 금화 넉 냥을 부르길래 제가 엄포를 놓았지요. 객사에 잡아 놓고 칠봉산성 밖으로 나갈 수 없게 만든다고 했더니 금화 석 냥에 언니까지 얹어서 판 겁니다."

"……"

23

"잘 샀지요?"

"너, 어젯밤에 아무 일 없었느냐?"

입안의 음식을 삼킨 계백이 묻자 덕조가 숨을 들이켰다. 계백을 쳐다보는 눈동자가 흔들렸다.

"주인, 무슨 말씀이시오?"

"내가 여자들한테 물어보랴?"

"주인."

어깨를 편 덕조가 입안의 침부터 삼키고 나서 말했다.

"저는 단지, 그러니까……."

그때 계백이 여자들을 둘러보았다.

"어젯밤에 저 사내가 방에 들어왔느냐?"

"예."

대답을 언니 우덕이 했다. 우덕이 똑바로 계백을 보았다.

"하지만 제가 막았습니다."

"어떻게?"

"동생을 겁탈하려고 하길래 제가 죽겠다고 했지요. 칼을 목에 붙였습니다."

"그랬더니?"

"순순히 물러갔습니다."

계백의 시선이 고화에게로 옮겨졌다. 고화는 지금까지 한 번도 계백과 시선을 마주치지 않았다.

"넌 벙어리냐?"

그때 고화가 머리를 들었다.

"아닙니다."

목소리가 맑아서 여운이 일어난 것 같다. 계백은 고화의 검은 눈동자에 박힌 자신의 얼굴을 보았다. 계백의 시선이 다시 고화의 몸을 훑었다.

"너희들 주종 간이지?"

순간 둘의 몸이 굳어졌다가 먼저 우덕이 흔들렸다.

"나리, 아닙니다. 저분은, 아니 쟤는 제 동생입니다."

그때 계백이 머리를 끄덕이며 수저를 내려놓았다. 그러고는 덕조에게 말했다.

"한 번만 더 여자 방에 들어간다면 네 물건을 뽑아버릴 테니까 명심해라."

이것으로 첫 대면이 끝났다.

그날 오시(낮 12시) 무렵이 되었을 때 방령 윤충이 보낸 전령이 칠봉성에 닿았다.

"방령께서 기마군 장비 때문에 방성(方城)으로 오시랍니다."

전령의 말을 들은 계백이 즉시 떠날 차비를 했다. 성주대리 장덕 진광에게 다시 성을 맡긴 계백이 방성인 고산성에 도착했을 때는 다음 날 미시(오후 2시) 무렵이다. 기마군 10여 기만 이끈 단출한 행차였지만 방성까지는 2백여 리 길인 데다가 하룻밤을 길가 객사에서 묵어야 했기 때문이다.

"나솔, 빨리 왔군."

계백을 본 윤충이 그렇게 반겼다. 윤충은 백제의 명문가인 대성팔족은 아니지만 의자대왕의 신임을 받는 측근이다. 방령 윤충이 계백과 대청의 밀실에서 마주 앉았다. 배석자는 방좌인 덕솔 연신뿐이다. 윤충이 입을 열었다.

"나솔, 칠봉성의 군량은 얼마나 비축되어 있나?"

"예, 성의 군사가 석 달 먹을 만큼은 됩니다."

"기마군이 1백여 기지?"

"예, 방령."

"말은?"

"220필입니다."

"내가 방성(方城) 소속의 기마군 5백 기에 말을 8백 필 내놓겠네."

계백이 숨을 죽였을 때 연신이 말을 이었다.

"군량도 석 달분을 지급해 줄 테니까 싣고 가도록 하게."

"방령, 무슨 일입니까?"

"칠봉성은 국경과 3백여 리 떨어져 있어서 신라군 세작이 기마군의 움직임에 신경을 쓰지 않을 거네."

윤충이 말을 이었다.

"기마군 5백 기를 이끌고 대야성 주위를 정탐하게. 이른바 위력 정찰 이지."

"……"

"대야성주 김품석이 바짝 긴장해서 전군(全軍)을 모으고 신라의 삼천 당, 귀당의 군사가 응원을 나오도록 하면 더 좋지."

윤충의 얼굴에 웃음이 떠올랐다.

"김유신이 대야성 근처로 내려오면 더 바랄 나위가 없고."

"방령."

계백이 윤충을 바라보았다.

"소인이 미끼 역할을 하는 것입니까?"

"그렇게 보이도록 하는 것이지."

"목표는 무엇입니까?"

"당항성이야."

순간 숨을 들이켠 계백이 윤충을 보았다. 당항성은 이제 신라 신주(新州)의 도성(都城)이 되어 있다. 당항성은 신라가 대륙으로 통하는 관문인 것이다. 바다만 건너면 당(唐)이다. 그러나 원래 당항성은 백제의 영토였는데 장수왕 63년에 침공을 받아 개로왕이 죽고 땅마저 빼앗겼다가 성왕 때 신라와 함께 그 영지 대부분을 되찾았다. 그러나 곧 신라의 배신으로 성왕이 패사(敗死)하고 신라의 신주(新州)가 설치된 것이다. 신주는 백제의 북쪽을 가로지르는 땅으로 서쪽 끝이 당항성이다. 다시 계백의 시선을 받은 윤충이 말을 이었다.

"그래, 성동격서(聲東擊西)야. 대야성을 치는 것처럼 해놓고 동방 방령 의직이 대왕과 함께 신주를 친다."

"그렇다면 저는 신라군을 대야성 부근으로 끌어 모으는 역할이 되겠습니다."

"그렇지. 그러나 대놓고 덤비면 신라가 눈치를 챈다. 은밀하게 움직여야 믿을 것이다."

"지원군은 없습니까?"

"상황을 봐서 내가 지원한다."

윤충과 연신의 시선이 마주쳤다. 그것을 본 계백이 머리를 끄덕였다.

"장덕 해준입니다."

기마군대장이 계백에게 허리를 굽혀 군례를 했다. 가죽 갑옷에 비색(緋色) 띠를 매었고 허리에 장검을 찼다. 백제 관등은 16관등으로 구분이 엄격하다. 1품은 좌평(佐平), 2품은 달솔(達率), 3품은 은솔(恩率), 4품은 덕솔(德率), 5품은 한솔(扞率), 6품은 나솔(奈率)이며, 1품에서 6품까지는 자색(紫色) 관복에 띠를 맨다. 7품은 장덕(將德), 8품은 시덕(施德), 9품은 고덕(固德), 10품은 계덕(季德), 11품은 대덕(對德)인데 7품에서 11품까지는 비색(緋色) 복장에 띠를 두른다. 12품은 문독(文督), 13품은 무독(武督), 14품은 좌군(佐軍), 15품은 진무(振武), 16품은 극우(剋虞)인데 12품부터 16품까지는 청색(靑色) 관복에 띠를 매는 것이다. 해준은 30대 초반으로 보였는데 계백보다 키는 작았지만 몸이 둥글고 팔이 길었다.

"나솔, 모시게 되어서 영광이오."

해준이 말했을 때 계백의 얼굴에 쓴웃음이 번졌다.

"장덕, 나는 몇 번 운이 좋았을 뿐이네."

"겸손하신 말씀이시오."

"출발 준비는 되었나?"

계백이 화제를 돌리자 해준도 정색했다.

"바로 출발할 수 있습니다."

"그럼 가면서 무장들의 인사를 받기로 하지."

계백이 말고삐를 당기면서 말했다. 방성 안 마장(馬場)에서 대기하고 있던 기마군 5백 기가 곧 해준의 지휘하에 따라 나왔다. 예비마와 군량을 실은 마차까지 늘어서서 대열이 길었다. 이미 햇살이 강한 초여름의 사시(오전 10시) 무렵이다. 5백 기의 기마군은 남방(南方)의 정예군이다. 훈련이 잘 된 말은 무장들의 외침 소리에 흥분해서 살을 떨었고 먼지가 자욱하게 일어났다.

"나솔, 대륙의 기마군은 하루에 얼마나 갑니까?"

성문을 나와 국도에 들어섰을 때 해준이 말 몸을 붙여오면서 물었다. 해준은 붙임성이 있는 성격 같다. 계백이 대답했다.

"하루에 5백여 리를 주파한 적이 있다."

"여기서는 평지가 좁고 지형이 험해서 2백 리가 고작이오."

"내가 남방 아래쪽으로 가 보니까 하루에 3백 리는 가겠던데."

"남쪽의 평지가 넓지요."

해준이 머리를 들고 계백을 보았다.

"나솔, 연무군에서 당군을 연파하셨을 때 어떤 전법을 쓰셨습니까?"

"임기응변이지."

바로 대답한 계백의 얼굴에 다시 웃음이 떠올랐다.

"돌고 돌면 제자리로 돌아오는 법이더군. 그래서 두 번 세 번 꾀를 부리지 않고 정공법을 썼네."

"그렇습니까?"

"병법을 연구한 당(唐)의 장수가 많아. 손자나 제갈량의 후손들 아닌가?"

"꾸민 이야기가 많지요."

"백제 기마군의 이야기가 후세에 남게 되려면 승자가 되어야 하네."

"나솔은 나이에 비해 경험이 많으신 것 같습니다."

"대륙의 백제군은 거의 매일 전쟁이었네. 그래서 이 나이에 나솔이 된 것이지."

계백은 백제군 무장들이 공인하는 용장(勇將)이며 지장(智將)인 것이다. 해준 또한 여러 번 공을 세웠지만 계백의 명성에는 미치지 못한다. 그것이 어린 나이임에도 계백을 무시하지 못하는 이유인 것이다. 그때 계백의 옆으로 기마군의 무장들이 차례로 다가와 인사를 했다. 장덕 해준이 선임이며 부장(副將)으로 고덕 2명, 1백인장으로 무독 5명, 그 휘하에 좌군, 진무 등 10여 명이 포함되었다. 모두 여러 번 전쟁을 겪은 숙련

자들이다.

"아니, 이년들이."

그날 아침 이후로 덕조의 태도는 돌변했다. 고화와 우덕을 제 여동생처럼 사근사근 대하더니 아침상을 물린 후부터 원수 만난 것처럼 굴었다. 지금도 그렇다. 마당이 깨끗한데도 청소한 흔적이 없다고 시비를 한다. 눈을 부릅뜬 덕조가 우덕을 보았다.

"왜 비질을 한 흔적이 없느냐?"

"꼭 비질을 한 흔적이 있어야 되나?"

맞받은 우덕이 목소리를 높였다.

"깨끗하면 되었지. 왜 사사건건 시비야?"

"시비? 이년 좀 보게."

어깨를 부풀린 덕조가 한 걸음 다가섰다.

"사지(死地)에서 구해준 은인한테 이렇게 대들 것이냐?"

"잠자리 상대가 필요해서 골랐겠지."

"이년, 내가 집사다."

"같은 종 신세에 위아래가 어디 있어?"

말대꾸를 했다가 갑자기 서러워진 우덕이 왈칵 눈물을 쏟았다. 두 손으로 얼굴을 가리고 마당 복판에 선 우덕에게 고화가 다가갔다.

"덕아, 참아라."

우덕의 어깨를 쥔 고화가 덕조를 보았다.

"내가 마당 청소를 다시 하지요."

"아, 글쎄……."

고화의 시선을 받은 덕조가 어깨를 늘어뜨리며 외면했다. 고화와 우덕이 주종 관계인 것이 밝혀진 후부터 덕조는 고화한테 한풀 꺾이고 지낸다. 그날 밤 겁탈하려고 덤볐다가 우덕의 방해로 실패한 것이 멋쩍기도 했다. 몸을 돌린 덕조가 투덜거렸다.

"젠장, 잘못 데려왔어. 그냥 도성의 기방에다 팔라고 할 걸 그랬어."

덕조가 대문 밖으로 사라지자 우덕이 충혈된 눈으로 고화를 보았다.

"아씨, 도망가요."

"그러다가 죽는다."

고화의 눈빛이 강해졌다. 엷은 입술이 다물어져서 차가운 표정이 되었다.

"서두르지 마. 우선 저놈의 비위를 맞추자고 내가 몇 번이나 말했느냐? 저놈부터 믿게 만들어야 한다."

싸릿대로 만든 비를 집어 든 고화가 말을 이었다.

"성주는 안목이 깊지만 집안일에 상관하지 않으니까 말이다."

"성주의 처자가 있겠지요?"

우덕이 비를 뺏어 들며 물었다.

"있겠지."

"우물가에서 장덕의 종 이야기를 들었는데 성주가 부임한 지 열흘도 안 되었다고 합니다."

진시(오전 8시) 무렵이다. 오늘 우덕은 처음으로 우물가로 나가 종들을 만난 것이다. 우덕이 마당에 비질 흔적을 내면서 말을 이었다.

"대륙의 백제령인 연남군에서 기마대장으로 명성을 떨치다가 본국으로 소환되었대요."

"……."

"그래서 종들도 성주에 대해서는 잘 모르더군요."

우덕이 비질을 멈추고는 주위를 둘러보고 나서 고화에게 바짝 다가 섰다.

"아씨, 제가 빠져나가 나리께 알릴 수는 없고 이곳의 종 하나를 꾀어 심부름을 시키는 것이 낫겠습니다."

"글쎄, 서두르지 말라니까."

"나리께서 군사 10여 명만 보내주시면 이곳에서 도망칠 수 있지 않 겠어요?"

그때 고화가 허리를 펴더니 긴 숨을 뱉고 나서 말했다.

"이곳에서 삼현성까지는 350리야. 내가 계산을 했어."

고화는 삼현성주인 대아찬 진궁의 무남독녀인 것이다.

계백이 이끈 기마군 5백 기가 칠봉성에 닿은 것은 이틀 후다. 칠봉성 아래쪽의 마을을 거쳐 왔기 때문에 소문은 금세 퍼졌다. 주민들은 기마 군을 반겼다. 요즘 들어 자주 출몰하는 신라 기습군을 퇴거하려고 기동 대를 끌어왔다고 계백이 말했기 때문이다. 다음 날 오전, 오늘도 조밥 에 나물로 아침을 먹던 계백이 물그릇을 들고 온 고화에게 물었다.

"삼현성 근처에서 잡혔다고 했지?"

고화가 주춤거렸을 때 덕조가 대신 대답했다.

"맞습니다. 노예상이 그랬습니다."

"삼현성에서 살았느냐?"

계백이 다시 고화에게 물었다.

"예."

한쪽 무릎을 세우고 앉은 고화가 똑바로 계백을 보았다.

"부친이 미곡상을 합니다."

덕조가 토방 마루로 다가와 앉았고 부엌에 있던 우덕도 문에 붙어서서 이야기를 듣는다. 계백이 다시 물었다.

"성주가 누구냐?"

"대아찬 진성 님입니다."

"군사는 얼마나 있어?"

"그건 잘 모릅니다, 나리."

"알아도 모른다고 하겠지."

덕조가 거들었지만 계백은 무시하고 다시 물었다.

"성안에 우물은 몇 개냐?"

"세어보지 않았어요."

"가구 수는?"

"1천 호쯤 됩니다."

"주민은?"

"그것도 모르겠어요."

머리를 끄덕인 계백이 조밥을 삼키고 나서 마루에 앉아 있는 덕조에게 말했다.

"어제 나하고 같이 온 장덕의 숙소에 가서 종을 데려오너라. 장덕이 내가 종을 데려오라고 했다면 보내줄 게다."

"예, 나리."

영문을 모르지만 덕조가 일어나 문밖으로 사라졌다. 수저를 내려놓은 계백이 고화와 우덕을 번갈아 보았다.

"이렇게 포로로 잡혀서 종이 되었다가 아이를 낳고 사는 여자가 많아."

고화는 외면했지만 우덕은 눈을 치켜떴다. 계백이 말을 이었다.

"그때는 종을 벗어나 백제인의 부인이 되는 것이지, 자식들도 백제인이 되고."

"그렇게 못합니다!"

바락 소리를 지른 것이 우덕이다. 얼굴이 벌겋게 상기된 우덕이 발까지 굴렀다.

"차라리 죽겠습니다!"

계백이 똑바로 우덕을 보았다. 그 순간 고화가 숨을 들이켰다. 계백의 두 눈이 번들거리고 있었기 때문이다. 입술은 조금 비틀려 있는 것이 쓴웃음을 짓는 것 같다. 계백이 낮게 말했다.

"죽음을 가볍게 말하지 말라."

그때 열린 문으로 덕조가 들어섰고 그 뒤를 사내 하나가 따른다.

"나리, 데려왔습니다."

다가온 사내가 마루방 위에 앉은 계백을 향해 굽신 절을 하더니 고화와 우덕을 차례로 보았다. 그러더니 어깨를 부풀리면서 눈을 둥그렇게 떴다. 계백은 미동도 하지 않고 사내를 주시하고 있다.

그때 사내가 소리쳤다.

"나리, 이 여자가 삼현성주 진궁의 무남독녀 고화입니다. 저년은 고화의 시녀구먼요!"

"뭐?"

놀란 덕조가 되받아 소리쳤지만 계백은 잠자코 물그릇을 들었다. 그때 고화가 사내를 유심히 보았다.

"마구간 종 상기 아니냐?"

"맞아요."

우덕이 발을 구르며 소리쳤다.

"이 역적 같은 놈!"

대야성은 본래 가야국의 도성(都城)이었던 것을 가야국이 신라에 병합되고 나서 대야성이 되었고 주변 가야국 영토는 대야주로 바뀌었다. 따라서 1백만 가까운 가야국 주민들은 구(舊)가야에 대한 향수를 지니고 있었으니 아직 완전히 신라에 동화된 것은 아니었다. 가야왕 후손으로 김유신 일가처럼 신라에서 진골 왕족 대우를 받을 만큼 출신(出身)한 가문도 있었지만 대부분의 왕족과 토호는 17관등 중 제10관등인 대나마 이하의 직위로 만족해야 했다. 대야주는 성이 42개나 되는 대주(大州)다. 김춘추는 사위인 김품석이 대야주 군주가 됨으로써 왕가의 지위가 격상되었다. 자식이 없는 여왕의 후사가 불분명한 상황에서 여왕의 동생인 천명(天明)공주의 아들이며 진지왕의 손자인 김춘추는 왕위 계승의 유력한 후보가 된다. 그러나 역시 진흥왕의 자손인 비담의 견제를 받고 있었다. 따라서 대야주는 김유신의 뿌리임과 동시에 그와 제휴한 김춘추의 기반인 셈이다. 한낮, 오시(12시) 무렵, 대야군주 김품석이 삼현성주 진궁의 인사를 받는다.

"군주(軍主), 부르셨습니까?"

"그래, 대아찬(大阿湌), 왔는가?"

김품석이 저보다 10여 년 연상인 진궁에게 하대를 한다. 김품석은 진골 왕족이다. 또한 벼슬이 2등품인 이찬(伊湌)으로 5등품인 진궁보다 한참 위다.

김품석의 장인 김춘추도 이찬인 것이다. 청 안에는 김품석의 지시로 중신(重臣) 대여섯 명만이 둘러 앉아 있을 뿐이다. 김품석이 지그시 진궁을 보았다.

"대아찬, 그대에게 내가 직접 물어보려고 불렀어."

"예, 군주."

진궁은 40대 후반으로 그동안 수십 번 전공을 세웠다. 왕족도 아니면서 5급 관직에 오른 것도 그 때문이다. 김품석이 헛기침을 하고 나서 진궁에게 물었다.

"대아찬, 그대의 딸이 백제군에 잡혀갔는가?"

"예, 군주."

어깨를 편 진궁의 얼굴에 일그러진 웃음이 떠올랐다.

"이미 제 가슴속에 묻어 놓았습니다."

"차라리 죽는 것이 낫지."

바로 말을 받은 김품석의 눈빛이 강해졌다.

"허나 시신은 찾지 못했지 않은가?"

"예, 군주. 하오나."

"무엇인가?"

"가슴에 묻어 놓은 것은 찾을 필요가 없습니다, 군주."

"나는 대아찬을 믿는다."

"믿음을 배신하지 않습니다, 군주."

"그러나 아비는 믿지 못하겠다."

자르듯 말한 김품석이 눈을 가늘게 뜨고 진궁을 보았다.

"알겠는가? 아비로서의 그대를 믿지 못하겠다는 말이네."

"예, 군주."

"이해를 하는가?"

"예, 군주"

"딸이 백제군에게 납치되었으면 즉시 군주인 나에게 말을 해야 옳았다."

"……"

"백제군이 그대의 딸을 내세워서 성문을 은밀하게 열라고 할 수도 있다."

"군주."

"삼현성에 신임 성주로 죽성을 보내겠다. 그대는 죽성을 보좌하도록 하라."

"예, 군주."

진궁이 청 바닥에 두 손을 짚고 엎드렸다. 그러나 표정은 담담하다.

"명을 따르지요."

그때 김품석이 자리에서 일어섰고 그 뒷모습에 대고 진궁이 다시 절을 했다.

"덕조야, 기마군 조련에 열흘은 걸릴 테니 집안 단속을 잘 해라."

수저를 내려놓은 계백이 말하자 덕조가 혀를 찼다.

"저것들만 없었다면 주인을 따라갔을 터인데 괜히 샀습니다."

저것들이란 고화, 우덕을 말한다. 마침 고화는 밥 시중을 드느라고 윗목에 앉았고 우덕은 마루 끝에 서 있는 참이다.

그날, 장덕 해준의 종이 고화와 우덕의 정체를 폭로한 후부터 덕조의 태도가 또 달라졌다. 둘 옆으로 다가가지 않는 것이다. 특히 고화가 나타나면 뱀을 본 것처럼 피했다. 지금도 멀찍이 마당에 서서 말대답을 한다. 계백이 물그릇을 들고 말을 이었다.

"성주 딸이면 정세도 알 것이고 삼현성에서 이곳까지의 지리도 익혀 놓았을 게다. 그래서 종을 시켜 기밀을 전할 수도 있을 게야."

"그렇지요."

눈을 치켜뜬 덕조가 마당에서 마루 쪽으로 다가왔다. 눈이 번들거리고 있다.

"저, 고화라는 성주 딸년이 아주 여우같습니다. 어제 아침에는 소인한테 싱긋 웃기까지 하더만요."

"저, 미친놈."

우덕이 욕을 했지만 덕조가 목소리를 높였다.

"주인, 저 성주 딸년을 묶어서 골방에 가둬 놓을까요? 소인이 어젯밤에도 잠을 못 잤습니다."

"왜?"

말에 끌려든 듯 계백이 묻자 덕조가 길게 숨을 뱉었다.

"아, 꿈에 저년이 나타나서 제 몸 위에 앉아 있더란 말입니다."

"이 미친놈, 몽정을 했구나."

마침내 계백도 미친놈 소리를 했다. 포로가 되어 종으로 팔린 신라인은 도망치기가 어렵다. 특히 성안에서는 모두 얼굴을 아는 터라 성밖 출입이 금지되고 성을 빠져 나간다고 해도 통행패가 있어야 하기 때문이다. 이윽고 물그릇을 내려놓은 계백이 고화를 보았다.

"이곳이 싫다면 내가 조련에서 돌아와 너희들 둘을 다른 노예상에게 넘겨주마."

자리에서 일어선 계백이 말을 이었다.

"지난번 노예상이 도성의 유흥가에 팔 예정이라고 했으니 값을 잘 받을 수도 있겠다."

"아, 잘 생각하셨습니다, 주인."

반색을 한 덕조가 어깨를 폈다.

"그렇게 된다면 소인이 밤에 잘 자겠습니다."

고화는 시선을 내린 채 입을 다물었고 우덕은 부엌 안으로 들어가 버렸다.

성주의 사택을 나온 계백이 청 앞마당으로 들어섰을 때 기마군대장 장덕 해준이 다가왔다.

"나솔, 준비 다 되었습니다."

뒤쪽으로 기마군 5백 기가 정연하게 대기하고 있다. 말이 코를 부는 소리와 말굽으로 땅을 긁는 소음만 울릴 뿐이다. 머리를 끄덕인 계백이 말에 오르고는 성주대리 진광을 내려다보았다.

"장덕, 내 집 종들을 감시해주게. 내가 종을 잘못 샀어."

"잘 사신 겁니다."

진광이 이를 드러내고 웃었다.

"들으니 성주 딸이 미색이라고 하던데 다시 팔아도 되실 것이오."

옆에 있던 해준은 소리 없이 웃었고 계백의 얼굴에도 쓴웃음이 번졌다.

"전장으로 가는 자가 집안일을 걱정하다니, 다녀와서 팔아야겠네."

말고삐를 챈 계백이 앞장을 섰고 해준이 손을 들어 신호를 했다. 그러자 기마군이 움직이기 시작했다. 칠봉산성의 줄기를 타고 기마군이 내려간다.

그날 밤, 덕조가 성안 하나밖에 없는 주막에서 군사들을 상대로 술을 마시고 돌아왔다. 밤, 해시(오후 10시)쯤 되었다. 초여름이어서 산중의 기온은 서늘했고 사방에서 풀벌레 소리가 울리다가 인기척이 나면 뚝 그친다. 사택 마당으로 들어선 덕조가 제 방으로 가려다가 안쪽 방에 불이 켜진 것을 보고는 그쪽으로 발길을 돌렸다. 고화와 우덕의 방이다. 안에서 도란거리던 말소리가 들렸다가 덕조의 기척을 들었는지 뚝 그쳤다. 덕조가 방문 앞 토방에 털썩 앉더니 커다랗게 트림을 하고 나서 말했다.

"이년들아, 내가 왔다."

방 안은 조용했고 덕조가 말을 이었다.

"내가 이래봬도 바다 건너 연남군에서 명성을 떨치던 계씨(階氏) 가문의 집사를 지낸 분이시다."

"……"

"네년들 같은 신라 시골뜨기들은 계씨 가문을 모르겠지."

덕조가 다시 트림을 하더니 침도 뱉고 나서 말했다.

"아니, 연남군이 어디 붙었는지도 모를 거다. 그럼 내가 알려주마."

"……"

"바다를 건너야겠지. 그 바다가 뱃길로 한 달이다, 그것도 순풍을 만났을 경우지. 그럼 그 연남군이 얼마나 넓은 줄 아느냐? 사방 천리다. 당(唐)하고 국경을 맞대고 있어서 매일 척후가 부딪치지. 우리 주인께서는 기마군대장으로 1천5백 기마군을 이끄셨다."

"……"

"주인 부친께서는 태수 보좌역으로 은솔이셨고 조부 또한 좌장군으로 은솔이셨다. 집안에는 모친만 남아 계시지만 아직도 연남군에서는 아무도 무시하지 못한다."

"……"

"네년 같은 손톱만 한 성주 집안이 아니란 말이다."

지금 덕조의 과녁은 고화다. 슬슬 분이 일어난 덕조의 목소리에 열기가 솟았다.

"돌아가신 아씨는 네년보다 백배는 더 미인인 데다 품위가 있으셨다. 너는 감히 옆에 설 수도 없을 것이다."

"……."

"아느냐? 모르겠지. 우리 주인이 아씨의 복수로 당(唐)의 척산성을 잿더미로 만들어 버린 것을. 그놈들이 한 것처럼 주인은 당군(唐軍) 처자를 다 죽였다."

다시 트림을 한 덕조가 구역질을 하더니 잠잠해졌다.

"저 미친놈."

그때서야 입속말로 욕을 한 우덕이 문으로 슬그머니 다가가서는 문틈으로 밖을 보았다. 그러더니 머리를 돌려 고화에게 말했다.

"저놈이 마당을 기어서 제 방으로 가네요, 아씨."

고화는 시선만 주었고 다시 문밖을 본 우덕이 말을 이었다.

"제 방 앞 토방에 누워 버리는데요. 거기서 개처럼 잘 모양입니다."

"……."

"아씨를 노렸다가 엄두가 안 나니깐 별 시비를 다 하는군요. 미친놈."

"……."

"그나저나 성주 처자가 당군(唐軍)한테 살해되었나 봐요."

그때 고화가 말했다.

"나가서 집사한테 거적이라도 덮어주고 오너라."

"내가 왜요?"

고화의 시선을 받은 우덕이 어깨를 늘어뜨리고 문고리를 잡았다.

"아씨, 어떻게든 이놈의 땅을 빠져나가야 합니다. 내가 저놈의 노리개가 되더라도 아씨는 도망치게 할 겁니다."

"김유신이 보낸 기마 척후군 2백 기가 저쪽 백산성 앞까지 지나갔지요."

안내역으로 따라온 무독(武督) 서극이 말했다. 서극이 가리키는 곳은 짙은 안개에 덮인 산맥이다. 신라와의 국경에서 1백여 리 떨어진 작은 강가, 미시(오후 2시)쯤, 기마군은 강가에서 잠시 휴식을 취하는 중이다. 칠봉성을 떠난 지 이틀째, 4백여 리를 비스듬히 전진해왔다. 계백이 해준에게 물었다.

"김유신의 주력군(主力軍)은 아직 북방에 있나?"

"예, 신주(新州) 근처에 있다고 합니다."

해준이 개울물을 마시면서 말했다.

"대야성까지 내려오려면 시간이 걸릴 것입니다."

김유신은 이제 왕족 대우를 받는다. 가야 수로왕의 12세손이며 조부가 한수 유역 백제 6군을 점령하고 관산성에서 성왕(聖王)을 패사시킨 김무력(金武力)이다. 김무력은 신주군주(新州軍主)가 되었고 김유신의 부친 김서현은 갈문왕의 손녀 만명(萬明)과 결혼하여 김유신을 낳은 것이다. 김유신은 또한 용장(勇將)이다. 강가의 바위에 앉은 계백이 문득 해준에게 물었다.

"장덕은 신라 땅에 가 보았나?"

"예, 작년에 1백 기를 이끌고 정찰을 나갔습니다. 방령의 영을 받고 나갔지요."

해준이 말을 이었다.

"2백 리까지 들어갔다가 나왔습니다. 도중에 신라군 정찰대를 만나 20기 정도를 잃었지요."

"장하군."

계백이 머리를 끄덕였다. 장수인데도 위험을 피하는 부류가 많다. 해준은 해씨(解氏) 일족으로 대성팔족(大姓八族) 중의 하나다. 신라는 성골(聖骨), 진골(眞骨) 왕족이 권력을 장악한 반면에 백제는 오랫동안 대성팔족(大姓八族)이 요직을 차지했다. 해씨도 그중 하나다. 대성팔족은 사비와 웅진시대에 두각을 나타낸 사(沙), 목(木), 연(燕), 국(國), 해(解), 진(眞), 백(苩), 협(劦) 씨 일족을 말한다. 계백이 말을 이었다.

"장덕, 나는 팔족이 아니네."

"나솔, 저도 팔족의 덕을 본 적이 없소이다."

바로 말을 받은 해준이 계백의 시선을 받고는 빙그레 웃었다.

"그래서 이 나이에 7품으로 5년을 썩고 있지요."

"나는 본국에 오기 전에 나솔이 되었네."

"압니다."

해준이 웃음 띤 얼굴로 계백을 보았다.

"나솔의 용명을 무장들은 다 듣고 있었습니다."

"그런가?"

쓴웃음을 지은 계백이 외면했다. 본국에 온 후로 이런 대화는 처음인 것이다. 그동안 도성에서 여럿을 만났지만 이렇게 둘이 마주 앉아 마음속을 털어놓은 적이 없다. 그것은 장덕 해준의 소탈한 성품 때문인 것 같다. 해준이 말을 이었다.

"나솔, 이번 전쟁의 목표가 대야성입니까? 아니면 당항성입니까?"

"장덕은 왜 묻는가?"

"동방군(東方軍)이 움직이고 있는 것이 이상해서 그럽니다."

"우리는 대야성을 목표로 삼으면 되네."

윤충한테서 성동격서 이야기를 들었다고 할 필요는 없다. 신라군을 대야성 부근으로 끌어 모으는 역할이라고 말한다면 사기가 떨어질 수도 있는 것이다. 그리고 막상 전쟁이 일어나면 성동격서(聲東擊西) 전법을 썼다가 곧장 소리 나는 쪽으로 돌진한 적도 있지 않은가? 전쟁은 생물(生物)이다. 언제 어떻게 움직일지 아무도 모른다. 해준도 더 이상 묻지 않았다.

"저곳이 삼현성이오."

척후로 나갔던 군사가 앞쪽 산비탈에 세워진 석성(石城)을 가리키며 말했다. 3리(1.5킬로)쯤 떨어진 석성은 산비탈에 10자쯤 높이의 성벽을 세웠는데 규모가 꽤 컸다. 더구나 동쪽으로 통하는 길목에 세워져서 요지(要地)다. 이곳은 신라 대야주의 서쪽 지역으로 대야성으로 통하는 길목인 셈이다. 계백이 옆에 선 장덕 해준을 보았다.

"우리가 이틀이나 이 근처를 정찰했으니 성안에 기별이 갔을 거네."

"예, 당연하지요."

해준이 주위를 둘러보며 말했다.

"주민들의 눈에 띈 적이 한두 번이 아닙니다. 이미 전령이 대야성으로 갔다고 봐도 될 겁니다."

이곳에서 대야성까지는 1백 리가 조금 넘는다. 머리를 든 계백이 저물어가는 해를 보았다. 정찰 나흘째가 되는 날이다. 위력 정찰이어서 예비마와 군량을 실은 치중대까지 포함한 8백여 필의 말떼가 휩쓸고 지나는 것이다. 거침없는 행보여서 대야주 서부는 바짝 긴장하고 있어야 정상이다.

"앗, 성에서 기마군이 나옵니다!"

앞에 선 척후병이 소리쳤기 때문에 계백이 시선을 들었다. 과연 성문에서 기마군이 쏟아져 나오고 있다. 먼저 붉은색의 깃발을 창에 매단 기마군 2명이 달려 나오더니 뒤를 한 무리의 기마대가 따른다. 30기 정도다.

"정찰대입니다, 나솔."

해준이 말고삐를 감아쥐며 계백을 보았다. 두 눈이 번들거리고 있다. 살기(殺氣)다. 그것을 본 계백의 심장 박동이 빨라졌다. 전장에 익숙해지면 저절로 몸이 반응한다. 장수의 명령에 앞뒤 가리지 않고 덤비는 군사가 바로 강군(強軍)이다. 해준이 바로 그렇다. 계백이 눈을 좁혀 뜨고 정찰대를 응시했다. 뒤를 따르는 후속군이 있는가를 살피는 것이다. 그러나 성문은 열어놓은 채 30여 기가 전속력으로 이쪽을 향해 달려왔다. 이쪽은 20기다. 계백이 본군(本軍)을 뒤쪽 골짜기에 둔 채 정찰대를 이끌고 온 것이다.

"저놈들도 우리 뒤에 본군이 있다는 것을 알고 있습니다."

해준이 앞발로 땅을 긁는 말 목을 쓸어 달래면서 말했다. 싸움에 익숙한 말이어서 흥분하고 있는 것이다. 계백이 입술 끝을 비틀며 웃었다.

"우리가 5백 기로 위력 정찰을 하고 있다는 것도 알고 있는 거야."

"그렇습니다. 성문을 열어놓고 있는 것도 본대가 오면 지원군을 내보내려는 의도올시다."

"그럼 우리가 저놈들을 맞지."

"소장이 먼저 나가지요."

"그럴 필요 없어."

말안장 옆에 매어놓은 각궁을 빼내면서 계백이 둘러선 기마군에게 소리쳤다.

"일직선으로 달려 적과 부딪친다."

계백의 목소리가 주위를 울렸다.

"내가 앞장을 서고 그 뒤를 종대로 바짝 붙어 내달린다. 알았느냐!"

"옛!"

군사들이 일제히 대답했다. 그때 해준이 소리쳤다.

"소장이 맨 끝을 맡겠소!"

"놈들을 돌파하는 즉시 말 머리를 틀어 돌아온다. 따르라!"

말을 마치자마자 계백이 박차를 넣어 앞으로 내달렸다. 뒤를 기마군 20기가 따른다. 말 몸 하나의 간격을 두고 한줄기 종대로 서서 달려가는 것이 화살이 날아가는 것 같다. 삼현성에서 나온 신라군과의 거리는 어느덧 5백 보로 가까워졌다. 양쪽이 서로를 향해 달려오는 터라 거리는 급속도로 짧아진다. 350보, 300보. 계백의 기마술은 능란했다. 말고삐를 입에 문 계백이 전통에서 화살을 2개 뽑아서 한 대는 시위에 걸고 다른 한 대는 새끼손가락 사이에 끼웠다. 신라군과의 거리가 이제 250보, 앞장선 기마대장이 보인다. 신라군도 기수가 위로 물러가고 기마대장이 앞장을 섰다. 그 뒤를 기마군 4인, 그 뒤로 5인, 이렇게 한 덩어리가 되어서 달려온다. 그것이 더 위력적으로 보인다. 220보, 그때 계백이 시위를 와락 당겼고 활이 보름달처럼 둥글게 펴졌다. 말굽 소리, 말의 콧숨 소리, 말 장식의 쇳소리, 그러나 기마군사의 소음은 없다. 모두 눈을 부릅뜨고 선두의 계백을 주시하고 있다. 190보, 그때 계백이 화살 끝을 놓았고 화살이 날아갔다.

"팅!"

활시위 퉁겨지는 소리, 백제 기마군이 눈을 치켜떴다. 그 순간이다.

"와앗!"

함성이 터졌다. 앞장선 신라 장수가 머리를 훌떡 젖히면서 몸이 뒤로 넘어가더니 말 위에서 떨어진 것이다. 화살이 목에 박혔다. 그때 계백이 다시 한 대의 화살을 시위에 걸고는 당기자마자 쏘았다. 시위 튕기는 소리는 묻혔지만 뒤쪽의 투구를 쓴 신라군 장수 하나가 눈을 감싸쥐고 말 위에서 떨어졌다.

"와앗!"

또 함성, 그때 계백이 활을 말안장에 걸자마자 허리에 찬 장검을 후려치듯 뽑았고 입에 물었던 고삐를 손에 쥐었다. 그러고는 소리쳤다.

"쳐라!"

"우왓!"

함성. 거리가 40보로 좁혀지면서 신라군의 부릅뜬 눈까지 보인다. 10보, 5보, 그 순간 계백이 앞장서 달려온 신라 기마군의 말 머리를 칼로 후려쳤다. 말이 몸을 비틀면서 넘어지는 바람에 칼을 내려쳤던 신라군이 헛칼질을 하더니 함께 땅바닥에 뒹굴었다. 길이 뚫렸다. 계백이 다시 창을 내질러 온 신라군의 창 자루를 칼로 쳐 자르면서 옆으로 지나갔다. 길이 또 뚫렸다. 말은 거침없이 내달리고 있다. 마지막 앞을 막는 신라군을 향해 계백이 들고 있던 장검을 내던졌다. 장검이 날아가 바로 앞으로 덮쳐 온 신라군의 배에 박혔다.

"으악!"

신라군의 비명을 옆으로 듣고 지나면서 계백은 앞이 뚫린 것을 보았다. 그 순간 계백이 고삐를 채어 왼쪽으로 내달렸다. 뒤를 백제군이 따른다. 계백이 말안장에 찔러둔 단창을 꺼내 쥐면서 외쳤다.

"본대로 돌아간다!"

"와앗!"

뒤를 따르는 백제군의 함성, 이것은 승리의 함성이다. 옆쪽으로 비스듬히 꺾어져 황야를 달리는 기마군이 저절로 화살촉 대형을 만들었다. 이제는 속보, 계백의 옆으로 맨 후미에 섰던 해준이 다가왔다. 해준은 얼굴에 피가 번져 있는데 신라군의 피다.

"나솔, 아군은 4명이 경상이고 모두 살았습니다."

해준이 피투성이 얼굴로 웃었다.

"제가 대소(大小) 수십 번 접전을 했지만 아군이 한 명도 죽지 않은 건 이번이 처음이오!"

그때 뒤쪽에서 웃음소리가 났다. 말굽 소리에 섞인 웃음소리, 기마군의 웃음소리는 거칠고 밝다. 그때 계백이 말했다.

"내가 바로 말 머리를 틀었지만 삼현성에서 지원군 50기만 내보냈어도 우리는 절반은 잃었을 거야."

해준의 시선을 받은 계백이 말을 이었다.

"삼현성주 진궁이 제 딸을 잃은 후 넋이 나간 것 같다."

"아찬, 지원군을 보내지 않을 바에는 첨병 30기를 내보낼 필요가 없었소."

진궁이 말하자 죽성(竹盛)이 쓴웃음을 지었다.

"30기는 적의 의도를 탐색하기 위한 미끼 역할이었소. 적은 우리를 밖으로 끌어낼 계획이었지만 실패했소."

"그렇다면 아군 30기를 적의 먹이로 던져주었단 말인가?"

마침내 진궁이 버럭 소리쳤다.

"듣자 하니 가소롭다! 군사를 개 먹이 취급을 하는가? 그런 용병술을 누구한테서 배웠는가?"

"무엇이! 말을 삼가라!"

죽성도 따라서 소리쳤다.

"내가 성주다! 그대는 소임이 없으니 근신하라!"

"근신을 해? 네 이놈!"

그때 청 안의 관리들이 나섰다. 일부는 진궁을 막고 일부는 죽성을 달랬는데 뒤숭숭해졌다. 진궁은 40대 중반의 장년인데 죽성은 20대 후반이니 아들뻘이다. 직위도 아찬으로 진궁보다 한 등급 낮지만 대야군주 김품석으로부터 삼현성주로 임명된 신분인 것이다. 진궁은 보좌역일 뿐이다. 진궁한테서 욕을 얻어먹은 죽성이 발을 구르며 소리쳤다.

"저자를 사택에 가둬놓고 문밖출입을 통제하라! 성주의 명이다!"

성에서는 성주가 성안 장졸의 생사여탈권을 행사한다. 그러나 청 안의 위사들이 우물거렸으므로 죽성이 허리에 찬 칼까지 빼들었다.

"항명이냐?"

그때 위사장이 나서서 진궁에게 말했다.

"가시지요."

진궁이 위사장의 일그러진 얼굴을 보고는 이를 악물었다. 몸을 돌린 진궁이 잇새로 말했다.

"개뼈다귀 같은 놈."

그 소리는 앞쪽의 몇 사람만 들었다. 개뼈다귀는 골품(骨品)제를 욕한 것이다. 신라의 지도층은 성골, 진골 왕족이 아니면 출신하기가 하늘의 별 따기나 같기 때문이다. 진궁은 가야의 호족 출신으로 그동안 수많은 전공을 세웠는데도 5품 대아찬으로 끝났다. 그러나 왕족 가문인 죽성은 칼 한 번 휘두른 적이 없었지만 승승장구하더니 이번에 성주가 되었다. 죽성은 김품석과 친척이 된다. 그날 밤, 진궁의 사택으로 9품 급벌찬 전택이 찾아왔다. 전택도 가야국 태생으로 수백 년간 토호를 지낸 가문이었지만 지금은 성(城)의 보군대장이다.

"뒷문 경비장이 마침 내 부족이어서요. 못 본 척하라고 했지요."

쓴웃음을 지은 전택이 진궁 앞에 술병을 내놓으며 말했다. 전택은 30대 후반으로 용장(勇將)이다. 작년에 선천성 싸움에서 백제군 무장 둘을 베어 죽이고 상으로 손잡이에 금구슬이 박힌 장검을 받았다.

"술을 가져왔는가?"

술을 좋아하는 진궁이 술병을 쥐고 웃었다. 눈 가장자리에 잔주름이 가득 잡혔다. 진궁은 딸 고화가 다섯 살 때 병으로 아내를 잃고 혼자 산다. 고화를 아비가 키운 셈이다. 고화가 시녀 우덕과 말을 타고 성 밖에 나갔다가 백제군에게 잡혀간 지가 이제 한 달 가깝게 되었다. 잔을 찾아온 전택과 진궁이 안주도 없이 술을 마신다.

"성주, 죽성이 기마 정탐군 30기를 보냈다가 무장 둘에 군사 17명이 죽었소."

술잔을 든 전택이 말을 이었다.

"백제 기마군 선두에 선 장수가 활로 먼저 아선과 국진을 쏘고 나서 돌파하는 장면이 지금도 머릿속에 박혀 있소. 적이지만 보기 드문 용장이었소."

그렇다. 성루에서 진궁도 보았다. 용장이다.

첨병이 잡아온 신라인은 삼현성 안에서 그릇 장사를 하는 가섭이라는 사내였다. 가섭은 성 밖에 사는 장모가 위독하다는 전갈을 받고 몰래 빠져 나왔다가 잡힌 것이다. 한낮, 이곳은 삼현성에서 40여 리 떨어진 강가, 계백의 정찰군(軍)은 강가에서 휴식을 취하는 중이다.

"성주께서 들으셔야겠소."

강가 바위에 앉아 있는 계백에게 해준이 고덕(固德) 호성과 신라인 포로까지 데리고 다가왔다. 해준의 표정이 굳어져 있다. 신라인을 계백 앞에 꿇린 해준이 말을 이었다.

"이놈 문초를 하다가 성안 사정을 알게 되었소. 들어 보시지요."

해준의 눈짓을 받은 호성이 신라인에게 물었다.

"다시 말해라, 성주가 갇혔다구?"

"예, 신임 성주 죽성의 지시로 사택에 감금되었습니다."

사내가 두 손으로 땅바닥을 짚고 계백을 올려다보았다. 30대쯤의 사내로 잡힐 때 다쳤는지 이마가 조금 찢어져서 피가 배어나온다. 호성이 다그쳤다.

"왜 감금당한 거냐?"

"예, 다퉜다고만 들었습니다."

그때 계백이 사내에게 직접 물었다.

"왜 신임 성주가 온 거냐?"

"예, 성주 딸이 백제군에게 잡혀갔다는 소문이 났는데 그것을 군주(軍主)께 보고하지 않았기 때문이랍니다."

그 순간 해준과 호성이 동시에 숨을 들이켰다. 그들은 신임 성주가 온 이유를 묻지 않았던 것이다. 계백이 지그시 사내를 보았다.

"네 이름이 무엇이냐?"

"예, 가섭입니다."

"너는 장모한테도 효자 노릇을 하는구나. 장하다."

난데없는 칭찬에 사내의 눈동자가 흔들렸다가 곧 눈이 벌겋게 되었다.

"예, 장모는 제 어머니나 같습니다."

"장모가 병이 나서 성을 빠져나왔어?"

"예, 장군."

"약을 가져가는 길이냐?"

"예."

"약이 어디 있느냐?"

"잡혀서 뺏겼습니다."

그때 호성이 말했다.

"보따리에 약이 있었습니다."

머리를 끄덕인 계백이 다시 물었다.

"새 성주는 어떤 놈이냐?"

"예, 군주의 친척이라고 합니다."

"전(前) 성주는 어떠냐?"

"예?"

입안의 침을 삼킨 사내가 계백을 보았다.

"백성들에게 잘 해줬습니다."

"정직하게 말해라. 넌 죄가 없다. 돌려보내 줄 테니 정직하게만 말해라."

"예, 전(前) 성주가 가야 사람이어서 그런지 백성들을 조금이라도 편하게 해주려고 노력했습니다."

"진궁이지?"

"예, 장군."

"새 성주는 진골 왕족이겠구나."

"예, 장군."

"삼현성 군사들 중에 가야인들이 많지?"

"열 명에 일곱 명은 가야인이지요."

머리를 끄덕인 계백이 그릇 장수 가섭에게 물었다.

"네가 전(前) 성주 진궁에게 내 편지를 전해줄 수 있느냐? 물론 새 성주나 군사들이 모르게 말이다."

"전해 드리지요."

대번에 말한 가섭의 두 눈이 번들거렸다.

"장군, 믿으십시오."

"네 장모에게 약은 우리가 전해주마."

계백이 말을 이었다.

"네 장모는 우리가 준 약을 먹고 살아날 것이다. 무슨 말인지 알겠느냐?"

"나리."

밖에서 부르는 소리에 진궁이 머리를 들었다. 해시(오후 10시) 무렵, 저녁식사를 마친 진궁이 기름 등불 아래에서 생각에 잠겨 있던 참이었다.

"나리."

다시 부르는 소리는 낮지만 절실했다. 절박감이 느껴지는 소리다. 무장(武將)으로 반평생을 보낸 진궁이다. 눈빛에서 살기(殺氣)를 느끼듯이 목소리에서도 위기를 감지할 수가 있다. 진궁이 방문으로 다가가 반쯤 열었을 때 마루 끝에 바짝 붙어 서 있는 사내의 모습이 보였다. 어두워서 얼굴은 보이지 않았지만 집안 종은 아니다. 진궁이 낮게 물었다.

"누구냐?"

"예, 서문 옆에서 그릇 가게를 하는 가섭입니다."

"응, 내가 너를 알지."

진궁이 눈을 가늘게 뜨고 물었다.

"그런데 밤늦게 무슨 일이냐? 그리고 어떻게 이곳까지 들어왔느냐?"

연금 상태라 외부인의 출입이 금지되어 있는 것이다. 그때 가섭이 마루 앞으로 바짝 다가와 섰다.

"담을 넘었지요. 편지를 가져왔습니다."

"응? 누구 편지?"

"읽어 보시지요."

가섭이 품에서 헝겊에 싼 편지를 꺼내 진궁에게 건네주었다.

"소인이 성 밖에 나갔다가 백제군에게 잡혔습니다."

주위를 둘러 본 가섭이 목소리를 낮추고 말을 이었다.

"장모께 약을 갖다드리려는 길이었지요. 그 편지는 백제군 장수가 나리께 보낸다고 직접 썼습니다."

"네 장모가 인질로 잡혀 있느냐?"

"심부름을 안 하면 제 처갓집은 도륙을 당하겠지요."

"그렇구나."

머리를 끄덕인 진궁이 몸을 돌리면서 말했다.

"방으로 들어오너라."

기름등 밑으로 다가가 앉은 진궁이 편지를 펼쳤고 가섭은 방으로 들어와 문 옆에 무릎을 꿇고 앉았다. 진궁이 편지를 읽었다.

"나는 대백제국 나솔 계백이다. 삼현성 성주 진궁에게 인연이 닿아서 이렇게 편지를 전하게 되었다. 그대의 딸 고화와 우덕은 내가 종으로 사서 데리고 있다. 이곳을 지나다가 그대가 딸 때문에 성주직을 잃었다는 말을 듣고 상인 하나를 잡아 서신을 보낸다. 딸과 성을 바꾸지

54

않겠는가? 성문을 열어주면 딸과 함께 백제 땅에서 살 수 있을 것이다. 벼슬도 할 수 있겠지. 가부(可否)를 상인 편에 적어 보내라."

이렇게 끊긴 줄 알았는데 그 밑에 다시 글이 이어져 있다. 작은 글씨다. 진궁이 편지를 눈에 가깝게 대고 읽는다.

"그대 딸은 백제 땅에서 여생을 마치게 될 것이니 출가한 것쯤으로 생각해도 될 것이다. 성을 내놓지 않으면 딸을 죽인다는 억지를 써서 넘어가는 무장이 있겠는가? 상인한테 딸에게 보내는 편지나 써 주면 전해주겠다. 대백제국 나솔 계백이 전한다."

이윽고 머리를 든 진궁이 가섭을 보았다. 차분해진 표정이다.

"너, 글을 아느냐?"

"지렁이가 다니는 것 같습니다. 어떤 건 새가 똥을 싼 것 같구요."

"내가 편지를 써 줄 테니 가져가거라."

"예. 오늘 밤 다시 성을 넘어갈 겁니다."

가섭이 번들거리는 눈으로 진궁을 본다.

"그, 백제 장군이 무섭게 생겼지만 위엄이 대단했습니다. 물론 성주 나리보다는 못하지만 말입니다."

축시(오전 2시) 무렵, 계백이 산기슭의 진막 안에서 가섭이 가져온 편지를 받고는 빙그레 웃었다. 진막에는 해준과 호성 등 장수들이 둘러섰고 앞에 가섭이 무릎을 꿇고 앉았다.

"고생했다."

계백이 가섭을 칭찬하고 나서 편지를 펼쳤다. 기둥에 매단 기름등 불꽃이 흔들렸고 진막 안이 조용해졌다. 진궁이 보낸 편지다.

"대신라국 대아찬 진궁이 백제국 나솔 계백에게 보낸다. 내 딸에게 편지를 전해 준다니 고맙다."

그러고는 조금 떼어서 썼다.

"고화, 전란 속에서 너를 낳은 것이 부모에게는 기쁨이었으나 자식은 지옥을 보는구나. 부모의 죄다. 네가 백제 땅에서 잘 살라고 기원하고 싶으나 신라 무장으로서 할 말이 아닌 것 같다. 너는 가야 호족의 핏줄을 받았다는 것을 기억해라. 네 조상은 대가야의 중신(重臣)이었다. 나는 이제 너를 잊는다. 너는 가야인의 후손인 것만 가슴에 담고 새 인생을 살거라."

계백이 편지에서 시선을 들었다. 그것으로 끝난 것이다. 편지를 해준에게 넘겨준 계백이 아직도 앉아 있는 가섭에게 시선을 주고 나서 호성에게 말했다.

"고덕, 이자에게 금화 석 냥을 주게."

"예, 나솔."

대답은 했지만 호성이 두 눈을 끔벅였다. 영문을 모르겠다는 표시다. 계백이 말을 이었다.

"심부름 값이야. 장모에게 효도하는 상도 주는 거야."

"예, 나솔."

호성이 가섭을 데리고 진막을 나갔을 때 편지를 다 읽은 해준이 말했다.

"나솔, 편지로 신라국 대아찬 하나를 죽이셨습니다."

계백의 시선을 받은 해준의 얼굴에 웃음이 떠올랐다.

"진궁이 자결을 할 것 같습니다."

"장덕도 그렇게 느꼈나?"

"딸에게 유서를 써 보냈으니 이제 이 세상에 미련이 없을 것 아닙니까?"

계백은 쓴웃음만 지었고 해준이 다시 감탄했다.

"성문을 열라는 뻔한 수단으로 방심을 시켜놓고 기습을 한 셈이지요. 진궁은 지금 기습을 당한 줄도 모르고 있을 것입니다."

"꿈보다 해몽이 좋군."

"나솔의 전략에 감복했습니다."

"이 사람이 도성에 있으면서 듣기 좋은 말만 배운 것 같구먼."

"아니오. 나솔의 용명(勇名)이 허언이 아니라는 것도 두 눈으로 보았습니다."

정색한 해준이 말하자 계백이 무장들을 둘러보았다.

"아침 일찍 회군이야. 준비하게."

그러자 모두 계백에게 인사를 하고 진막을 나갔다. 진시(오전 8시)가 되었을 때 백제 기마군은 질풍처럼 신라 영토를 내달렸다. 이제는 지리에 익숙한 터라 감시 초소나 성을 피해서 내닫는 것이다. 그래서 술시(오후 8시) 무렵에는 3백여 리를 주파, 백제령으로 들어섰다.

"신라 16개 성을 지났으니 지금쯤 전령들이 이쪽저쪽으로 내닫고 있을 것이오."

앞쪽에 보이는 백제 하산성으로 다가가면서 해준이 말했다. 하산성은 남방(南方) 소속의 토성으로 강가에 세워졌다. 지난 수십 년간 신라와 백제가 번갈아 차지했기 때문에 주민은 없고 군사들만 상주한다. 전령을 보낸 터라 성에서 불을 환하게 밝혀 정찰대를 맞을 준비를 한다.

2장 대야성

　하산성 성주는 7품 장덕(蔣德) 벼슬의 정욱. 30대 중반의 정욱이 계백을 청의 상석에 앉게 하고 인사를 했다.

　"방령이 보내신 전령의 전갈을 받고 지나실 줄 알고 있었습니다."

　"우리가 대야주(州)를 휘젓고 다녔기 때문에 이곳 하산성에도 신라 정찰대가 기웃거리게 될 것이오."

　계백이 말을 이었다.

　"그들도 정찰대를 보내 백제령을 휘젓고 다닐 가능성이 있소."

　"대비하겠습니다."

　저녁 시간이어서 곧 저녁상이 청으로 들어왔다.

　"전시(戰時)라 차린 것이 변변치 않습니다."

　정욱이 장수들을 접대하면서 말했다.

　"작년에 신라군이 성 앞에서 백제군을 유인해 가는 바람에 성주가 전사하고 군사 2백여 명이 전사했습니다."

　장수들의 시선을 받은 정욱이 말을 이었다.

　"다행히 성을 빼앗기지 않았는데 그 후부터는 방령의 지시로 하산성

58

군사는 밖으로 나가지 못합니다.”

“오면서 보니까 성 앞 10리 지점의 골짜기가 매복하기 좋던데 거기에서 성주가 죽었소?”

“바로 그곳입니다.”

정욱이 커다랗게 머리를 끄덕였다.

“신라군 5백이 매복하고 있었지요. 성주는 적을 쫓다가 함정에 빠진 것이오.”

하산성에는 보군 5백에 기마군 3백이 주둔하고 있었으니 기마군만 당했을 것이다. 국경은 모두 전장(戰場)이어서 이야깃거리가 없는 곳이 없다. 오랜만에 백제 땅으로 들어온 기마대는 마음을 놓고 환담했다. 전장(戰場)도 사람이 사는 세상이다. 웃음소리도 가끔 들렸다. 다음 날 저녁 무렵에 계백의 기마대는 칠봉성으로 들어왔다. 열이틀 만의 귀환이다.

“주인, 포로는 잡으셨습니까?”

계백이 관저로 들어오자마자 덕조가 물었다. 여종 신분인 고화와 우덕이 뒤에 서 있었지만 아랑곳하지 않는다.

“안 잡았다.”

마루방으로 들어서는 계백의 등에 대고 덕조가 다시 묻는다.

“삼현성 앞은 지나셨습니까?”

“시끄럽다.”

기마군 5백을 이끌고 온 터라 곧 소문이 날 것이다. 굳이 입막음을 할 필요도 없다. 계백이 씻고 방에 앉았을 때 곧 저녁상을 든 우덕과 물병을 든 고화, 그 뒤를 덕조까지 따라 들어왔다.

“주인, 남방에서 전쟁이 일어납니까?”

방문 앞에 앉은 덕조가 불쑥 물었으므로 수저를 든 계백이 웃었다.

"동방에서도 전쟁이 일어나고 있지 않느냐? 수십 년간 사방이 다 전쟁이다."

"큰 전쟁 말입니다."

"그건 모른다."

계백의 시선이 상 옆쪽에 다소곳이 앉아 있는 고화를 스치고 지나갔다.

"삼현성주가 바뀌었더구나."

놀란 고화가 숨을 들이켜는 소리를 냈고 우덕은 눈을 치켜떴다. 입안의 음식을 삼킨 계백이 외면하고 말했다.

"딸이 포로로 끌려갔다는 것을 대야군주한테 보고하지 않았다는 것이 이유더군. 새 성주가 왔고 전(前) 성주는 자택에 연금되었다."

"얼씨구."

덕조가 손바닥으로 문지방을 쳤다.

"대야군주 김품석이가 아주 빌어먹을 놈이구나. 충신을 가두다니, 나쁜 놈."

이것이 바로 웃으면서 뺨을 치는 수작이나 같다. 그때 고화가 두 손으로 얼굴을 감쌌고 우덕은 주먹으로 방바닥을 쳤다. 그것을 본 덕조가 말했다.

"이제 이것들이 백제 자식들을 낳겠다."

그때 상을 물린 계백이 말했다.

"모두 물러가고 고화만 남아라. 할 이야기가 있다."

"저두요?"

덕조가 물었다가 계백의 표정을 보더니 헛기침을 하고는 일어섰다.

아직도 얼굴을 부풀린 우덕이 상을 들고 덕조와 함께 방을 나가자 둘이 남았다. 계백이 정색하고 고화를 보았다.

"김품석으로서는 당연한 일이야. 네 아비가 잘못한 거다."

고화는 방바닥만 보았고 계백의 말이 이어졌다.

"그렇다고 네가 지금 돌아간다고 해도 의심받는 것은 마찬가지다. 그렇지 않겠느냐? 넌 백제 첩자라고 해도 해명할 길이 없다."

"……"

"방법은 있지."

계백이 머리를 숙인 고화의 콧등을 향해 말을 잇는다.

"네 아비가 신라의, 아니 김품석의 등을 찌르는 방법이다."

그때 고화가 머리를 들고 계백을 보았다. 고화의 시선을 받은 계백이 빙그레 웃었다.

"왜? 반역을 떠올리느냐? 배신? 누구한테 반역이고 배신이냐?"

고화가 입술을 열었다가 닫았고 얼굴이 붉어졌다가 곧 희게 굳어졌다. 계백이 쓴웃음을 지었다.

"네 조상은 가야국 가야인이다. 신라에 병합된 지 얼마 되지 않았고 가야국 호족 중에서 신라국 고위직에 오른 인물은 내가 알기로 김유신 뿐이다."

"……"

"김유신의 수단이야 능란하지. 조부, 부친이 왕족과 혼인을 한 데다 김유신 본인도 김춘추의 옷자락을 일부러 밟아서 끈을 뗀 다음 제 여동생에게 바느질을 시켰다지 않느냐?"

"……"

"그래서 진골 김춘추에게 제 여동생을 넘겨주고 나서야 안심을 했는가?"

"……."

"네 아비는 김품석의 옷자락을 밟을 만큼 수단이 없었나 보다."

그때 어금니를 문 고화가 눈을 치켜떴다. 눈에 물기가 고여 있었기 때문에 눈이 번들거렸다. 그것을 본 계백이 다시 쓴웃음을 짓더니 품에서 접힌 편지를 꺼내 고화 눈앞에서 흔들었다.

"이건 네 아비가 너에게 쓴 편지다."

고화의 시선이 편지에 빨려든 것 같았고 계백의 말이 이어졌다.

"내가 네 아비에게 너를 데리고 있다는 말을 전하고 할 말이 있으면 적어 보내라고 했더니 이걸 보냈다."

"주세요."

고화가 겨우 말했을 때 계백이 머리를 저었다.

"보여주지 않겠다."

"보여주세요."

"너에게 잘 살라는 내용이야."

"보여주지 않는 이유가 뭡니까?"

"금화 석 냥이 아깝기 때문이야."

고화가 숨을 들이켰고 계백이 다시 편지를 가슴에 넣었다. 그때 고화가 천천히 머리를 끄덕였다.

"그렇군요. 아버님은 목숨을 끊으실 작정이시군요."

"마음대로 생각해라."

"그래서 제가 따라 죽을까 봐 걱정이 되시는군요."

"이 편지는 나중에 보여주마."

"저, 아버님을 빼낼 수 있어요."

불쑥 고화가 말했기 때문에 계백이 심호흡을 했다. 그때 고화가 말을 이었다.

"그래요. 개죽음을 할 필요는 없지요. 이대로 죽기는 억울해요."

대야성주 겸 대야군주(軍主) 김품석은 진골(眞骨) 왕족이며 벼슬도 2품 이찬이다. 장인인 김춘추와 벼슬이 같다. 오시(낮 12시) 무렵, 김품석이 장인 김춘추와 청 안에서 마주 앉아 있다. 김춘추는 당연히 상석에 앉아 김품석을 내려다본다.

"이찬, 백제왕 의자의 동향이 심상치 않아."

김춘추가 입을 열었다.

"동방 방령 의직과 자주 만나는데 사냥을 핑계로 대규모 기병단을 이끌고 다닌다네."

"이쪽 남방도 심상치가 않습니다, 대감."

김품석이 '장인' 대신 대감이라고 부른다. 김춘추는 갑자기 기마군 1백여 기만 이끌고 달려온 것이다. 진골 왕족으로 구성된 화백회의의 구성원일 뿐인 김춘추는 아직 실세가 아니다. 다른 왕족들의 견제를 받고 있기 때문에 이번 대야성 방문도 딸 소연의 병문안을 간다는 핑계를 대야만 했다. 김품석의 시선을 받은 김춘추가 머리를 끄덕였다.

"의자가 제법 전략을 쓰고 있어."

주위를 둘러본 김춘추가 목소리를 낮추고 말했다. 청 안에는 외인 출입을 금지시켜서 둘뿐이다.

"이찬, 대야주가 우리 가문의 기반이야. 잘 지켜야 돼."

"명심하겠습니다."

"비담 일족이 차기 왕위를 노리고 있지만 어떻게든 막아야 되네."

김품석의 얼굴도 굳어졌다. 상대등 비담은 진골 왕족으로 유력한 차기 왕위 후계자다. 비담은 화백회의의 수장으로 김춘추보다 영향력이 강하다. 김춘추가 말을 이었다.

"김유신이 보기당 당주가 되어서 당항성 근처로 파견되었어."

"대장군이 말씀입니까?"

김품석이 놀란 듯 이맛살을 찌푸리고 김춘추를 보았다. 대장군 김유신이 신라의 군단(軍團) 중 하나인 보기당을 이끌고 북상(北上)한 것이다. 백제 의자왕이 동방군(東方軍)과 함께 자주 기동군을 이끌고 사냥을 다니는 것에 자극을 받은 신라 조정에서 김유신을 북상시켰다. 김품석이 말을 이었다.

"며칠 전에 백제 기마정찰군이 대야주를 횡단했습니다."

"나도 들었어."

"기마군 5백 기 정도였는데 빠르고 정비가 잘 되어 있었습니다."

"기마대장이 연남군 출신의 계백이라고 들었어."

"예, 대감."

"화백회의에서 그자 이야기가 나왔네. 의자가 그자를 남방의 칠봉성 주로 부른 것은 백제 기마군을 강화시키려는 목적이라는 결론이 났어."

"제 생각도 그렇습니다."

"계백이 젊지만 지용을 겸비한 놈이야. 이번 대야주 정찰에서 허점을 보이지 않았는지 숙고하게."

"예, 대감."

"삼현성주를 교체했다면서?"

"예, 대감."

어깨를 편 김품석이 김춘추를 보았다.

"성주가 제 딸이 백제군에게 납치되었는데도 군주(軍主)인 저한테 보고도 하지 않았습니다."

"그자가 가야인이지?"

"예, 토호 가문입니다."

"김유신은 이미 신라 왕족 대접을 받지만 가야 토호 출신은 경계해야 돼."

"전(前) 성주는 가택 연금 상태로 두었지만 곧 조치하겠습니다."

머리를 끄덕인 김춘추가 다시 다짐하듯 말했다.

"이찬, 그대와 나, 김유신은 삼위일체가 되어야 하네. 대야주를 잘 지키게."

그 시간에 계백은 남방(南方) 방성(方城)인 고산성에서 방령 윤충과 마주 앉아 있다. 오늘도 배석자는 방좌 연신이다. 계백으로부터 정찰 보고를 들은 윤충이 입을 열었다.

"김유신이 보기당 군사 3만을 이끌고 신주(新州)로 북상하고 있어. 놈들은 우리가 당항성을 노리고 있는 것을 예상한 것 같다."

윤충의 얼굴에 쓴웃음이 번졌다.

"대왕께서는 김유신을 북쪽에 잡아두실 계획이시다. 그러려면 동방군(東方軍)과 함께 계속 사냥을 다니셔야겠지."

"방령, 그러시면……."

긴장한 계백의 표정을 본 윤충이 머리를 끄덕였다.

"나솔, 그대가 선봉이 되어야겠어."

"목표가 대야성이 되었다는 말씀입니까?"

"김유신이 북상하고 삼천당, 귀당 군사가 대왕의 뒤에 붙었어."

"……."

"성동격서(聲東擊西)를 노렸는데 소리가 덜 난 모양이다. 그러니 이제는 대야성을 친다."

"방령께서 주력군을 이끄시게 됩니까?"

"그렇다. 내가 중방군(中方軍) 2만을 지원받아 4만 5천으로 대야주를 공략한다."

윤충이 굳어진 얼굴로 계백을 보았다.

"나솔, 그대에게 선봉군 3천을 맡기겠다."

"과분합니다."

"칠봉성 주변에 군사를 주둔시킬 수 있나?"

"칠봉산성 아래로 강이 흐릅니다. 기마군이 숙영하기에 적당합니다."

"그럼 한 달 후에 기마군 2천5백을 보내겠다."

"예, 방령."

허리를 편 계백이 윤충을 보았다.

"방령, 제가 산 종이 대야주의 삼현성주 딸이었습니다."

눈만 껌벅이는 윤충과 연신에게 계백이 진궁의 편지를 받아온 이야기까지 해 주었다. 말을 마친 계백이 진궁의 편지를 윤충에게 내밀었다.

"이것이 삼현성주 진궁이 딸에게 보낸 편지인데 제가 보여주지 않았습니다."

편지를 읽은 윤충이 연신에게 넘겨주면서 웃었다.

"이놈이 가택 연금 상태라니 이 편지를 쓰고 자결을 했을 것 같다."

윤충이 말을 이었다.

"가야인들은 성골, 진골에 밀려 요직에 오르지 못했지. 김유신 하나만 기를 쓰고 있는 형편 아닌가?"

66

그때 편지를 읽은 연신이 말을 받았다.

"나솔, 이 편지를 딸에게 보여주지 않기를 잘 했네. 보여주었다가 종 하나만 잃을 뻔했네."

"예. 저도 그런 생각이 들었습니다. 하지만……."

"하지만 뭔가?"

윤충이 묻자 계백이 말을 이었다.

"성주 진궁이 다른 방법을 택했을 가능성이 있습니다."

"뭔가?"

"죽지 않고 사는 방법입니다."

"그렇다면."

윤충이 눈을 가늘게 떴다. 윤충은 45세, 대성팔족은 아니지만 무왕 (武王) 때부터 신임을 받아 요직에 중용되었다. 윤충의 형 성충은 병권 (兵權)을 장악한 병관좌평이다.

"그놈, 삼현성주가 반역을 할까?"

"이제 딸까지 버리고 홀몸이 되었습니다. 마음이 내키는 대로 움직 일 수 있습니다."

계백의 말에 윤충이 풀썩 웃었다.

"나솔, 적과 대치했을 때 상대의 입장에 서서 생각하는 것이 중요하다. 생각해 보았는가?"

"예, 방령."

"나솔이 그자라면 어떻게 하겠는가?"

"신임 성주가 진골 왕족으로 김품석의 친척이라고 합니다."

윤충의 시선을 받은 계백이 말을 이었다.

"저라면 김품석을 쳐서 가야인의 기상을 보이겠습니다. 그래야 남은 가야인이 무시당하지 않을 것입니다. 편지에도 그런 기운이 보입니다."

"성주, 힘들 것 같소."

전택이 말하고는 외면했다. 깊은 밤, 오늘도 전택이 술병을 차고 뒷문으로 숨어들어와 둘이 술을 마시고 있다. 긴 숨을 뱉은 전택이 말을 이었다.

"대장군은 편지도 주지 않았소. 증거가 될까 봐 그랬겠지요. 나중에 보자는 건 어렵다는 뜻이지요."

"이 사람아, 왜 사람을 보냈어?"

진궁이 나무랐지만 곧 쓴웃음을 지었다.

"대장군도 제 앞가림을 겨우 할 정도네. 김품석과 김춘추하고 나 때문에 갈등을 일으킬 수는 없어."

"억울하지 않습니까?"

전택이 눈을 부릅떴으므로 진궁은 외면했다. 오후에 전택은 김유신에게 심부름을 보냈던 부하의 전갈을 받은 것이다. 보기당의 대군을 거느리고 북상하던 대장군 김유신은 전택이 보낸 편지를 읽고 나서 곧 불에 태우더라는 것이다. 그러고는 나중에 보자면서 돌려보냈다고 했다.

"같은 가야인으로 이럴 수가 있소? 김춘추한테 말 한마디 해주면 될 텐데."

"이봐, 급벌찬, 그만하게."

"개뼈다귀 같은 성주 놈은 지금도 술타령이오."

"……."

"김품석이 그놈이 나쁜 놈이지."

이제 칼끝이 김품석에게 옮겨졌다.

"그놈도 개뼈다귀 아닙니까? 우리 가야인은 신라의 종이 되었소."

"술 취했나?"

"난 이까짓 9품 벼슬은 안 할랍니다."

술에 취한 전택이 번들거리는 눈으로 진궁을 보았다.

"처자식도 고향에 있으니 옷 벗고 돌아갈 거요."

"……."

"성주께서도 같이 가십시다. 아마 무장(武將)의 절반 이상이 따라 나올 겁니다."

"죽었겠지."

불쑥 진궁이 말하는 바람에 전택이 말을 멈추고 딸꾹질을 했다. 진궁이 흐려진 눈으로 전택을 보았다.

"내 편지를 보였다면 죽었을 거야."

"성주, 무슨 말씀이오?"

"죽으라고 쓴 편지니까."

"누구한테 편지를 쓰신 거요?"

"이보게, 급벌찬."

눈동자의 초점을 잡은 진궁이 전택을 보았다.

"내가 그날 밤 백제 장수 계백의 편지를 받았다네."

숨을 죽인 전택에게 답장까지 써 준 이야기를 마친 진궁이 빙그레 웃었다.

"고화가 그 편지를 읽었다면 자결했을 거네."

"성주, 과연 그렇게 될까요?"

"뭐가 말인가?"

"계백이 제 종이 뻔히 자결할 줄 알면서 성주 편지를 보여주겠습니까?"

"그 생각도 했어."

"성주가 계백하고 편지 왕래를 했다는 사실이 밝혀지면 죽은 목숨이오."

"그대에게 밝혔지 않은가?"

"저한테 목숨을 맡기셨다는 말씀이군요."

어깨를 부풀린 전택이 빙그레 웃었다.

"성주, 제가 성주하고 몇 년 인연입니까?"

"15년쯤 되었지?"

"16년이오. 그동안 성주의 은덕을 많이 입었소."

"같은 가야인으로 서로 도왔을 뿐이지."

"제가 변복을 하고 백제 땅으로 들어가지요."

술병을 든 전택이 병째로 남은 술을 두 모금 삼키더니 진궁을 보았다.

"계백을 만나겠습니다."

"……."

"먼저 계백의 종이 되어 있는 고화 아가씨가 살아있는지부터 확인해야겠지요."

"……."

"살아있다면 계백이 의지할 만한 무장이니 털어놓겠습니다."

"뭘 말인가?"

진궁이 갈라진 목소리로 묻자 전택이 이만 드러내고 소리 없이 웃었다.

"김유신이 신라에 붙어 출신한 것처럼 우리는 백제에 붙어 이름을 높입시다. 가야인의 이름을 말씀이오."

칠봉성으로 돌아간 계백이 다음 날 아침 밥상을 받았을 때 옆에 앉아 있던 고화가 말했다.

"절 도성의 기방으로 넘기신다고 하셨는데 넘기시지요."

마루 끝에 앉아 있던 덕조가 움직임을 멈췄다. 시선을 든 계백이 빙그레 웃더니 다시 밥을 떠 입에 넣었다. 고화가 말을 이었다.

"부탁드립니다. 그것이 나리께도 이득일 것입니다."

"저런 건방진."

마침내 덕조가 나섰다. 덕조가 고화에게 삿대질을 하면서 나무랐다.

"종 주제에 넘기라 마라 하느냐? 그건 나리 마음이시다, 이년아."

그때 부엌에서 우덕이 나오더니 기둥 옆에 붙어 섰다. 놀란 듯 눈이 둥그레졌다. 이제 고화의 얼굴이 붉어졌고 두 눈이 번들거리고 있다. 잠깐 정적이 흐른 후에 계백이 말했다.

"도성은 왕래하는 사람이 많고 첩자들도 많다. 네가 도성 기방에 가면 첩자들에게 이곳 칠봉성의 군사기밀을 털어 놓을 기회가 많아진다."

계백이 정색하고 고화를 보았다.

"전쟁이 끝나면 도성이 아니라 바다 건너 백제령 담로의 기방에라도 보내주마. 담로 기방에는 두 배 값을 받고 팔 수 있을 테니까."

고화의 시선을 받은 계백이 말을 이었다.

"들었느냐? 전쟁이라고 했다. 곧 북쪽에서 백제와 신라 대군이 전면전을 벌일 것이다. 네 동족인 가야 출신 대장군 김유신이 지금 북상하고 있다."

상을 물린 계백이 덕조에게 말했다.

"너도 들었으니 종들 단속을 잘 해라. 도망쳐서 기밀을 누설하지 않도록 말이다."

그러자 덕조가 한숨을 쉬었다.

"그래서 제가 이년들이 밥 짓는 동안 눈을 뗄 수가 없습니다. 혹시나 밥에 독이나 타지 않을까 해서요."

덕조가 마당에다 침을 뱉었다.

"저는 이년들이 침 뱉은 밥을 수없이 먹었을 것 같습니다."

계백이 등청하고 나서 부엌에 고화와 우덕이 마주 보며 앉았다. 덕조는 마당에서 장작을 쪼개는 중이다. 우덕이 그늘진 얼굴로 묻는다.

"아씨, 기방으로 가시고 싶다는 것이 진심이시오?"

"그래, 난 그 인간만 보이지 않는다면 어느 곳에 가도 돼."

숨만 들이켜는 우덕을 향해 고화가 말을 이었다.

"그놈은 아버지를 죽인 것이나 마찬가지야. 나를 미끼로 함정을 파려고 했지만 아버지가 넘어가실 분이냐?"

마침내 고화의 눈에서 주르르 눈물이 흘러내렸다.

"그놈이 날 데리고 있다는 편지를 읽고 나서 아버지는 나한테 답장을 쓰셨겠지. 그 답장 내용은 뻔하다. 내가 읽어보지 않아도 알겠어."

"……."

"그러고 나서……."

고화가 손등으로 눈물을 닦았다.

"아버지는 자결하셨을 것이다."

"……."

"그놈한테 더 이상 약점을 잡히지 않으시려고, 아마 지금쯤은 돌아가셨을지도 모른다."

"아이구, 나리."

갑자기 우덕이 두 손으로 얼굴을 감싸고 울었다.

"나리께서 아씨를 어떻게 키우셨다고……."

그때 밖에서 두런거리는 소리가 들리더니 덕조 목소리가 울렸다.

"나리, 오십니까? 우덕아, 손님 오셨다. 청 치워 드려라."

"에그머니!"

우덕이 비명을 질렀다. 놀란 외침이다.

청으로 들어선 우덕이 계백 앞에 앉은 사내를 본 순간 자지러진 것이다.

"오!"

사내도 우덕을 보고는 짧게 신음했다.

"나리!"

우덕이 손에 쥐고 있던 쟁반을 겨우 떨어뜨리지 않고 마룻바닥에 놓더니 사내를 불렀다. 사내는 상인 행색을 했지만 삼현성 보군대장인 급벌찬 전택이었던 것이다. 계백은 둘을 바라만 보았고 전택이 입을 열었다.

"아씨는 잘 계시냐?"

"예? 예."

영문을 모르지만 대답부터 한 우덕이 부엌 쪽을 향해 냅다 소리쳤다.

"아씨! 아씨! 이리 와 보세요!"

그러자 부엌에서 고화가 나왔고 마당에 있던 덕조는 이미 마루 끝에 붙어 서 있다. 그러고 보니 마당 끝에 군관 서너 명이 주춤거리며 모여 서 있다. 청으로 다가온 고화가 역시 전택을 보더니 깜짝 놀랐다. 그러나 우덕과는 달리 눈을 크게 뜨고는 얼굴이 하얗게 굳어졌다.

"오, 고화, 고생이 많구나."

"급벌찬께서 여기 웬일이세요?"

고화가 겨우 물었는데 목소리가 떨렸다. 서 있기가 힘이 드는지 한 손으로 기둥을 잡았다. 그때 계백이 말했다.

"들어와 앉아라."

고화가 홀린 것 같은 얼굴로 청에 올라 전택 옆쪽으로 앉았다. 우덕은 벽에 붙어 서 있고 덕조는 마루 끝에 자리 잡았다. 마당의 군관들도 입을 다물었기 때문에 집안이 조용해졌다. 먼 쪽에서 개 짖는 소리가 들려왔다. 그때 전택이 계백에게 말했다.

"이제 고화를 확인했으니 말씀드리겠소. 삼현성을 넘겨 드리지요."

고화가 머리를 들었지만 입을 열지는 않았다. 계백도 시선만 주었고 전택이 말을 이었다.

"성주께서 말씀하셨소. 딸을 핑계 삼아 성을 넘기는 것이 낫겠다고 하셨습니다. 왕국에 대한 충성과 의리 따위를 주절대는 것보다 훨씬 정직한 소행이라고 하셨소."

그때 계백의 얼굴에 웃음이 떠올랐다.

"믿겠다고 전해 주시게."

"기다리고 있겠습니다."

두 손을 청 바닥에 붙인 전택이 머리를 숙였다가 들고 물었다.

"고화 주종은 어떻게 하시겠습니까?"

"지금 돌려보낼 수는 없지 않겠는가?"

"당연하지요."

전택의 시선이 옆에 앉은 고화를 스치고 지나갔다.

"손님으로 대우해 주시오, 성주."

"그러지."

머리를 끄덕인 계백이 마루 끝에 다가와 선 덕조에게 말했다.

"들었느냐?"

"예?"

"고화가 내 손님이다."

"예, 그것이……."

"알았느냐?"

"예."

"다른 곳에서 종을 둘 데려와서 고화 주종의 시중을 들도록 해라."

덕조가 숨만 쉬었기 때문에 계백이 다그쳤다.

"알아들었느냐?"

"예, 주인."

머리를 돌린 계백이 다시 전택을 보았다. 굳어진 얼굴이다.

"대야주가 떨어지면 가야인이 주인이 되도록 도와주지."

그러자 전택이 대답했다.

"가야를 바쳐 김유신 일족만 출세했지요."

"백제가 세상의 중심이다."

대왕 의자가 말고삐를 쥔 채 옆을 따르는 왕자 부여풍에게 말했다. 왕자 부여풍(豊)은 무왕 32년인 10여 년 전에 왜국의 백제방(百済方)에 보내졌다가 잠깐 귀국한 길이었다. 의자는 풍과 함께 도성 북쪽의 사냥 터에 나와 있는 것이다.

"명심해라. 지난 수백 년간 백제는 왜국과의 교류에 공을 들였다. 이 제 일심동체, 천왕가(天王家)에서부터 대신들까지 백제계가 되었다."

풍이 잠자코 옆을 따른다. 한낮, 앞쪽 호위군이 몰아온 꿩 한 마리가 옆쪽으로 날아갔지만 의자는 놔두었다. 둘의 뒤쪽으로 고관, 장수들이

20여 보 거리를 두고 따른다. 의자가 말을 이었다.

"대륙은 이제 전운(戰雲)으로 덮이고 있다. 백제와 신라, 고구려, 당까지 격동의 시기를 맞게 되었다. 움직일 수밖에 없는 상황이다."

머리를 든 풍은 의자의 두 눈이 번들거리고 있는 것을 보았다. 의자왕 3년, 3년 전에 죽은 무왕(武王)은 41년간이나 재위했다. 따라서 의자왕은 나이 40이 넘어서 왕위에 오른 것이다. 부여풍은 선왕(先王) 때 백제방의 장관이 되어 떠났으니 10여 년 만의 귀국이다. 의자가 목소리를 낮췄다.

"곧 신라의 대야주를 정벌하여 신라 영토의 3할을 획득하고 고구려와 연합해서 당항성을 수복한 후에 당을 사면(四面)에서 포위, 멸망시킬 것이다."

숨을 들이켠 풍을 향해 의자가 입술 끝만 올리고 웃었다.

"풍, 잘 들어라."

"예, 대왕."

"일본은 수백 년 전부터 백제인과 깊은 교류를 맺었고 백제 문화를 받아들였다."

"그렇습니다, 대왕."

"1백 년 전 목협만치(木劦滿致) 가문이 왜에 들어가 소가만치(蘇賀滿智)로 이름을 바꾸고 왜국의 대신이 되고 왜왕의 외조부가 되더니 권력의 중심에 있지 않으냐?"

그렇다. 그래서 왜국의 중심 아스카에 백제방이 세워져 있는 것이다. 백제방의 장관으로 백제 왕자가 집무하고 있는 것도 왜국 조정과 동체(同體)라는 증거다. 말에 박차를 넣으면서 의자가 말을 이었다.

"대륙의 담로는 인도 근처의 흑치국(黑齒國)까지 뻗어 있으며 우측은 대양에 막힌 일본국까지 대백제의 영향력 안에 들어 있는 것이다.”

“예, 대왕.”

“네 책임이 막중하다.”

“대왕, 일본국을 대백제의 동체로 만들겠습니다.”

“수백 년간 백제 문물의 영향을 받은 신민(臣民)들이다. 천왕도 우리 핏줄이 아니더냐? 소가 가문은 말할 것도 없고 대신 대부분이 백제계다.”

“당 정벌에도 군사를 낼 수 있습니다.”

“서둘 것 없다.”

그때서야 안장에 걸친 활을 잡으면서 의자가 웃음 띤 얼굴로 말했다.

“너는 내 뒤를 이어 대백제의 대왕이 될 신분이다. 멀리 보아라.”

“예, 대왕.”

“고구려에서 정권을 잡은 연개소문이 나하고 뜻이 통한다. 그래서 대륙에 격변이 일어나는 것이다.”

의자왕 재위 2년째인 작년에 고구려의 연개소문은 영류왕 건무(建武)를 죽이고 영류왕 동생의 아들인 보장(寶藏)을 왕으로 삼았다. 영류가 당을 겁내어 수비에만 치중하고 저자세를 보인 것이 연개소문의 경멸을 산 것이다. 풍이 숨을 들이켜며 머리를 끄덕였다. 격변의 시기인 것이다. 백제와 고구려는 동맹을 맺었다.

전택이 방으로 들어섰을 때는 깊은 밤, 자시(밤 12시)가 지났을 무렵이다. 고향에서 친척 상(喪)을 당했다면서 엿새 동안 비번 허가를 받고 계백을 만난 것이다. 오늘이 엿새째, 신임 성주 죽성에게 신고까지 마치고 진궁에게 다시 숨어 들어왔다.

"고화를 만났고 계백까지 만나 이야기를 했습니다."

전택이 목소리를 낮추고 말을 이었다.

"계백은 바다 건너 백제령 담로인 연남군 출신 무장으로 24세, 상처하고 혼자 삽니다. 의자왕이 즉위 후에 담로의 무장들을 많이 데려왔는데 계백도 그중 하나입니다."

전택은 계백에 대해서도 알아본 것이다.

"계백은 건장한 체격에 중후한 성품을 지닌 것 같았습니다. 고화를 당장 손님으로 대우하겠다고 약속했습니다."

"반역이야."

불쑥 진궁이 말했기 때문에 전택은 숨을 들이켰다. 굳어진 전택의 표정을 본 진궁이 빙그레 웃었다.

"반역이 성공하면 임금이 된다네."

"성즉군왕이요, 패즉역적이란 말도 있지 않습니까?"

"나는 가야인으로 돌아가 반역을 하겠네. 그대는 어쩔 텐가?"

"따르지요. 당에서도 무시를 받는 여왕의 졸개가 되지 않겠습니다."

진궁이 다시 웃었다.

"나는 자식의 생사에 연연하는 부모로 죽겠어."

"같이 가십시다."

둘의 시선이 마주쳤고 동시에 머리를 끄덕였다. 결의(決意)다.

남방 방령 윤충이 계백과 마주 앉았을 때는 신시(오후 4시) 무렵이다. 계백이 방성(方城)인 고산성까지 호위 기마군 3기만 이끌고 달려온 것이다. 청 안에는 방좌 연신까지 셋뿐이었는데 계백의 보고를 들은 윤충이 목소리를 낮췄다.

"내막을 들으니 함정은 아닌 것 같다. 대야성이 내부에서 무너질 수도 있겠구나."

"하지만 확인할 필요는 있습니다."

계백이 말을 이었다.

"그리고 삼현성보다 진궁을 이용하여 대야성을 공략하도록 해야 될 것입니다."

"그렇지."

커다랗게 머리를 끄덕인 윤충이 눈을 가늘게 떴다.

"이 기회를 삼현성 하나와 맞바꿀 수는 없지."

"삼현성에서 대야성까지는 1백 리 정도이고 그 사이에 성이 4곳이 있습니다."

방좌 연신이 청 바닥에 펴 놓은 지도를 손으로 가리켰다.

"모두 요지(要地)에 박혀 있어서 삼현성을 함락시킨다고 해도 대야성까지 간다면 병력과 시간 손실이 클 겁니다."

머리를 끄덕인 윤충이 계백을 보았다.

"나솔의 의견을 듣자."

"삼현성은 놔두고 대야성을 직접 공략하는 것입니다. 진궁을 앞세워 신라군으로 위장할 수도 있고 진궁에게 성문을 열라고 할 수도 있겠지요."

"그렇지."

윤충이 다시 머리를 끄덕였다.

"대야성부터 떨어뜨리면 머리 잃은 뱀 꼴이 되겠지."

"나솔의 방법이 적합합니다. 다만 은밀히 거행되어야겠습니다."

"그럼 결정했네."

정색한 윤충이 계백을 보았다.

"나솔이 추진하되 선봉군 4천을 응용하도록. 내가 1천을 더 증원해주겠네."

"예, 방령."

"내가 대왕께 보고하도록 하지. 철저히 기밀을 지키도록 하고 나에게 수시로 보고하도록."

이제 대야성 공략의 첫발이 내디뎌졌다.

칠봉산성 아래쪽으로 산기슭을 따라 강이 흐른다. 맑고 푸른 강이다. 강폭은 3백 보쯤 되었지만 아래쪽은 폭이 50여 보로 좁아져서 나무다리가 놓였다. 이곳이 칠봉산성으로 오르는 앞쪽 입구다. 계백이 칠봉산이 바라보이는 황야로 들어섰을 때는 미시(오후 2시) 무렵이다. 방령 윤충과 만나고 귀성하는 길이었다. 계백이 앞장을 섰고 10보쯤 뒤로 3기의 기마군이 따랐는데 속보다. 질주를 하면 말이 지치기 때문에 네 필의 말은 빠른 걸음으로 황무지를 횡단하고 있다. 가을이 되어가는 8월 말, 말 무릎까지 닿는 잡초가 시들면서 칠봉산의 단풍이 멀리서도 붉게 물들고 있다. 그때다. 어디선가 아이의 외침 소리가 울리더니 앞쪽 풀숲을 헤치면서 큰 노루 한 마리가 가로질러 달려갔다. 빠르다. 노루 엉덩이의 흰 반점이 보이더니 사라졌다.

"앗! 노루다!"

뒤를 따르던 호위랑 무독(武督) 곽성이 소리쳤다. 그 순간 계백이 말에 박차를 넣으면서 안장에 걸친 활을 빼들었고 고삐를 입에 물면서 전통에서 화살을 꺼내 시위에 걸었다. 눈 깜빡 하는 순간이다. 그 순간 흥분한 전마(戰馬)는 네 굽을 모아 전력 질주를 시작했다. 노루를 쫓는 것이다. 계백이 풀숲 사이로 보였다가 숨기를 반복하는 노루를 응시했다. 전마는 빠르지만 노루와의 간격은 좁혀지지 않았다. 1백여 보, 뒤쪽에서 호위 기마군이 쫓아왔지만 무서운 속도로 내달리는 계백의 30보쯤 뒤다. 그때 계백이 활을 만월처럼 당겼다. 달리는 말 위에서 입에 고삐를 물고 겨눈다. 뒤를 따르는 호위군사는 숨을 죽인 채 응시했다. 그 순간 계백이 시위를 놓았다. 1백10보쯤 떨어져 있던 노루가 한 걸음에 7, 8보 간격쯤으로 도약했는데 그 도약해서 떠오른 순간을 겨누고 쏘았다.

"와앗!"

뒤쪽에서 함성이 울렸다. 솟아올랐던 노루의 목에 화살이 박힌 것이다. 노루가 곤두박질로 풀숲에 뒹굴었을 때 계백과 기마군이 달려가 에워쌌다. 곽성이 말에서 뛰어 내리더니 칼등으로 노루의 머리를 쳐 숨을 끊었다.

"나리, 명궁이십니다."

노루 옆에 선 곽성이 번들거리는 눈으로 계백을 보았다.

"지난번 삼현성에서 적장을 쏘아죽이셨다는 소문도 군사들을 통해 사방으로 퍼졌습니다."

곽성은 한인(漢人)이다. 백제는 귀화한 한인은 물론이고 왜인, 남만인, 인도인까지 받아들였고 관직에 차별을 두지 않았다. 30대 초반의 곽성은 산적질을 하다가 투항하고 백제인이 되었다. 계백이 흥분한 말 갈기를 쓸어 달래면서 주위를 둘러보았다.

"아이가 노루를 쫓았던 것 같다."

그때 옆쪽에서 풀숲을 헤치며 아이 둘이 달려왔다. 열두어 살짜리와 열 살쯤의 사내 아이. 둘 다 남루한 베옷을 짚으로 묶었고 큰 아이는 조잡하게 만든 활을 쥐었다. 가쁜 숨을 내뱉으며 달려 온 둘이 멈춰 서더니 죽은 노루를 보았다. 그러고는 계백을 올려다본다. 큰 아이의 눈에 실망한 기색이 가득하다.

그때 계백이 물었다.

"산성 아랫마을에 사느냐?"

"예, 나리."

큰 아이가 가쁜 숨을 참으며 대답했다.

"아랫마을 곽신조의 아들 배준입니다."

아이의 맑은 눈을 내려다보던 계백이 머리를 끄덕였다.

"저 노루를 가져가거라."

놀란 아이가 숨을 들이켰을 때 계백이 들고 있던 활을 아이 앞에 던졌다.

"이 활로 궁술 연습을 해라. 화살도 주마."

"음, 대아찬, 왔는가?"

김품석이 진궁을 내려다보면서 웃었다. 한낮, 대야성의 청에 앉은 김품석의 표정은 밝다. 사방 100자(30미터)가 넘는 청에는 수십 명의 관리, 무장들이 둘러앉아 있었는데 인근 성에서 온 성주들도 눈에 띄었다. 진궁이 두 손을 청 바닥에 짚고 김품석을 올려다보았다.

"군주(軍主), 부르셨습니까?"

김품석이 전령을 보내 대야성으로 부른 것이다. 모두의 시선이 모이면서 청 안이 조용해졌다. 김품석은 28세, 장인인 김춘추와 같은 아찬이며 진골 왕족이다. 42개 성을 거느리는 대야군주(軍主)였으니 김춘추보다 오히려 실세다.

"대아찬, 삼현성에는 이미 신임 성주가 가 있으니 그대에게 새 직임을 주겠다."

김품석의 목소리가 청을 울렸다.

"대야성 북쪽의 구(舊)마장 관리인이 비었다. 그대가 관리인을 맡으라."

"마장 관리인입니까?"

"그렇다."

김품석의 눈빛이 강해졌다. 청 안의 문무관(文武官)들이 숨을 죽였고 누군가 쇠붙이를 떨어뜨리는 소리가 들렸다. 칼이 마룻바닥에 떨어진 것 같다. 진궁이 김품석의 시선을 받은 채 심호흡을 두 번 하고 나서 입을 열었다.

"막중한 소임을 맡겨 주셔서 감사드리오."

"그런가?"

어깨를 늘어뜨린 김품석의 눈빛이 약해졌다.

"오늘부터 맡으라. 관리인 숙사는 비었을 것이다. 북쪽의 구마장이다."

"예, 군주."

머리를 숙여 보인 진궁이 자리에서 일어났을 때 청 안에서 말소리가 들리기 시작했다. 진궁이 청을 나왔을 때 마당 건너편 중문 밖에서 기다리던 장춘이 따라붙었다. 장춘은 삼현성에서부터 따라온 진궁의 집사다. 진궁의 집안에서 대를 이어서 내려온 씨종인 것이다.

"주인, 어떻게 되셨소?"

진궁과 비슷한 연배의 장춘이 옆으로 붙어 걸으면서 물었다. 장춘은 뼈가 굵었고 힘이 장사여서 지금도 말을 어깨에 올리고 걷는다. 진궁이 대답 대신 지나는 군사 하나를 불러 세우고 물었다.

"대야성 구마장이 어디 있느냐?"

"이 길로 쭉 가시오."

군사가 손으로 앞쪽을 가리키더니 진궁을 훑어보았다.

"거긴 뭐 하러 가십니까?"

"내가 구마장 관리인이 되었다."

"병든 말 몇 마리뿐인데요."

그때 장춘이 군사에게 바짝 다가섰다.

"이보게, 병든 말 몇 마리뿐이라니, 그게 무슨 말인가?"

"성의 새 마장은 남쪽 마장으로 옮겼고 구마장은 병들고 죽어가는 말 몇 마리만 남겨놓았소."

숨을 들이켠 장춘이 다시 물었다.

"그곳 관리인이 있었는가?"

"관리인이 무슨 필요가 있소? 군사 대여섯 명이 지키고 있을 뿐이오."

그때 진궁이 장춘에게 말했다.

"자, 가자."

"고맙네."

군사에게 인사를 한 장춘이 진궁의 옆으로 따라붙었다. 둘이 다섯 걸음을 걸었을 때 장춘이 앞쪽을 응시한 채 말했다.

"주인, 잘되었소."

진궁은 발만 떼었고 장춘이 말을 이었다.

"마장 관리인으로 박아놓고 감시를 하겠지요. 행여나 했던 내가 미친놈이었소."

장춘은 전택이 계백을 만나고 온 것도 아는 것이다. 어깨를 부풀린 장춘이 힐끗 뒤를 보고 나서 말을 이었다.

"둑은 손가락만 한 구멍 하나가 커져서 터지는 법이오, 주인."

동방군(東方軍)과 함께 북쪽의 신라 신주(新州)를 겨냥하고 무력시위를 하던 의자왕의 진막 안이다. 이곳은 백제 북방(北方)의 우측 끝, 상진성에서 20여 리 떨어진 산기슭, 백제군 2만 5천이 포진하고 있어서 앞쪽 벌판은 인파로 덮였다. 유시(오후 6시) 무렵, 진막 안에는 상석에 의자왕이 앉았고 좌우로 병관좌평 성충, 동방 방령 달솔 의직 등 대장군급 무장들이 둘러서 있다. 그리고 의자왕을 바라보는 정면에 나솔 계백이 서 있다. 계백은 도착한 지 얼마 되지 않아서 갑옷이 땀과 먼지로 얼룩져 있다.

"나솔, 왔느냐?"

의자가 웃음 띤 얼굴로 계백을 맞았다.

"예, 대왕."

계백이 허리를 굽혀 절을 했다. 40이 넘어 왕위에 오른 의자는 20대 중반인 계백에게 아버지뻘이다. 더구나 무장은 자신을 인정해 주는 군주에게 목숨을 바치는 법, 의자에 대한 계백의 충성심은 누구에게도 뒤지지 않는다. 대왕의 전령으로부터 호출을 받은 계백은 칠봉성으로부터 이곳까지 5백여 리 길을 만 하루 만에 달려온 것이다. 도중의 성(城)에 들러 말을 바꿔 탔지만 잠은 잠깐씩 길가에서 잤을 뿐이다. 그때 의자가 좌우를 둘러보며 말했다.

"내가 나솔하고 나눌 이야기가 있다. 병관좌평과 동방 방령만 남고 물러가도록 하라."

그러자 순식간에 진막이 비워졌고 안에는 의자와 성충, 의직, 계백만 남았다. 의자가 계백에게 물었다.

"대야성은 난공불락인 데다 김춘추, 김유신의 권력 기반이 되는 성이다. 더구나 대야주 42개 성의 중심이다."

의자의 두 눈이 번들거렸고 목소리가 낮아졌다.

"나솔, 삼현성주의 모반이 확실한가?"

바로 이것 때문에 의자가 계백을 부른 것이다. 남방 방령 윤충으로부터 보고를 받은 의자가 계백에게 직접 확인하고 있다.

"대왕, 가야인의 반발은 확실하나 삼현성주의 투항은 아직 믿기 어렵습니다."

"어허."

예상 밖의 대답인지 의자가 탄식했다.

"그렇다면 그 기회를 버릴 것이냐?"

"아닙니다."

계백이 머리를 들고 의자를 보았다.

"소장이 그 기회를 잡겠습니다."

"무슨 말이냐?"

그때 병관좌평 성충이 나섰다.

"나솔이 그 함정일지도 모르는 기회를 잡겠다는 말인가?"

"예, 좌평."

머리를 끄덕인 성충이 의자를 보았다.

"대왕, 나솔의 방법이 낫습니다."

의자가 지그시 계백을 보았다.

"자세히 말해 보아라."

"소장이 변복한 군사들을 이끌고 삼현성주의 뒤를 따라 대야성에 진입하겠습니다."

"말하라."

"진입한 후에 성문을 열면 기다리고 있던 백제군이 성을 장악하는 것입니다."

"옳지."

의자가 시선을 준 채 말을 이었다.

"만일 함정이라면 너와 네 부하들만 당하게 되겠구나."

"예, 대왕."

"대야성에는 1만이 넘는 군사가 있다고 한다. 너는 군사 몇 명을 이끌고 가겠느냐?"

"3백이면 성문 하나는 장악할 수 있을 것입니다, 대왕."

"3백이면 너무 적지 않느냐?"

"성문 하나를 장악하기에는 적당합니다, 대왕."

"내가 네 아비를 알지."

불쑥 의자가 말했기 때문에 계백이 숨을 들이켰다. 의자가 초점이 멀어진 눈으로 계백을 보았다.

"내가 연남군에 갔을 때 네 아비하고 같이 사냥을 했다. 네 아비는 명궁이었다. 충신이었지."

"황송하옵니다."

계백의 눈에 눈물이 고였다. 대왕한테서 아비 칭찬을 받는 것이 바로 가문의 영예다. 특히 대왕을 위해 싸우다가 전사했을 경우에는 더욱 감개가 무량해진다. 그래서 대(代)를 이은 충성이 나오게 된다.

"나리!"

뒤쪽에서 부르는 소리에 계백이 말고삐를 채어 말의 속도를 늦췄다.

미시(오후 2시) 무렵, 칠봉산성 앞쪽의 황무지를 달려가던 중이다. 머리를 돌린 계백이 허겁지겁 달려오는 사내를 보았다. 40대쯤으로 손에 손도끼를 들었다.

"성주 나리."

다가온 사내가 가쁜 숨을 가누면서 말을 이었다.

"나무를 하다가 지나시는 것을 보고 인사드리려고……."

"무슨 일인가?"

말을 세운 계백이 물었다. 의자대왕을 만나고 돌아오는 길이다. 호위군사 2기만 거느리고 이번에도 쉬지 않고 달려오는 터라 지친 상태다.

"예, 제 이름은 곽신조라고 하옵고, 제 자식은 배준이라고 합니다."

계백의 시선을 받은 사내가 땅바닥에 넙죽 엎드렸다.

"제 자식에게 활과 화살을 주셨고 잡은 노루까지 주셨습니다. 그 인사를 여기서라도 드립니다."

"오!"

계백의 얼굴에 웃음이 떠올랐다.

"아이가 궁술 연습을 하는가?"

"예. 잠을 잘 때도 손에서 활을 놓지 않습니다, 나리."

"연습이 제일이야."

"이 은혜는 어떻게든 갚겠습니다, 나리."

"성주가 당연히 해야 할 일이다. 아이나 잘 키워라."

"나리, 무운장구하소서."

"고맙네."

말고삐를 당긴 계백이 말을 이었다.

"올해 농사는 풍년이지만 세는 작년 기준으로 걷을 테니 겨울은 잘 지내게 될 거네."

"아이구, 고맙습니다, 나리."

사내의 얼굴이 환해졌다. 이만큼 기쁜 소식도 없는 것이다. 마을로 달려간 사내가 금방 소문을 낼 것이다. 성에 들어간 계백이 옷부터 갈아입으려고 사택 앞에서 말을 내렸을 때 덕조가 달려 나왔다.

"나리, 왔습니다."

서둘러 말하는 덕조의 뒤로 사내 하나가 따라 나왔다. 바로 삼현성의 보군대장 전택이다.

"나리, 이제 오십니까?"

"오, 무슨 일인가?"

다가간 계백이 전택에게 물었다. 고화와 우덕은 보이지 않았고 며칠 전에 온 여종 둘이 마루 끝에서 기다리고 있다. 계백은 전택과 함께 마루방에 올라 마주 보고 앉았다. 옷도 갈아입지 못하고 앉은 것이다. 전택이 입을 열었다.

"나리, 성주가 대야성의 마장 관리인이 되셨소."

"대야성의?"

놀란 계백의 눈빛이 강해졌다.

"대야성으로 옮겨 갔단 말인가?"

"예, 삼현성에 두면 불안하니까 옆으로 불러들여 감시할 작정인 것 같습니다."

전택의 얼굴에 쓴웃음이 번졌다.

"그것이 오히려 더 잘 되었지요."

"……."

"구(舊)마장을 관리한다고 보냈는데 병든 말 몇 필에 군사는 10여 명이었습니다. 관리인 숙사는 돼지우리 같다고 합니다."

"……."

"저는 삼현성 보군대장 직임을 그대로 갖고 있으니 필요하면 언제든지 앞장을 설 수 있소."

"가만."

손을 들어 전택의 말을 막은 계백이 정색했다.

"나하고 갈 곳이 있네."

"어디 말씀이오?"

"내일 아침에 남방 방령을 만나러 가세."

"방령 나리를 말씀이오?"

머리를 끄덕인 계백이 말을 이었다.

"내가 이번 전쟁의 선봉을 맡게 되었어."

숨을 죽인 전택을 향해 계백이 빙그레 웃었다.

"이제 그대와 나, 그리고 전(前) 삼현성주는 일심동체로 움직여야 되네. 같이 살고 같이 죽을 거야."

계백이 옷만 갈아입고 전택과 함께 남방 방성(方城)인 고산성에 도착했을 때는 밤이 깊은 해시(오후 10시) 무렵이다. 방령 윤충이 청 안에서 계백과 전택을 맞았는데 오늘도 방좌 연신이 동석했다.

"나도 오늘 오후에 대왕께서 보내신 전령으로부터 내막을 들었다."

윤충이 계백을 맞으면서 말했다.

"그런데 신라인을 직접 데려오다니 일이 빨리 진행되는구나."

윤충의 시선이 전택에게 옮겨졌다.

그때 전택이 두 손으로 청 바닥을 짚고 절을 했다.

"신라 삼현성 보군대장 급벌찬 전택입니다."

시선을 든 전택이 얼굴을 일그러뜨리면서 말을 이었다.

"신라 관직을 대기가 부끄럽습니다."

"안다."

윤충이 담담한 표정으로 머리를 끄덕였다.

"그대의 가슴이 복잡하겠지. 반역이냐 또는 사내의 길로 바로 가는 것이냐, 하고 갈등이 일어날 것이다."

"예, 목숨이 아깝지는 않으나 헛되게 버리지는 않겠습니다."

전택이 눈을 부릅뜨고 윤충을 보았다.

"전(前) 삼현성주 진궁도 소인과 같습니다."

윤충의 시선이 계백에게로 옮겨졌다.

"나솔, 나도 그대에게 맡기겠다. 허나 신중을 기해야 될 것이다."

그때 연신이 나섰다.

"그래서 여기 있는 급벌찬과 진궁에게 각각 우리 측 연락역을 배치시키는 것이 좋겠네."

계백이 머리를 끄덕였다.

"대아찬 진궁은 지금 대야성의 마장 관리인이 되어 대야성에 있습니다."

"어허!"

탄성을 뱉은 윤충이 연신과 마주 보더니 전택에게 물었다.

"그게 정말인가?"

"예, 방령. 그래서 제가 달려온 것입니다."

"그렇다면 곧장 대야성을 찌를 수도 있겠구나."

윤충이 번들거리는 눈으로 계백을 보았다.

"삼현성은 놔두고 뱀의 머리부터 떼는 것이다."

"제가 대야성으로 가겠습니다."

계백이 말을 이었다.

"전택과 함께 삼현성 군사로 위장하고 대야성까지 가는 것입니다."

"전령의 말을 들으니 3백 군사만 데리고 가겠다던데 괜찮겠는가?"

"바로 뒤만 받쳐 주십시오."

윤충과 연신이 다시 얼굴을 마주 보더니 입을 다물었다. 그들은 아직도 전택을 경계하고 있는 것이다. 전택을 믿더라도 만일 신라군에게 잡히면 실토할 수밖에 없다. 그때 전택이 입을 열었다.

"저에게 연락관 둘을 붙여 주시지요. 하나는 제 옆에 남고 또 하나는 연락을 하도록 해야 됩니다. 둘은 제 고향 농장에서 온 하인인 줄 알 것입니다."

"그렇다면 진궁에게도 둘을 보내야겠군."

"제가 이번에 그 둘을 데리고 가지요."

전택이 말을 이었다.

"삼현성을 거쳐 대야성까지 들어가 대아찬을 만날 테니까요."

"그럼 내일 떠날 때 넷을 붙여 주지."

윤충도 결단이 빠른 성품이다. 머리를 끄덕인 윤충이 수족 같은 방좌 연신에게 지시했다.

"덕솔, 진무나 극우 중에서 넷을 추려 내일 나솔에게 딸려 보내도록."

"예, 방령."

"대가야가 백제에 귀속되었다면 이런 일도 일어나지 않았을 게야."

윤충이 부드러운 시선으로 전택을 보았다.

"가야 토호 중에서 김유신만 김춘추의 옷고름을 밟아 떼는 재주를 부려서 김춘추에게 여동생을 주는 바람에 출신했지?"

억지소리지만 설득력은 있다. 전택이 어깨만 부풀렸고 윤충의 목소리가 청을 울렸다.

"대백제는 한때 대성(大姓)이 권세를 누렸지만 지금은 능력에 따라 공정하게 신하들을 관리한다. 그대들은 다시 시작할 수 있다."

고산성에서 돌아온 계백은 전택과 4명의 농민 차림의 사내를 대동했는데 그들이 바로 신라에 파견될 백제 연락역이다. 바로 첩자인 것이다. 15품 진무와 16품 극우에서 선발된 하급 무장이었지만 중책을 맡은 터라 모두 긴장하고 있다. 그들을 청으로 데려가지도 못하고 사택으로 데려온 계백이 마루방에 모아놓고 말했다.

"대야성 함락은 그대들에게 달렸다. 그대들의 목숨이 결코 헛되이 버려지지 않을 것이다."

그때 진무 하나가 물었다.

"나솔, 소인이 진무를 단 지 3년이오. 이번 일이 성사되면 무독까지는 되겠지요?"

무독은 13품이니 2계단 오를 것이다. 계백의 얼굴에 웃음이 떠올랐다. 이런 욕심이 용기를 불러일으키는 동력이다. 공(功)에 대한 욕심이 없는 자는 많을 수 없다.

"내가 12품 문독까지는 보장한다."

"어이구, 살아서 문독이 되어야 할 텐데요."

20대 중반쯤의 진무가 따라 웃으며 말했을 때 계백이 대답했다.

"그대가 죽으면 처자식이 그 보상을 받으리라."

듣고만 있던 전택이 입을 열었다.

"나솔, 다음 달 보름이면 20여 일이 남았소. 서둘러야 될 것입니다."

"그대의 책임이 크다."

계백이 말을 이었다.

"대야성의 대아찬에게 연락을 해야 될 것이고 대야성까지의 길 안내를 해야 될 테니까."

"나도 목숨을 내놓았소."

전택의 얼굴에도 쓴웃음이 떠올랐다.

"승자(勝者)의 세상이오. 승자로 죽으면 이름이라도 아름답게 남을 테니까 말씀이오."

전택은 삼현성에서 대야성까지의 길 안내를 맡은 것이다. 제각기 농민 차림을 한 다섯 명이 사택을 나갔을 때는 유시(오후 6시) 무렵이다. 그들은 밤을 새워서 삼현성으로 간 후에 다시 전택은 진궁에게 붙여줄 둘을 데리고 대야성까지 가야만 한다. 그들을 배웅하고 돌아온 계백이 마루방으로 들어섰을 때 뒤에서 인기척이 났다. 몸을 돌린 계백이 문 앞에 서 있는 고화를 보았다. 시선을 받은 고화가 입을 열었다.

"언제 떠나십니까?"

"무슨 말인가?"

"신라 땅으로 말씀입니다."

"준비가 되면 떠나야지."

그때 고화가 한 발짝 다가섰다.

"아버지를 만나시겠지요?"

"당연하지. 내가 그대 아버님의 도움을 받는 입장이니까."

"제가 급벌찬한테서 다 들었습니다."

고화가 똑바로 계백을 보았다. 물기에 젖은 두 눈이 반짝이고 있다.

"아버지를 만나면 제 편지를 전해드릴 수 있습니까?"

"전해주지."

계백의 얼굴에 쓴웃음이 떠올랐다.

"이번에는 전해주겠다."

"그럼 떠나시기 전에 편지를 드리겠습니다."

"그러지. 그리고 이번 일이 성공하면 네 부친은 가야국 호족으로 정당한 대우를 받게 될 것이다."

고화가 시선을 내린 채 입을 다물었지만 계백의 말이 이어졌다.

"벼슬의 높고 낮음을 따지는 것이 아니야. 네 부친은 정당한 권리를 찾으시려는 것이니까."

"……."

"너를 종으로 산 인연으로 일이 이렇게 되었지만 아직 마음이 놓이지는 않아."

"……."

"네 부친이 함정을 파놓고 기다리는지도 아직 알 수 없으니까."

계백의 목소리가 낮아졌다.

"그래서 나도 최소한의 병력으로 네 부친한테 가는 거야. 네 부친한테 내 목숨을 맡기고 가는 셈이다."

고화가 머리를 들었지만 계백은 몸을 돌린 후다.

신주(新州)는 백제의 북방을 가로지르는 신라 영토지만 백제로부터 빼앗은 것이나 같다. 백제 성왕은 신라 진흥왕과 함께 고구려를 공격하여 빼앗겼던 한강 유역 6군을 회복했다. 신라는 한강 상류 10군을 점령했는데 진흥왕은 갑자기 백제를 배신하고, 백제군이 수복한 6군마저 탈취한 후에 신주를 설치한 것이다. 이에 분노한 성왕이 신라군과 싸우다 관산성 싸움에서 전사했으니 백제로서는 피눈물이 뿌려진 땅이다. 그리고 관산성 싸움에서 성왕을 패사시킨 신라 무장(武將)이 바로 김유신의 조부 김무력(金武力)이다. 당시의 김무력이 신주군주(新州軍主)였던 것이다. 신주(新州) 서북방에 진출한 김유신이 덕천성에 머문 지 이틀째 되는 날, 전령이 달려와 보고했다.

"대장군, 백제 의자왕이 영암성에 입성했습니다."

영암성은 백제의 북단으로 신주와는 50여 리 거리밖에 되지 않는다. 김유신이 주둔한 덕천성과는 2백 리 정도다. 전령의 보고가 이어졌다.

"의자왕이 이끈 기마군은 8천여 기, 보군은 1만 7천 정도이나 동방 방령 의직이 주둔한 대곡성에는 보기(步騎) 2만 정도의 병력이 있습니다."

김유신이 머리를 끄덕였다. 대곡성과 영암성 간 거리는 60여 리밖에 되지 않는다.

"의자가 노리는 곳은 두 곳뿐이야."

김유신이 청 안의 무장들을 둘러보며 말했다. 얼굴에 웃음이 떠올라 있다.

"이쪽, 신주(新州)와 서쪽 대야주다."

"대장군, 의자가 이쪽에서 사냥 시늉을 하는 건 서쪽을 노리고 있는 것을 숨기려는 수작 아닐까요?"

김병일이 물었을 때 김유신이 천천히 머리를 끄덕였다. 김유신은 올해 49세, 산전수전을 다 겪은 백전노장이다.

"너무 뻔한 성동격서다."

"그것은 뻔히 드러냈으니 그 반대로 행동한다는 뜻입니까?"

"대아찬, 그 반대가 무엇이냐?"

김유신이 아직 20대 후반이나 5품 대아찬에 오른 김병일을 물끄러미 보았다. 김병일도 진골(眞骨) 왕족이다. 상대등 비담의 조카가 된다. 비담 일당이 김유신의 옆에 박아 놓은 감찰관 역할이다. 김유신의 시선을 받은 김병일의 눈동자가 흔들렸다.

"성동격서의 반대란 바로 소리를 내는 곳으로 공격한다는 것 아니겠습니까?"

"의자가 그렇게 뻔한 짓을 할까?"

"그럼 서쪽 대야주를 친다는 것입니까?"

"의자는 우리가 그것도 예상하지 못할 것이라고 생각할까?"

그때 김병일의 얼굴이 붉어졌다. 둘러선 무장들은 그저 묵묵히 듣고만 있다. 대부분이 김유신을 따라 전장을 누비고 다닌 무장들이다. 그때 김유신이 허리를 펴면서 말했다.

"내가 북상한 지 열흘이 지났는데도 군사를 이끌고 당항성으로 가지 않은 이유를 아는가?"

김유신의 시선이 부장(副將) 서준에게로 옮겨졌다. 서준은 6품 아찬으로 38세, 10여 년간 김유신을 수행한 무장이다.

"아찬, 말해 보라."

"예, 중심이 흔들리지 않는 것입니다."

서준이 바로 대답했다. 어깨를 편 서준의 왼쪽 볼에 칼자국이 길게 뻗쳐 있다.

"중심이 흔들리지 않으면 어느 쪽 적과도 상대할 수 있습니다."

"그렇다."

김유신이 정색하고 말을 이었다.

"허나 의자의 준동은 전쟁의 시작인 것은 분명하다. 내가 군사를 이끌고 북상한 것도 당연한 일, 서쪽 대야주 방비도 충분하니 이렇게 기다리는 것이다."

백전노장의 빈틈없는 말이다.

결사대 3백은 칠봉성으로 파견된 병력 중에서 선발했기 때문에 계백은 매일 군사 조련을 했다. 방령 윤충은 부장(副將)으로 장덕 화청을 보내 주었는데 40대의 한인(漢人)이다. 건장한 체격에 수염이 무성한 화청이 계백을 향해 두 손을 모으고 인사했다.

"장덕 화청이올시다. 나솔께서 연남군에 계실 때부터 용명을 듣고 있었습니다."

"당(唐)에서 귀화했나?"

계백이 묻자 청 안의 시선이 모였다. 칠봉성의 청 안이다. 사시(오전 10시) 무렵, 화창한 날씨여서 산성 위로 흰 구름이 지붕처럼 붙어 있다.

"아니요. 전 수(隋)가 멸망한 후에 귀순했으니 수에서 귀화한 셈입니다."

계백의 얼굴에 웃음이 떠올랐다. 수(隋)는 3대 37년 만에 멸망한 것이다. 한때 중원을 장악했던 수는 고구려를 침공했다가 대패당한 후에 양제가 친위군의 반란으로 살해되면서 사라졌다.

"수가 멸망한 지 25년이야. 그대는 수에서 관직에 있었나?"

"섬서성 동관의 교위로 있다가 동관이 함락되자 곧장 동성군에 투항하였습니다."

계백이 머리를 끄덕였다. 동성군은 대륙의 동쪽에 위치한 백제령 담로의 하나다. 계백이 성장했던 담로 연남군의 위쪽이다.

"잘 왔어. 그대의 경륜이 도움이 되겠다."

계백이 반기고는 같은 부장(副將)이며 장덕인 해준과 고덕 호성 등 무장들을 소개했다. 이로써 결사대 장수와 병사 준비는 마쳤다. 성안의 군사는 물론 출동시킬 3백 기마군도 아직 대야성 공략은커녕 출동 날짜도 모른다. 계백과 10여 명의 무장만 알 뿐이다. 그날 저녁, 대야성에 밀파되었던 2명 중 하나인 진무(振武) 남용이 계백의 사택에 도착했다. 남용은 온몸이 땀과 먼지로 뒤덮여 있는 데다 나흘 밤낮을 걸었기 때문에 지쳐 있었다.

"지쳤으니 잠깐 물을 마시고 죽을 먹어라."

늘어진 남용에게 말한 계백이 덕조를 보았다.

"가서 장덕 화청, 해준, 고덕 호성까지 불러 오너라."

덕조가 몸을 돌렸을 때 계백이 다시 남용에게 말했다.

"다 함께 들으려고 그런다."

잠시 후에 선봉군 결사대의 무장들이 다 모였다. 그들은 남용이 어디에서 온 것임을 아는 터라 긴장하고 있다. 마루방에 다섯이 둘러앉았을 때 계백이 남용에게 지시했다.

"말해라."

"예. 그동안 대야성의 주둔 병력이 1만 3천5백으로 늘었습니다. 기마군 5천5백에 보군 8천입니다."

남용이 가슴에서 접힌 종이를 꺼내 계백 앞에 펼쳐 놓았다.

"대야성 지도입니다. 각 부대의 위치와 병력, 창고와 마구간, 무장과 관리들의 숙소까지 다 표시를 해 놓았습니다. 지도는 대아찬이 그렸습니다."

무장들이 숨을 들이켜는 소리를 내었다. 계백이 지도를 집어 들고 머리를 끄덕였다. 대아찬은 진궁이다. 다시 남용이 말을 이었다.

"대야성 주변에 포진한 신라군은 대략 1만여 명이고 중앙군단으로는 삼천당군(軍) 1만이 동쪽 마진성에 주둔하고 있습니다. 대아찬은 유사시에 만 하루면 3만여 명의 신라군이 모일 수가 있고 사흘이면 5만, 열흘이면 신주로 올라간 김유신군(軍)까지 내려와 10만이 될 수 있다고 했습니다."

"대야성 분위기는 어떠냐?"

"전쟁 분위기는 아닙니다. 김유신군이 북상했고 의자대왕께서 북쪽에 계시다는 것을 모두 알고 있습니다. 그리고……."

숨을 고른 남용이 계백을 보았다.

"대야성 안 주민이나 가야 출신 군사들은 신라 임금에게 목숨을 바치면서까지 충성을 할 의무감은 느끼지 않는 것 같습니다."

지도를 접은 계백이 길게 숨을 뱉었다. 이제 시간이 된 것이다. 이쪽 준비는 다 되었다.

"수고했다. 넌 오늘 푹 쉬어라."

"나리, 드릴 것이 있습니다."

무장들이 돌아가고 계백 혼자 마루방에 남았을 때 먼저 나갔던 남용이 문 앞에서 말했다.

"뭐냐?"

다가온 남용이 품에서 접힌 편지를 두 통 꺼내더니 내밀었다.

"하나는 대아찬이 나리께 보내는 것이고 또 하나는 딸에게 주는 편지지만 나리께 먼저 드리라고 하더구만요."

20대쯤의 남용은 농사꾼에서 병사로, 병사에서 15품 진무까지 출신을 했다. 군 경력이 8년, 수많은 전장(戰場)에서 살아남은 터라 생존본

100

능이 뛰어난 것은 당연한 일이다. 편지를 받아든 계백이 남용에게 물었다.

"진무, 대아찬의 기색이 어떻더냐?"

남용은 그동안 진궁과 함께 생활해 왔던 것이다. 백제 측에서는 연락역 겸 감시역이다.

"가야 호족으로 신라 왕족들에게 무시당해 온 것에 대한 불만이 많았습니다."

남용이 바로 대답했다.

"백제군을 유인해서 함정에 빠뜨려 신라에 충성할 위인도 아니고 그럴 이유도 없는 것으로 보입니다."

"그렇군."

"딸에 대한 애정은 각별했고 진심 같습니다. 딸이 잘살면 된다는 말만 여러 번 했습니다."

"진무, 수고했다."

"나리."

계백을 부른 남용이 시선이 마주치자 쓴웃음을 지었다.

"저와 하성은 이 일에 목숨을 걸었습니다."

"이번 공격이 성공하면 너희들 둘은 12품 문독이 된다. 그것이 자손에게도 전해질 게다."

"그만하면 죽을 보람이 있지요."

어깨를 부풀린 남용이 이를 드러내고 웃었다. 죽더라도 자식에게 직위가 넘겨진다는 말이다. 남용이 몸을 돌렸을 때 계백은 먼저 자신에게로 온 편지부터 보았다. 이제는 눈에 익은 진궁의 필체다.

"나솔, 곧 뵙게 되겠지만 그때는 이런 말을 할 기회가 없을 터라 먼저 말씀드리오. 내 딸 고화가 여러모로 부족하나 나솔이 상처하셨다고 하니 배필로 맞아주시면 마음 놓고 세상을 뜰 수 있겠소. 이것도 인연이니 고화를 받아주시기 바라오. 고화에게도 따로 편지를 쓸 것인데 고화는 아비의 뜻을 어기지 않을 것입니다. 만일 승낙해 주신다면 백제와 나솔을 위해 대야성 공략에 목숨을 바치겠소. 진궁."

한동안 편지를 보던 계백의 얼굴에 쓴웃음이 떠올랐다. 편지는 자신의 딸을 배필로 맞으라는 요청이다. 그러나 내용은 당당했고 딸과 대야성을 바꾸겠다는 분위기까지 풍겼다. 이윽고 계백의 얼굴에서 웃음기가 지워졌다. 내용 속에 박힌 진궁의 아픔과 분노, 그리고 진심까지 몸속으로 배어드는 것 같았기 때문이다. 마당으로 나간 계백이 종을 불러 고화를 불렀다. 고화는 이제 종이 아니라 손님이다. 방에서 나온 고화가 앞에 섰을 때 계백이 편지를 내밀었다.

"부친과 함께 있는 무장이 여기 오면서 그대 부친의 편지를 가져왔다."

편지를 내민 계백이 말을 이었다.

"나한테도 편지를 보내셨는데 그것도 함께 읽는 것이 낫겠군."

계백이 다시 편지 한 통을 꺼내 고화에게 건네주고는 돌아섰다. 밤이 깊어서 칠봉산 이쪽저쪽의 부엉이가 울기 시작했다. 방으로 돌아온 계백이 그때서야 옷을 갈아입었을 때 덕조가 술상을 든 종과 함께 들어섰다.

"주인, 무슨 편지를 주신 겁니까?"

종이 나갔을 때 술상 옆에 앉은 덕조가 물었다.

"얼핏 들으니 부친이 보낸 편지라면서요?"

"고화 부친이 나한테 고화를 처로 맞아 달라는구나."

순간 숨을 들이켠 덕조가 몸까지 굳히더니 이윽고 어깨를 늘어뜨리면서 말했다.

"소인이 보기에는 마님으로 적당하십니다. 얼른 받아들이시지요."

대야성 서문 수문장 여준은 다가오는 진궁을 향해 허리를 굽혀 절을 했다.

"성주, 오시오?"

"난 성주에서 떨어진 지 한 달 되었어."

쓴웃음을 지은 진궁이 다가와 섰다. 유시(오후 6시) 무렵, 진궁은 여준의 숙소로 찾아온 것이다. 미리 장춘을 시켜 연락을 한 터라 뒷문에서 기다리고 있던 여준이 진궁을 안내했다. 여준도 가야 호족 출신으로 진궁의 가문과 인척으로 맺어져 있다. 진궁의 어머니가 여준의 친척인 것이다. 뒤채 마루방에 자리 잡고 앉았을 때 뒤를 따라온 장춘이 마루방 밖에서 지켜 섰고 여준은 방에 불도 켜지 않았다. 진궁은 이미 기피 인물이다. 딸이 백제군에게 납치된 것을 숨기고 있다가 군주로부터 직위가 박탈된 신분인 것이다. 억울하겠지만 진궁과 접촉했다가 군주로부터 불이익을 당할 수도 있다. 그래서 대부분의 관리는 진궁을 피하는 실정이다.

"이것 봐, 나마. 내가 그대와 친척이라는 것을 누가 아는가?"

웃음 띤 얼굴로 진궁이 묻자 여준이 따라 웃었다.

"안다면 벌써 그자가 군주께 말했겠지요."

"그렇군."

"한 달이 지났으니 아마 저도 직이 잘렸을 겁니다."

"김유신은 내 구명 편지도 불에 태웠어."

"당연하지요."

"시간이 지나면 그대와 내 관계도 알게 될 거야."

"그럴 것 같습니다."

여준은 33세, 활을 잘 쏘았고 마술이 뛰어나 여러 번 전장에서 공을 세웠지만 11품 나마에 머물고 있다. 가야가 신라에 병합된 지 1백 년도 되지 않는다. 그 전(前)에는 가야와 백제가 연합해서 고구려와 전쟁을 치르기도 했다. 그때 진궁이 정색하고 여준을 보았다.

"이봐, 나마. 나는 이곳에서 죽겠네."

"그게 무슨 말씀이오?"

놀란 여준이 눈을 둥그렇게 떴을 때 어깨를 추켜올린 진궁이 말을 이었다.

"하지만 나마는 살아서 영예를 찾게."

"왜 죽습니까?"

"대야성을 함락시키겠네."

"대아찬, 무슨 말씀이오?"

"성문을 열어주지 않겠는가?"

낮게 말한 진궁이 번들거리는 눈으로 여준을 보았다.

"대야성만 넘어가면 대야주 42개 가야 영토의 성은 한순간에 무너질 것이네."

"……."

"그럼 우리 가야인들이 다시 대가야의 주인이 되겠지. 나마, 그대가 42개 가야성 한 곳의 성주는 되지 않겠는가?"

"……."

"신라가 우리 대가야를 병합하고 나서 가야족으로 출신한 위인은 김유신 하나뿐이지 않은가?"

"……."

"내가 5품 대아찬이 된 것도 30여 번의 전공을 세운 덕분이지. 나 같은 경우는 몇 명 안 돼."

"그렇지요."

어깨를 부풀린 여준이 말했다.

"대아찬은 김유신보다 더 전공을 세웠지요."

김유신은 이미 왕족 대우를 받고 진골 김춘추의 매부이며 대장군에다 2품 이찬이 되었다. 가야인 토호 대부분은 11품 나마 이상으로 승급되지 않는다. 전택도 특별한 경우에 속하는 것이다. 그때 여준이 물었다.

"대아찬, 백제에 투항하시려는 겁니까?"

"나를 따르겠는가?"

"명분은 있으니 실리까지 보여주시오."

"옳지."

진궁이 어둠 속에서 이를 드러내며 웃었다.

"장하네. 거사가 성공하면 그대에게 성주를 보장하지 못하겠는가?"

"조건 없는 투항은 백제에서 믿지도 않을 것입니다."

"나는 내 딸 고화의 장래를 보장받았네."

"대아찬, 살아서 그것을 보셔야지요. 함께 삽시다."

"그럼 성문을 열겠는가?"

"대가야는 내 땅이오. 내 집 성문을 여는 것입니다."

여준의 두 눈이 번들거렸고 먼저 손을 뻗어 진궁의 손을 감싸 쥐었다.

진궁이 보낸 남용이 다시 칠봉성에 도착했을 때는 진시(오전 8시) 무렵이다. 남용은 밤을 새워 달려온 것이다. 백제령에 들어온 후에는 성(城)에서 말을 빌려 탈 수 있다. 이번에는 성의 청으로 들어온 남용이 계백에게 말했다.

"나솔, 준비가 다 되었습니다."

땀과 먼지로 얼룩진 얼굴을 들고 남용이 말을 이었다.

"서문(西門) 수문장 여준이 성문을 열기로 했습니다. 대아찬이 서둘 라고 합니다."

청 안에는 화청과 해준 등 결사대 무장들만 모여 있었는데 계백이 입을 열었다.

"그렇다면 이틀만 이곳에서 기다려라. 내가 방령께 허락을 받고 바로 날짜를 잡을 테니까."

"그러지요."

"내가 지금 방성(方城)으로 가겠다."

자리를 차고 일어선 계백이 무장들을 둘러보았다.

"출전 준비를 해놓고 기다리도록."

청 안의 분위기에 활기가 일어났다. 마치 야수가 피 냄새를 맡은 것 같은 분위기다. 그날 저녁 술시(오후 8시) 무렵, 칠봉성에서 방성인 고산성까지 2백여 리 길을 달려온 계백이 윤충과 마주 앉아 있다. 청 안에는 무장(武將) 대여섯 명이 둘러앉아 있었는데 모두 이번 전쟁에 출전할 무장들이다. 계백의 말을 들은 윤충이 어깨를 펴면서 크게 숨을 들이켰다.

"때가 되었구나. 나솔, 준비는 다 되었겠지?"

"예. 신라군 군복과 장비도 다 준비되었습니다. 신라 땅으로 들어서면 갈아입을 것입니다."

"나는 대군(大軍)을 이끌고 가는 터라 변복할 수가 없다. 그대 뒤를 선봉군 3천이 따라가겠지만 아무리 빨라도 하루는 걸릴 거야."

"알고 있습니다."

"대야성 서문을 하루 동안 지켜야 하네."

"지키지요."

"대왕께도 전령을 보내겠네."

이제는 길게 숨을 뱉은 윤충이 번들거리는 눈으로 계백을 보았다.

"나솔, 살아 있어야 하네."

청을 나온 계백이 매어놓은 말고삐를 풀 때 방좌 연신이 서둘러 다가왔다. 연신은 이번 전쟁에 출전하지 않는다. 방령 윤충을 대신하여 남방을 관리하는 것이다.

"이보게 나솔, 진궁의 딸을 집에 두었나?"

다가선 연신이 낮게 묻자 계백이 목소리를 낮췄다.

"왜 그러시오?"

"진궁이 그대에게 딸을 맡겼다니 나솔의 부인으로 대우해야 되겠는가?"

연신의 시선을 받은 계백이 쓴웃음을 지었다.

"제가 혼인은 하지 않았지만 제 부인으로 대우해 주시지요."

"알겠네."

머리를 끄덕인 연신이 말을 이었다.

"진궁한테 내가 그렇게 할 것이라고 전해주게."

"고맙습니다."

연신이 말에 오른 계백을 올려다보면서 웃었다.

"살아 돌아와서 혼인을 하도록 하게."

말고삐를 챈 계백은 대답하지 않았다.

연신은 만약 계백이 전장에서 돌아오지 않을 때의 경우에 대비해서 고화의 처분을 상의한 것이다. 이제 계백의 말을 들었으니 고화는 계백의 부인으로 인정받게 될 것이다. 계백은 호위장 무독 곽성과 둘이서 칠봉성과 고산성을 오갔다. 그날 밤 다시 말을 달려 2개의 성에서 말을 바꿔 타고 칠봉성에 닿았을 때는 사시(오전 10시) 무렵이다. 길가에서 잠깐 말을 세워놓고 눈을 붙인 강행군이다. 하루 반나절 만에 2백여 리 길을 왕복한 셈이었다.

잠깐 쉬려고 사택으로 돌아온 계백이 덕조에게 말했다.

"오시(낮 12시)에 날 깨워라. 아씨에게 할 이야기가 있다."

3장 백제의 혼(魂)

"부르셨어요?"

마루방에 앉아 있던 계백에게 고화가 다가오며 물었다. 고화는 깔끔한 옷차림에 이제는 피부에 윤기가 난다. 성주(城主)의 손님이 되어서 머물고 있는 터라 몸은 편해졌지만 아직 얼굴에는 수심이 끼어 있다. 머리를 끄덕인 계백이 앞쪽을 손으로 가리켰다.

"거기 앉아."

오시(낮 12시) 무렵, 잠깐 자고 일어난 계백이 다시 나갈 차비를 하고 앉아 있다. 앞쪽에 앉은 고화가 맑은 눈으로 계백을 보았다. 이제는 눈에 적의는 사라졌다. 대신 두려움과 수줍음이 절반씩 섞인 것 같다. 계백이 입을 열었다.

"내일 새벽에 출진할 테니 얘기할 시간이 없을 것 같아서 불렀어."

고화는 시선만 주었고 계백의 말이 이어졌다.

"내가 방령께 말씀을 드리려고 했더니 마침 방좌께서 말을 꺼내시더군. 그래서 그대를 내 처로 대우해달라고 청을 드렸어."

고화가 시선을 내렸고 계백의 말이 마루방을 울렸다.

"그러니 내가 돌아오지 않아도 나솔 계백의 처로 대우를 받게 될 것이야. 그런 줄 알고 있도록."

"나리."

머리를 든 고화가 계백을 보았다. 얼굴이 상기되어 있다.

"제가 아버지를 사지(死地)에 빠뜨려 놓고 이제는 나리까지 몰아넣는군요."

"전화위복이란 말도 있어."

계백의 얼굴에 쓴웃음이 번졌다.

"그대가 지금은 내 걱정을 해주는가?"

"아버님께 저는 꼭 살겠다고 전해 주십시오."

"옳지, 그래야지."

계백이 커다랗게 머리를 끄덕였다.

"그것이 바로 효도하는 길이고 대의(大義)일세. 내가 전해 드리겠네."

어깨를 편 계백이 머리를 돌리더니 밖에 대고 소리쳤다.

"덕조 있느냐!"

"예, 나리."

문 밖에 있었는지 바로 대답이 돌아왔다.

"집안 식구들 모두 불러라!"

"예, 나리."

숨을 다섯 번 쉬기도 전에 덕조가 종 둘과 우덕까지 데리고 마루방 끝 쪽에 섰다. 계백이 머리를 들고 덕조에게 말했다.

"내가 떠나 있는 동안 아씨를 모시고 기다려라. 무슨 말인지 알겠느냐?"

"예, 나리."

110

덕조의 눈동자가 흔들렸다. 아직 내막을 모르기 때문이다. 계백이 말을 이었다.

"방좌 덕솔 연신 님께서 아씨를 내 처로 인정하시고 대우해 주신다고 하셨다. 알겠느냐?"

"예, 나리."

그때서야 덕조가 계백 사후(死後)의 고화에 대한 처우 문제인 것을 알고는 허리를 꺾어 절을 했다.

"예, 돌아오실 때까지 잘 모시지요."

머리를 끄덕인 계백의 시선이 고화에게로 옮겨졌다.

"이만하면 되었어."

자리에서 일어선 계백이 말을 이었다.

"나는 내일 새벽에 출진이야. 청으로 들어가 장수들과 회의를 하고 나서 그곳에서 출진할 테니까 여기서 작별이다."

"나리, 무사히 돌아오시오."

계백의 등에 대고 덕조가 말했다. 마루방을 나가던 계백의 옷자락이 뒤에서 당겨졌다. 머리를 돌린 계백이 옷자락을 잡고 선 고화를 보았다. 시선이 마주치자 고화가 얼굴을 붉히면서 말했다.

"나리, 기다리고 있겠습니다."

"나는 죽을 작정으로 떠나는 무장이야."

그러나 계백의 얼굴에 웃음이 떠올랐다.

"그대에게 돌아오려고 죽음을 피하지는 않아."

계백이 몸을 돌렸다.

아침, 3백 기의 기마군이 칠봉산성을 내려가고 있다. 예비마와 식량을 실은 말까지 4백여 필의 말이 속보로 내려가는 터라 산이 울렸다. 앞장선 척후는 10여 기. 그러나 깃발도 들지 않았고 백제군(軍)을 나타내는 띠도 매지 않았다. 사냥 갈 때의 차림이다. 아침 일찍 산에 나왔던 나무꾼 서너 명이 내려오는 기마군을 보고는 길가에 비켜섰다가 계백이 다가오자 꿇어앉았다. 근처 마을 농부들이어서 계백의 얼굴을 안다.

"성주, 잘 다녀옵시오!"

나이든 사내가 소리치자 계백의 얼굴에 웃음이 떠올랐다.

"추수 잘 하게!"

계백의 목소리는 곧 말굽 소리에 묻혔고 기마군에 둘러싸인 뒷모습도 곧 보이지 않았다.

그 시간에 남방 방령 윤충도 말에 오르고 있다.

"선봉이 떠났습니다!"

부장(副將)인 덕솔 목기진이 소리쳐 말하면서 옆으로 다가왔다. 목기진이 탄 군마(軍馬)가 흥분해서 목을 휘두르며 제자리에서 두 번이나 맴돌았다. 싸움에 익숙한 군마들은 전장 분위기를 느끼면 날뛰는 것이다.

"서둘러라!"

말고삐를 쥔 윤충이 소리치자 목기진의 손짓을 받은 중군(中軍)이 움직이기 시작했다. 한솔 협반이 지휘하는 선봉군 3천이 조금 전에 방성(方城) 아래쪽 산기슭에 주둔하고 있다가 출발한 것이다. 윤충이 이끄는 중군은 기마군 7천5백, 후군은 3천5백, 선봉군까지 1만 4천이다. 기마군이 움직이자 지진이 난 것처럼 땅이 흔들렸다.

"자, 이제 시작이다."

윤충이 말에 박차를 넣어 속보로 걸리면서 주위에 모인 무장들에게 말했다.

"이번 싸움은 나솔 계백에게 달려 있다."

"방령, 대왕께 전령이 떠났소이다!"

중군의 제1대장을 맡은 나솔 정찬이 다가와 보고했다.

"대왕과는 이틀 간격이 되겠소."

"일정이 정확해야 산다."

윤충이 소리쳐 말했다.

"낙오자는 남겨두고 행군을 멈추지 말라!"

이미 각 무장들에게 지시를 해놓은 터라 전령을 시켜 전달할 필요는 없다. 후군(後軍) 뒤로 병참과 예비마까지 3천여 필의 말떼가 따르고 있기 때문에 성안은 지진이 난 것처럼 진동했다. 성안 주민들이 길가에 나와 서서 구경을 한다. 이 중에 신라 첩자가 있을 것이지만 기마군의 속도를 따라잡지는 못한다. 출동 전까지 철저하게 위장하고 있었던 터라 첩자들은 영문을 모르고 있을 것이다. 성문을 나서자 아침 햇살이 기마군 위로 쏟아졌다. 창끝이 빛을 받아 반짝였고 말들은 기운차게 걸음을 내딛는다. 윤충이 번쩍 상체를 세우고 소리쳤다.

"보라! 창끝에 비친 햇살이 이렇게 밝은 적은 처음이다! 이번 싸움은 이긴다!"

"와앗!"

근처의 무장들이 소리쳤고 전령들이 앞뒤로 말을 달려 나가면서 기마군들에게 전한다.

"창끝의 햇살이 이렇게 밝기는 처음이라고 방령께서 전하셨다! 이번 싸움은 이긴다!"

"와앗!"

앞쪽과 뒤쪽에서 전령의 말을 들은 기마군들이 함성으로 대답했다. 병사에게 사기를 일으켜 주는 것이 장수의 역할이다. 수백 번 전투를 치른 윤충은 비 오는 어느 날에 전장으로 달려가면서 빗속의 귀신이 너희들을 도와줄 것이라고 소리친 적이 있다. 그날 윤충은 5백 기마군으로 3천이 넘는 신라군을 패주시켰는데 귀신의 도움이 컸다. 군사들은 귀신들이 옆에서 돕는 줄 알았다고 했다. 이것이 사기고 전장(戰場)의 단순함이다. 그것을 잘 응용하는 장수가 이긴다. 제갈공명의 계략은 다 헛소리다. 윤충의 머릿속에 계백의 모습이 떠올랐다. 계백, 지금 어디 있느냐?

"국경을 넘었습니다."

옆을 따르던 장덕 해준이 낮게 말했을 때는 유시(오후 6시) 무렵, 기마군은 이제 일렬종대로 산기슭을 돌아가고 있는 중이다. 이곳은 사람 하나가 겨우 다닐 수 있는 외진 산길, 옆쪽은 자갈투성이의 불모지인 데다 물줄기도 없어서 짐승도 드문 땅이다. 신라군 국경 초소는 5백여 보 떨어져 있는데 이 시간에는 저녁 준비로 밖에 나오지 않는다. 기마군은 초소를 뒤로 하고 술시(오후 8시)가 될 때까지 영토 안으로 더 진입하고 나서야 작은 개울가에서 멈췄다.

"변복해라."

계백이 지시하자 각 무장들이 제각기 군사들에게 지시했고 한식경도 되지 않았을 때 기마군은 신라군으로 변했다. 각자가 신라군 복장을 말에 싣고 있었기 때문이다. 계백도 허리띠를 떼고 신라 무장의 가죽 갑옷으로 바꿔 입었으며 황금색 용 한 마리를 자수로 놓은 자색 두건을 썼다. 이찬 등급을 나타내는 두건이다. 장덕 화청과 해준은 붉은색 두건을 썼으니 신라의 7급품 일길찬이 되었고 청색 두건을 쓴 호성은 9급품 급벌찬이다.

"자, 오늘 밤은 영내로 더 깊게 진입한다. 출발이다."

버릴 것은 땅에 묻고 신라군이 된 기마군이 계백의 명령에 따라 다시 떠났다.

"내일 저녁에는 삼현성에 닿아야 한다."

말에 박차를 넣으면서 계백이 소리쳤다. 이제는 신라군이 되었으니 수군대며 지시할 필요는 없다.

그 시간에 백제왕 의자가 동방 방령 의직에게 말하고 있다.

"달솔, 그대는 김유신만 막으면 된다. 김유신이 대야주를 지원하려고 내려올 때 허리를 끊어라."

"예, 대왕."

의직이 허리를 굽혔다가 펴고 의자를 보았다. 이곳은 동방(東方) 동북쪽의 황야, '백제대왕'의 거대한 깃발이 꽂힌 백제군의 본진이다. 대왕 의자가 친히 2만 친위군을 거느리고 북상했고 동방 방령 휘하의 동방군 2만 5천에다 북방군 5천까지 합해서 5만 대군이 벌판을 뒤덮고 있다. 주위는 이미 어두워서 수천 개의 모닥불이 피워져 있는 터라 마치 땅에도 별 무리가 펼쳐진 것 같다.

"대왕, 옥체를 보중하소서."

"전쟁이 빨리 그쳐야지."

의직의 시선을 받은 의자가 빙그레 웃으면서 자리에서 일어섰다. 의자는 이미 갑옷 차림이다. 이곳을 떠나는 것이다. 진막을 나온 의자가 위사장이 잡고 선 말고삐를 받아 쥐더니 날렵한 동작으로 말에 올랐다.

어둠 속에는 이미 수백 기의 위사대가 주위에 벌려 서 있다.

"별이 밝구나."

하늘을 올려다본 의자가 혼잣소리처럼 말했지만 의직은 바로 말을 받았다.

"이번 출정에 대운(大運)이 따른다는 징조올시다, 대왕."

"앗하하!"

마상의 의자가 턱을 치켜들고 웃었다.

"달솔, 지금 하늘에서 별이 떨어진다면 뭐라고 말을 받을 거냐?"

"액운이 떨어졌으니 거칠 것이 없다고 말씀드리겠습니다."

"그대는 곧 좌평이 되겠다."

"입만 가지고 승진하지는 않겠습니다, 대왕."

"잘 지켜라."

의자가 정색하고 말하자 의직이 허리를 꺾어 절을 하고 나서 낮게 소리쳤다.

"대왕 만세, 천세."

머리를 끄덕인 의자가 말고삐를 채어 몸을 돌렸다. 위사대에 둘러싸인 의자의 모습이 어둠 속으로 사라졌다. 의자는 친위군을 이끌고 남하하는 것이다. '의자대왕' 깃발을 놔두었다.

저녁, 술시(오후 8시) 무렵, 골짜기 입구에서 대기하고 있던 기마군 앞쪽이 술렁거리더니 곧 고덕 호성이 서둘러 다가왔다. 호성은 기마군의 선봉을 맡고 있어서 언제나 맨 앞에 나가 있다.

"나솔, 전택이 왔습니다."

낮게 소리친 호성의 뒤로 전택이 따라왔다. 계백은 전택을 기다리고

116

있었던 것이다. 전택은 신라 무장 차림이었는데 연락과 감시역으로 파견되었던 장반과 유권도 데리고 왔다.

"장군, 준비 다 되었습니다."

어깨를 편 전택이 계백에게 군례를 하면서 말을 잇는다.

"가족은 처가가 있는 산골로 보냈으니 이젠 마음 놓고 죽을 수 있게 되었소."

"죽으면 되나."

자리에서 일어선 계백이 웃음 띤 얼굴로 말을 이었다.

"살아서 영화를 누려야지. 그래서 싸우는 것이 아닌가?"

"그렇습니다."

전택이 따라 웃었고 계백이 일어나는 것을 신호로 화청과 해준이 소리쳐 기마군을 정돈했다. 다시 출발하려는 것이다. 이곳은 삼현성에서 10리쯤 떨어진 골짜기다. 길잡이 역할을 할 전택을 기다리면서 휴식을 취하고 있었던 터라 밤길을 달려야 한다. 다행히 삼현성까지 오는 데 농군 몇 명만 보았지 신라 순찰대는 만나지 않았다. 이제 앞에 삼현성 보군대장이며 급벌찬 벼슬인 전택을 내세웠으니 조금 마음이 놓인다.

"출발!"

말에 오른 계백이 소리치자 기마군 3백이 움직였다. 이제는 소음을 죽이고 행군하는 것에 익숙해져서 말들도 울지 않는다.

그 시간에 김유신이 전령의 보고를 받는다. 이곳은 신라 덕천성, 김유신의 대군이 주둔하고 있는 곳이다.

"장군, 백제군이 반으로 쪼개졌습니다."

"쪼개져?"

청 안이 조용해졌고 김유신이 치켜뜬 눈으로 전령을 보았다. 전령이 소리쳐 말을 이었다.

"예. 기마군 2만여 기가 쪼개져서 남하했습니다. 그것이 오늘 아침 진시(오전 8시)경이었으니 지금쯤……."

"2백 리는 갔지 않겠느냐?"

김유신이 대신 말을 받았다.

"기마군 2만이라고 했느냐?"

"예, 속보로 남하하는 것을 보고 바로 달려왔습니다."

전령은 12품 대사 직급으로 전장에 익숙한 30대다.

"백제왕의 깃발은 그대로 진영에 세워져 있었습니다."

그러나 김유신은 대답하지 않았다. 물끄러미 전령을 응시했으나 눈의 초점이 떨린다. 이윽고 김유신이 어깨를 부풀리며 말했다.

"전군(全軍)을 출동 준비시켜라."

"예, 대장군."

부장 서준이 대답부터 하고 나서 묻는다.

"어디로 갑니까?"

"안곡성으로!"

"예, 대장군."

"한 시진 후에는 출발이다."

김유신의 목소리가 청을 울렸다.

"안곡성에 전령을 보내 맞을 준비를 하라고 해라!"

"예, 대장군."

청 안의 무장들이 일제히 일어났고 제각기 떠났는데 일사불란하게 움직인다. 안곡성은 신라 국경에 위치한 산성(山城)으로 백제군이 주둔하고 있는 영암성 근처의 황야와는 50리밖에 떨어지지 않았다. 백제 측에서 보면 신라군이 공격해 오는 것으로 알 것이다.

"누구냐?"

어둠 속에서 외침이 울렸다. 밤, 축시(오전 2시)경, 기마군은 삼현성에서 동쪽으로 1백 리 정도 나아간 상태다. 이곳은 정안성에서 20리쯤 떨어진 강가, 흐린 날씨여서 별빛도 없는 천지는 먹물 속 같다. 그때 선두에서 기마군을 안내하던 전택이 소리쳐 대답했다.

"나는 삼현성 보군대장 급벌찬 전택이다! 너는 누구냐!"

"저는 정안성 유천 검문소 군사올시다!"

앞쪽에서 사내가 외쳤다.

"이 밤중에 어디로 가는 군사입니까?"

"세곡을 싣고 대야성으로 간다! 군주의 지시로 밤을 새워 가는 중이다!"

그러는 사이에 기마군은 검문소로 더 접근했다. 어둠 속이었지만 검문소가 드러났다. 앞장선 전택은 이제 검문소 앞으로 바짝 다가갔다. 검문소 윤곽이 드러났다. 통나무로 지은 2채의 막사, 이미 검문소 안에서 군사들이 쏟아져 나왔는데 10여 인이다. 그때 군사들을 헤치고 무장 하나가 나섰다.

"나는 검문소장 대사 유만성이오! 삼현성 급벌찬이라면 증표를 보이시오!"

"여기 있네."

전택이 마상에서 나무를 깎아 만든 증패를 내밀었다. 이제 검문소 군사들이 횃불을 켜서 주위가 환해졌다. 기마군 3백 기가 검문소를 둘러싸고 있는 상황이 되어서 군사들이 잔뜩 긴장하고 있다. 그러나 모두 신라군 차림이라 두리번거리기만 할 뿐이다. 그때 증표를 본 검문소장이 전택에게 돌려주면서 다시 물었다.

"삼현성에 내 의형제가 있소. 수문장으로 있는 사지 안태상이를 아시오?"

"누구?"

"사지 벼슬의 안태상이오."

그때 계백이 군사들을 헤치고 앞쪽으로 나와 둘의 이야기를 듣는다. 이제 기마군은 검문소를 사방으로 둘러싸서 물샐 틈이 없다. 3백 기마군이 모두 침묵을 지키고 있는 터라 둘의 문답이 뒤쪽에까지 들린다. 그때 전택이 물었다.

"대사, 그대도 가야인인가?"

"그렇습니다."

올려다보는 대사 직급의 검문소장의 눈이 번들거렸다. 30대쯤의 건장한 체격이다. 시선을 받은 전택이 쓴웃음을 지었다.

"나를 믿지 못하고 있군."

"무슨 말씀이오?"

"나도 가야인이야."

"그렇습니까?"

"사지 벼슬의 안태상이란 수문장은 작년에 병으로 죽었네. 의형제가 그것도 모르고 있었나?"

"아!"

수문장의 얼굴에 쓴웃음이 번졌다.

"잠깐 잊고 있었소."

그 순간이다. 전택이 허리에 찬 칼을 후려치듯이 뽑으면서 수문장의 목을 쳤다. 비명도 지르지 못한 수문장이 목에서 피를 뿜으며 쓰러지기도 전에 기마군이 덮쳤다. 기다리고 있었기 때문에 누가 명령을 하지도 않았다. 비명과 외침, 신음은 잠깐 동안 이어지다가 뚝 그쳤다. 마상에서 공격한 기마군은 함성 한 번 지르지 않고 검문소 군사들을 도륙한 것이다. 말에서 뛰어내린 기마군사 10여 명이 막사 안까지 뛰어 들어가더니 신음이 울렸다. 그때 피가 묻은 칼을 칼집에 넣으면서 전택이 계백을 보았다.

"장군, 제가 동족을 쳤습니다."

"살려둘 수가 없었어."

계백이 위로하듯 말하더니 말고삐를 당겼다.

"검문소가 당한 것을 알면 전령이 김품석에게 보고를 할 거다. 이제는 낮에도 달려야겠다."

검문소 한 곳의 군사를 몰살했으니 군주(軍主)에게 보고하는 것도 당연하다.

기마군은 이제 속보로 달려가기 시작했다. 대야성까지의 거리는 1백리, 신시(오전 4시)까지는 닿게 될 것이다. 속보로 달리는 계백의 옆으로 장덕 화청이 다가왔다.

"나솔, 강행군이니 대야성 근처에서 쉬었다가 진입해야 합니다."

화청이 말을 이었다.

"선봉군은 이틀 후에야 오지 않습니까?"

그렇다. 남방(南方) 방령 윤충이 이끄는 대군(大軍)에 앞서 한솔 협반이 선봉군 3천과 함께 이틀 후에 닿을 것이었다.

121

그래서 선봉군이 오기 전에 성문을 탈취해야만 한다. 그러나 빨리 탈취해도 다시 빼앗긴다. 신라군은 안팎에서 공격해 올 테니 역부족이다. 계백이 화청에게 말했다.

"전령보다 빨리 대야성에 닿아야 돼. 대야성 안으로 들어가서 말을 버리고 은신했다가 선봉군이 왔을 때 안에서 성문을 여는 것이야."

본래의 계획은 하루 전에 진입하는 것이었지만 이틀 전에 성안으로 들어가 잠복하는 것으로 바뀌었다. 계백의 어깨에 3백 결사대뿐만 아니라 3천 선봉군이, 그 뒤를 따르는 윤충의 2만 기마군의 운명이 걸린 셈이다.

유천 검문소 군사가 몰사했다는 보고는 다음 날 오시(낮 12시) 무렵이 되어서 정안성주 김길생에게 전해졌다.

"무엇이?"

놀란 김길생이 눈을 치켜뜨고 되물었다.

"몰사했다니? 백제군의 기습이란 말이냐?"

"예, 지난번처럼 백제 유격군이 휩쓸고 지난 것 같습니다."

"다 죽었어?"

"소장 이하 17명이 모두 죽었소."

순찰조장의 목소리가 청을 울린 것은 모두 숨을 죽이고 있었기 때문이다.

"주변에 말발굽이 수백 개 찍혀 있었습니다. 백제군이 기습한 것이오."

"아니, 그렇다면……."

그때 관리 하나가 나섰다.

"성주, 군주께 전령을 띄워야 할 것 같소. 이곳이 주성(州城)으로 가는 길목이니 서둘러 보고를 하시지요."

"아니, 그것보다도⋯⋯."

이맛살을 찌푸린 성주가 꾸짖듯 말했다.

"무조건 아이처럼 보고만 하는 것이 성주가 할 일이냐? 언제 무엇한테 어떻게 당했는가를 자세히 알아보고 보고를 해야 하지 않는가?"

백번 맞는 말이지만 속셈은 보고를 들은 군주로부터 질책을 받는 것이 두려웠기 때문이다. 김길생이 건의한 관리를 손가락으로 가리켰다.

"네가 유천 검문소에 가서 더 자세한 내막을 알아오너라."

"예, 성주."

성주의 본성을 아는 관리가 몸을 돌리면서 쓴웃음을 지었다. 이것으로 대야성으로 떠날 전령이 한나절 늦어졌다.

그 시간에 선봉 기마군 3천 기를 이끈 남방군 소속 한솔 협반이 박천성 남쪽 20리 지점을 통과하고 있다. 이곳은 신라 국경에서 안쪽으로 2백 리나 들어온 곳이다. 3천 기마군이면 예비마까지 포함해서 4천 필의 말떼가 달리는 것이니 땅은 지진이 난 것처럼 흔들렸고 멀리서는 천둥이 치는 소리로 들린다.

"기마군 수천 기가 동쪽으로 뜁니다!"

나는 듯이 달린 순찰 기마군이 박천성주에게 보고를 했고 이쪽 성주는 기민했다. 주성(州城)으로 전령을 보내는 한편 봉화를 띄웠다. 그러나 봉화는 3번째에서 뚝 끊겼다. 봉화대의 군사는 많아야 10여 명. 계백의 결사대가 도중의 봉화대 2곳을 드문드문 잘랐기 때문이다. 한 곳만 잘라도 그 뒤쪽은 장님이 된다.

유시(오후 6시) 무렵이 되었을 때 서문 수문장 여준에게 진궁이 찾아왔다. 진궁은 미복 차림으로 뒤에 장춘이 따르고 있다. 여준은 저녁을 먹으려고 막 서문을 떠나려는 참이었다.

"나마, 왔어."

대뜸 말한 진궁이 바짝 다가섰다. 긴장한 여준이 눈만 깜빡였고 진궁이 말을 이었다.

"3백 기네, 지금 성 밖 건지산 기슭에 있네. 모두 신라 기마군 차림이야."

"그럼 술시가 조금 넘어서 들어오라고 하시지요."

여준이 주위를 둘러보며 말을 이었다.

"신라군 차림이라도 표시가 날지 모르니 어두울 때가 좋습니다. 그리고 삼현성의 교대 병력 행세를 하라고 이르십시오."

"알겠네. 지금 장춘을 보내지."

그러고 보니 장춘의 뒤에 사내 하나가 서 있다. 진궁이 말을 이었다.

"기마군 3백 기를 내 구마장에 넣고 내일 저녁까지 숨겨 두었다가 밤에 서문을 탈취하겠네."

"하루를 기다려야겠습니다."

머리를 끄덕인 여준이 길게 숨을 뱉었다. 상황을 짐작한 것이다.

"성안에 기마군만 5천 기가 넘습니다. 그럼 내일 저녁에는 선봉군이 옵니까?"

"밤에 올 거네."

진궁이 말하고는 장춘에게 눈짓을 했다. 그러자 장춘과 사내가 몸을 돌렸다.

밤 술시(오후 8시)가 조금 지났을 때 서문 성루에 서 있던 군사 둘이 소리쳤다.

124

"기마군이 옵니다!"

주위는 어두워서 성루에 드문드문 횃불을 켜놓았다. 성루 뒤쪽에 있던 수문장 여준이 다가가며 말했다.

"삼현성에서 교대 병력을 보낸다는 전통을 받았다. 3백 기가 신시(오후 4시) 무렵에 도착한다더니 늦구나."

그때 선두의 기마군이 성벽 아래에서 멈춰서더니 성루를 올려다보면서 소리쳤다.

"우리는 삼현성에서 오는 교대 병력이오! 주성(州城)에 전통이 갔을 것이오!"

성루로 서문 수비군이 몰려와 성 아래를 내려다보았다. 성벽은 20자(6미터) 높이로 돌을 쌓았고 두께는 10자(3미터)다. 성벽 위에서 군사들이 석벽 사이로 난 틈으로 활을 쏘면 다 맞는다. 그때 여준이 소리쳤다.

"전통에 삼현성 보군대장 급벌찬 전택 님이 병력을 인솔하신다고 했다. 급벌찬이 오셨는가?"

"내가 전택이네."

기마군 사이로 무장이 나서더니 소리쳐 대답했다.

"오다가 예비마가 몇 마리 다치는 바람에 늦었네. 여기 증표 있으니 보시게!"

무장이 품에서 증표를 꺼내 흔들었다.

"성문을 열어라!"

이만하면 철저히 검문을 한 셈이다. 다른 때 같으면 전통 받은 것만으로 묻지도 않고 성문을 열었을 것이다. 여준이 소리치자 곧 육중한 성문을 10여 명의 군사가 달려들어 좌우로 벌렸다. 성문이 둔중한 소음을 내면서 열린다. 통나무에 철을 씌운 문이어서 두께가 2자(60센티)나

된다. 이윽고 성문이 열리자 기마군이 쏟아져 들어왔다. 여준이 성루 아래로 내려가자 전택이 다가왔다. 둘은 같은 가야족 호족으로 안면이 있다. 말에서 내린 전택에게 여준이 낮게 말했다.

"저쪽 나무 밑에서 대아찬 님이 기다리고 계시오."

"고맙네, 나마."

"내일 저녁에 다시 보십시다."

"우리가 가야를 다시 찾는 것이야."

전택이 잇새로 말하자 여준이 커다랗게 머리를 끄덕이더니 몸을 돌렸다.

진입했다. 진궁을 따라 구마장으로 들어온 계백의 결사대는 먼저 말부터 풀어 놓았다. 마장 군사 하나가 물었다.

"어디 군사요?"

구마장 경비군사는 다섯, 모두 졸개였으니 대아찬이며 성주(城主)였던 진궁이 어떤 대접을 받고 있는지 알 수 있었다. 그때 장덕 화청이 군사에게 대답했다.

"백제군이네."

"농담하지 마시오."

그 순간 화청이 허리에 찬 칼을 빼자마자 군사의 허리를 잘랐다. 신음을 뱉은 군사가 넘어지는 것을 신호로 백제군이 달려들어 남은 군사를 순식간에 베어 죽였다.

"마장 구석에 묻어줘라."

어둠 속에서 화청의 목소리가 울렸다.

"다섯이 나와서 저놈들 대신 경비를 서도록 해라."

화청의 목소리를 등 뒤로 들으면서 계백이 해준에게 말했다.

"군사들은 푹 쉬게 하고 날이 밝으면 눈에 띄지 않도록 하게."

"구마장이 한적한 곳에 위치해서 다행이오."

해준이 말하자 진궁이 손으로 끝 쪽 마구간을 가리켰다. 긴 막사가 2동이나 세워져 있다.

"저쪽 마구간이 은신하기에 적당하오. 밖으로 나오지만 않는다면 말과 사람이 숨을 수 있소."

대야성은 넓어서 산비탈 밑으로 사방 10리 길이로 성벽이 둘러쳐졌다. 구마장은 외진 곳이라 낮에도 인적이 드물다. 계백이 진궁에게 물었다.

"서문에서 가까운 성문은 어디요?"

"북문이 7백 보 거리에 있습니다."

진궁이 말을 이었다.

"작은 동산 하나만 넘으면 바로 북문이오."

그러자 계백이 머리를 끄덕였다.

"내일 나하고 그곳에 가 보십시다."

계백이 무장들을 둘러보며 말을 이었다.

"우리가 서문으로 들어왔다고 꼭 서문을 열 필요는 없으니까."

서문 수문장 여준이 협조를 한다고 해도 결국은 서문 수비군을 치고 성문을 열어야 될 것이다. 백제군이 밖에 있는데 수문장이 성문을 열라고 명령할 수는 없기 때문이다. 다음 날 아침, 진시(오전 8시)쯤 되었을 때 대야성주이며 대야군주인 김품석이 잠에서 깨어났다. 전령이 달려왔기 때문이다. 내성 안까지 들어올 수 있는 장수는 위사장 김채순뿐이다.

"군주, 박천성주가 보낸 전령이 왔습니다. 봉화까지 띄웠다는데 봉화를 보지 못한 터라 데리고 왔습니다."

긴장한 김품석이 측실의 손을 뿌리치고 옷을 건성으로 걸치고 침실을 나왔다. 마루에 선 김품석이 마당에서 기다리는 김채순과 전령을 보았다.

"무슨 일이냐?"

김품석이 거친 목소리로 묻자 14품 길사 벼슬의 전령이 무릎을 꿇은 채 소리치듯 보고했다.

"기마군 수천 기가 박천성 남쪽 20리 지점을 지나 동쪽으로 갔습니다. 성주께서 군주께 그것을 보고하라고 했습니다."

"동쪽으로? 수천 기가?"

김품석이 묻더니 혀를 찼다.

"백제군이 맞느냐?"

"백제군이 맞는 것 같다고 합니다."

"이런, 등신 같은 놈들."

어깨를 부풀린 김품석의 목소리가 높아졌다.

"동쪽이면 어디냐?"

전령은 입을 다물었다. 박천성에서 이곳 대야성은 동남쪽이다. 동쪽으로 직진하면 신라국의 왕성인 동경성이 나온다. 이윽고 김품석이 김채순에게 지시했다.

"순찰대를 사방으로 띄우고 이 보고를 동경성에도 전하도록 해라."

"북문 수비군사는 50여 명입니다."

서문 수문장 여준이 병사 차림의 계백에게 말했다. 사시(오전 10시) 무렵, 여준은 잠시 틈을 내어 계백과 화청을 북문 근처로 안내한 것이다.

북문은 서문보다 좁았고 북쪽 산간지대로 통하게 되어 있어서 길도 좁았다. 서문과 동문이 국도로 통하는 길이라 대로(大路)다. 북문이 보이는 길가의 돌담 옆에 서서 계백이 여준에게 말했다.

"북문이 지키기가 쉽겠소."

"아, 그렇군요."

탄성을 뱉은 여준이 머리를 끄덕였다.

"지당하신 말씀이오. 일단 성문을 장악하면 선봉군이 올 때까지 지켜야 될 테니까요."

그렇다. 성 밖에 백제군이 나타났을 때 성문을 빼앗기는 힘든 것이다. 그때는 성안의 전 병력이 성문 근처에 집결해 오는 상황이다. 계백이 주위를 돌아보면서 말했다.

"성문이 통나무로 되어 있고 근처에 민가가 밀집되어 있어서 불을 지르면 북문 근처가 불바다가 될 것이오. 그러면 신라군이 접근하기 힘들겠지."

"과연 그렇습니다."

화청이 말했다.

"선봉군이 불길을 목표로 달려오도록 하는 것입니다."

"그렇다면 서문은 놔두십니까?"

여준이 묻자 계백이 웃음 띤 얼굴로 대답했다.

"언제 어떻게 변할지 모르니 수문장은 서문에서 기다리고 계시오."

"알겠습니다. 오늘 밤에 계획대로 선봉군이 닿으면 좋겠군요."

계획대로라면 한솔 협반이 이끄는 선봉 기마군 3천이 오늘 밤 안으로 대야성에 닿아야 한다. 그리고 한나절쯤 후에 윤충이 이끄는 기마군 중군(中軍) 7천5백이, 내일 밤에는 후군 3천5백이 들이닥쳐야 한다. 그러고 나서 그 다음 날, 의자대왕이 친히 이끄는 친위군 2만이 도착하는 것이다.

오시(낮 12시) 무렵 또 전령이 대야성으로 달려왔다. 이번에는 대야성에서 서쪽으로 150리쯤 떨어진 웅산성에서 보낸 전령이다.

"군주! 백제 기마군 5천여 기가 동쪽으로 달려갔습니다! 그것이 오늘 축시(오전 2시)쯤이었소!"

전령이 가쁜 숨을 뱉으며 소리쳤다. 이번에는 김품석이 청에서 전령을 맞았는데 보고 내용도 상세하다. 전령의 목소리가 청을 울렸다.

"기마군은 경장 차림으로 웅산성 앞 5리 지점을 통과하여 곧장 동쪽으로 달려갔습니다."

"또 동쪽이냐?"

김품석이 소리치듯 물었지만 전령이 대답할 리는 없다. 웅산성에서 동쪽으로 직진하면 역시 신라국 왕성(王城)인 동경성이 나오는 것이다. 김품석이 물었다.

"5천 기가 맞느냐?"

"예, 맞습니다!"

"전쟁이군."

혼잣소리로 말한 김품석이 지시했다.

"다시 왕성에 전령을 보내라! 백제 기마군 5천이 오늘 축시(오전 2시)에 대야주의 웅산성을 통과, 동쪽으로 달려갔다고 해라! 그럼 거리와 위치가 나올 것이다!"

그때 대아찬 벼슬의 부장(副將) 김용하가 한 걸음 나섰다.

"군주, 축시(오전 2시)에 기마군이 웅산성을 통과했다면 거리상으로 오늘 저녁 술시(오후 8시)경에 대야성에 닿습니다."

"이곳, 대야성에?"

김품석이 손가락을 구부려 청 바닥을 가리켰다.

"여기로 온다고?"

"예, 어쨌든 이곳도 웅산성, 박천성에서 동쪽입니다."

"동남쪽이야!"

김품석이 짜증난 표정으로 소리쳤다.

그러나 김품석도 위기감을 느끼고는 전군(全軍)에 동원령을 내렸다. 대야성 안에는 기마군 5천5백에 보군 8천여 명이 주둔하고 있다. 거기에다 성벽이 높고 단단해서 난공불락이다. 가야국의 왕성이었을 때부터 지금까지 수백 년간 수십 번 공격을 받았지만 한 번도 함락된 적이 없는 거성(巨城)이다.

"성문을 모두 닫고 동문의 쪽문으로만 통행시켜라!"

김품석이 비상시에 대비한 명령을 내렸다. 전시(戰時) 체제로 운영하는 것이다. 무장과 관리들이 분주하게 움직였고 청 안은 활기에 찼다. 김품석이 다시 전령 장교를 불러 지시했다.

"동경성의 이찬 대감께 갈 전령을 대기시켜라! 내가 편지를 쓰겠다!"

이찬 대감은 김춘추를 말한다. 이미 왕성의 여왕에게는 급보를 올렸지만 장인 김춘추에게도 상황을 전하려는 것이다.

그 시간에 구마장의 마구간에서 계백이 무장들과 둘러앉아 회의를 하고 있다. 진궁과 전택까지 끼었고 모두 신라 무장 차림이다. 화청이 판자 틈 사이로 밖을 내다보면서 말했다.

"미시(오후 2시)쯤 되었으니 앞으로 두어 시진이 지나면 어두워질 것이오."

"그때까지 발각되면 안 되오."

전택이 거들었다. 3백 명의 군사는 모두 훈련이 잘 된 정예다. 구마장의 마구간이 부서졌지만 커서 모두 은신했고 둘씩 셋씩 요소에 숨어 경계를 했다. 날이 어두워지기만을 기다리고 있는 것이다. 그때 계백이 입을 열었다.

"선봉군이 어디쯤 왔는지는 알 수 없지만 술시(오후 8시)가 되면 성문을 탈취한다."

주위가 조용해졌고 계백의 말이 이어졌다.

"목표는 북문, 먼저 선발대 1백 명을 나와 대아찬이 이끌고 북문으로 다가가 수문장 이하 경비병을 베어 죽이고 점령한다."

이미 선발대 병력도 구분해 놓은 것이다.

"바로 뒤를 따라서 장덕 화청이 이끄는 1백 명이 근처 민가에 불을 지른다. 주민 피해는 될 수 있는 한 줄이도록."

계백의 시선이 장덕 해준에게로 옮겨졌다.

"그대는 급벌찬 전택과 함께 1백 명을 이끌고 연락과 지원을 맡으라."

위치는 맨 후방이 아니라 최전선이 된다. 불길을 보고 달려오는 신라군을 막아야 하기 때문이다. 계백이 좌우를 둘러보며 말을 맺었다.

"불을 지르고 나면 모두 성문 주위에서 아군이 올 때까지 기다린다."

성문을 활짝 열어놓은 채 화광(火光)이 충천한 북문에서 기다리는 것이다. 신라군은 불길을 피해 옆쪽 서문으로 나와 북문의 앞쪽에서도 공격해 올 것이다. 그것도 막아야 한다. 무장들이 모두 떠났을 때 마구간에는 계백과 진궁 둘이 남았다. 그때 계백이 저고리 안에서 가죽으로 감싼 편지를 꺼내 진궁에게 내밀었다.

"편지를 이제야 드립니다."

"고맙소."

132

바로 받아든 진궁이 편지를 펴더니 마구간의 떼어진 기둥 틈으로 들어온 빛에 대고 읽었다.

이윽고 읽기를 마친 진궁이 번들거리는 눈으로 계백을 보았다.

"받아들여 주셔서 고맙소."

"제가 죽어도 고화는 성주이며 나솔 부인의 대우를 받을 것입니다."

"이제 나는 여한이 없소."

"살아 남으셔서 가야인이 제대로 된 대우를 받는 것을 보셔야지요."

"이만하면 되었소."

진궁이 손을 뻗쳐 계백의 손을 쥐었다.

"내가 이제야 사위를 보게 되었구려."

"장인어른과 함께 사지(死地)로 뛰어들게 되었습니다."

둘이 마주 보았고 동시에 허탈하게 웃었다.

"장한성입니다!"

옆을 달리던 부장(副將)이 소리쳤다.

"곧장 전령을 보낼 것입니다!"

"이미 전령이 두어 곳에서 도착했을 것이야!"

한솔 협반이 소리쳐 대답했다. 백제군 선봉 3천 기가 땅을 울리며 달리고 있다. 예비마와 군량, 물자를 실은 후위대까지 4천여 필의 말이 달리는 것이다.

"전령보다 빨리 달려라!"

협반이 말에 박차를 넣으며 다시 소리쳤다. 선봉군은 이미 신라 대야주 깊숙이 진입해 있다. 국경을 넘어 곧장 동진하다가 크게 우측으로 꺾어 남진을 하고 있는 상황이다. 지금까지 신라의 성 9개를 스치듯 지

133

나왔다. 일부 성에서는 기마군을 내어 쫓아왔지만 곧 성의 영역을 벗어나면 되돌아갔다. 모두 당황한 기색이 역력했다. 이제는 봉화도 부수지 않고 지나간다. 신시(오후 4시) 무렵, 앞을 달리던 정찰대에서 전령이 달려와 보고했다.

"앞에 강이오!"

"옳지, 대야성이 50여 리 남았다!"

이미 지도를 모두 머릿속에 넣은 터라 부장 하나가 소리쳤다. 협반이 전령에게 지시했다.

"강가에서 한식경쯤 쉬고 곧장 달려간다. 쉬는 동안 밥을 먹는다!"

조금 이른 저녁이지만 때맞춰 요기를 할 수는 없다. 전령이 다시 나는 듯이 달려갔을 때 부장이 옆으로 붙더니 말했다.

"한솔, 오늘 250리를 달렸습니다!"

"나솔 계백이 제때에 성문을 열어줘야 하는데."

협반이 땀과 먼지로 얼룩진 얼굴을 들고 앞쪽을 보았다.

"제대로 성에 잠입했는지도 알 수 없구나."

나솔 계백만 의지하고 대군(大軍)이 움직인 셈이다. 그러나 전쟁에서 이런 일이 어디 한두 번인가? 28세가 된 협반도 그동안 수십 번 전장에 나간 역전의 용사다. 이번 대야성 진입은 그중에서도 가능성이 높은 경우다.

그 시간의 대야성, 김품석이 청에서 세 번째 달려온 전령의 보고를 받는다. 모두 대야주의 성주들이 보낸 전령이다.

"기마군 5천 기입니다!"

이번 전령은 현암성주가 보냈는데 대야성에서 1백 리 거리다. 김품석의 얼굴이 하얗게 굳어졌다. 웅산성에서 직진하면 호곡성이 나오고 남진하면 현암성인 것이다. 현암성 다음은 장한성, 그 다음이 대야성이다. 이제 백제군의 목표가 분명해졌다. 동경이 아니라 대야성인 것이다. 백제군이 동경을 목표로 했다면 호곡성의 전령이 달려왔어야 한다. 청 안이 술렁거리기 시작했다. 백제군이 대야성을 목표로 달려오는 중이다. 곧 장한성에서도 전령이 올 것이다.

"준비하고 있었으니 걱정할 것 없다."

김품석이 소리치듯 말하자 청 안이 조용해졌다. 그때 부장(副將) 김용하가 다가서며 말했다.

"군주, 즉시 성문을 닫고 주민 출입도 금지해야 합니다."

"즉시 성문을 닫아라!"

김품석이 지시했다.

"주위 성에 전령을 보내 대비하도록 하라!"

"북을 쳐서 통금을 시키고 4개 성문에 병력을 파견해야 됩니다."

"즉시 시행하라!"

무장들이 서둘러 청을 나갔을 때 김품석이 다시 지시했다.

"여왕께 전령을 보내도록! 그리고 이찬께도 연락을 해야겠다."

이찬은 김춘추를 말한다. 김춘추에게 연락을 하면 김유신에게도 소식이 간다.

북이 울리고 있다.

"전고(戰鼓)입니다. 선봉군이 지난 성에서 세 번째 전령이 왔습니다."

진궁이 말했다. 방금 진궁은 내성에 들어가 분위기를 살펴보고 온 것이다. 유시(오후 6시) 무렵이다. 주위는 어두워지기 시작했고 무장들은 출전 준비를 마쳤다. 머리를 끄덕인 계백이 둘러선 무장들에게 말했다.

"죽으면 후생(後生)에서 만나세."

그때 화청이 픽 웃었다.

"나솔, 그런 출진 인사는 처음 듣소."

"이 사람아, 목숨을 바쳐서 싸우라는 인사는 너무 많이 써먹었어."

그러자 해준이 말을 받는다.

"저도 부하들한테 써먹지요. 후생이 있다니 든든해집니다."

마구간 안 분위기가 가벼워졌고 신라 항장(降將) 격인 전택이 한마디 거들었다.

"저는 후생에서 신라 성골 왕족으로 태어나 또 투항하지요."

"앗하하."

한족 출신 화청이 소리 내어 웃었다.

"신라 뼈다귀에 한(恨)이 맺혔구려."

"출진!"

그때 계백이 말하자 모두 입을 다물더니 마구간을 나간다.

"나솔, 내가 앞장을 서겠소."

마구간을 나온 진궁이 계백에게 말했다. 계백과 진궁은 1백 명을 이끌고 북문을 먼저 점령하기로 한 것이다. 그 뒤로 화청이 이끄는 1백 명이 근처 민가에 불을 지르고 해준과 전택은 뒤를 맡는다. 계백이 뒤를 따르는 군사들을 돌아보았다. 모두 신라군 차림이었는데 굳어진 표정이다.

"대야성을 빼앗으면 너희들이 일등 공을 세우는 것이다."

계백의 목소리가 어둠 속에서 울렸다.

"생사(生死) 불문하고 너희들에게 포상이 따를 것이다! 일등 공 포상이다!"

백제 땅 칠봉성에서부터 따라온 군사들이다. 지난번에 계백과 함께 신라 땅을 위력 정찰로 휘젓고 다닌 군사들인 것이다. 군사들의 눈빛이 강해졌다. 진궁을 앞세운 백제군은 구마장을 벗어나 북문을 향해 다가갔다. 성안에는 계속해서 북이 울렸고 주민들과 군사들이 어지럽게 섞여 이동하고 있다. 가끔 스쳐 지나는 무장(武將)들이 진궁을 보고는 건성으로 인사를 했다. 이쪽도 무리를 지어 이동하는 터라 이상하게 보는 사람은 없다. 군사들을 배치하는 상황이어서 부대 이동이 많기 때문이다.

"대아찬, 어디 가시오?"

이제는 어두워져서 가깝게 다가가야만 얼굴이 보였는데 불쑥 묻는 소리에 진궁과 함께 계백도 머리를 돌렸다. 무장 하나가 군사들을 이끌고 가다가 진궁을 바라보고 물었던 것이다.

"오, 아찬 아니신가?"

안면이 있는 무장이다.

"나는 예비병을 이끌고 북문 수비를 도우라는 명을 받았소."

"난 동문이오."

손을 들어 보인 무장이 군사들과 함께 어둠 속으로 사라졌을 때 진궁이 계백에게 말했다.

"저 자도 진골 왕족이오. 곧 배치가 되고 자리를 잡으면 내가 명을 받았는지 확인할 것이오."

계백은 웃어 보이기만 했다. 그때는 이미 늦을 것이다. 그들은 곧 북문이 보이는 낮은 동산에 올랐고 곧 내려가기 시작했다. 3백 백제군은

137

일사분란하게 움직인다. 앞장서서 걷던 진궁이 생각난 것처럼 머리를 돌려 계백에게 말했다.

"나솔, 대왕을 위해 목숨을 바치라는 말보다 군사들에게 포상을 내건 것에 감동했소."

북문 수문장 박기세는 다가오는 진궁을 보더니 의아한 듯 눈을 크게 떴다.

전고(戰鼓)는 계속해서 울리는 중이다. 북문 수비군은 이리 뛰고 저리 달리면서 성벽 위로 오르거나 돌덩이를 나른다. 성벽 위에서 적에게 내던질 돌덩이다.

"웬일이시오?"

박기세는 12품 대사 직급으로 휘하에 50여 명의 수비군을 거느리고 있다. 다가선 진궁에게 묻더니 뒤쪽 군사들을 훑어보았다. 그때는 이미 1백 군사가 성벽의 돌계단을 오르는 중이었고 일부는 성문 주위에 흩어져 있는 수비군과 섞여 있는 상황이다.

"북문 수비를 도우라는 명을 받았어."

"금방 보군대장의 전령이 다녀갔소."

박기세가 군사들을 둘러보며 말했다.

"북문 수비군으로 대나마 서창 님이 5백 군사를 이끌고 온다고 했는데."

"내가 지휘를 맡기로 했네."

어깨를 편 진궁이 주위를 둘러보며 말했다. 어둠에 덮인 북문 주변에 횃불이 밝혀져 있다.

"그렇습니까?"

박기세가 이상하다는 표정을 숨기지 않고 말을 이었다.

"군주(軍主)께서 대아찬 님을 구마장에서 끌어내 주셨다니 다행이긴 합니다."

"그까짓 군주."

후려치듯 말한 진궁이 허리에 찬 칼을 뽑았을 때다. 박기세가 펄쩍 뛰어 물러났다. 대비를 하고 있었던 것이다. 그 순간이다. 옆쪽에 서 있던 군사 하나가 쥐고 있던 창을 치켜들더니 그대로 던졌다. 10보쯤 떨어진 거리를 일직선으로 날아간 창이 박기세의 가슴을 관통하고 등판으로 한 뼘이나 창날이 빠져나왔다.

"으악!"

박기세의 비명을 신호로 삼은 것처럼 사방에서 살육이 일어났다. 한동안 북문 주변은 비명과 외침으로 뒤덮였다. 박기세의 가슴을 창으로 꿴 군사는 바로 계백이다. 기습을 당한 북문 수비군이 전멸당한 것과 맞춰서 안쪽 민가에서 불길이 일어났다. 화청의 제2대가 불을 지른 것이다.

"성문을 열어라!"

계백이 소리치자 군사들이 성문으로 달려들었다.

그 시간에 한솔 협반은 대야성에서 10리 거리까지 다가왔는데 산모퉁이만 지나면 성이 보인다. 이제 3천 기마군은 속보로 달려가고 있다. 아직 대야성 상황을 모르는 터라 먼저 정탐군을 내보낸 것이다. 협반 옆으로 부장이 다가왔다.

"한솔, 산모퉁이만 돌면 대야성이 보입니다. 그때는 다 드러납니다."

"어쩔 수 없어."

협반이 잇새로 말했다.

"나솔이 살아 있다면 신호를 할 것이다."

이곳까지 와서 숨어만 있을 수는 없는 것이다. 그때 앞에서 질주하는 말발굽 소리가 울리더니 기마군 2기가 달려왔다. 첨병으로 내보낸 기마군 전령이다.

"장군! 북문 안에서 불길이 오릅니다!"

전령 하나가 소리쳤고 이어서 다른 전령이 말을 잇는다.

"북문이 열렸습니다!"

"나솔이 해냈구나!"

소리친 협반이 몸을 돌려 뒤를 따르는 백제군을 보았다.

"북문으로 진입한다!"

무장들이 다시 소리쳤고 곧 3천 기마군이 달리기 시작했다.

"한솔! 서문이 아닌 것이 걸립니다!"

부장이 소리쳤지만 협반이 머리를 저었다.

"성문이 열린 데다 안에서 불을 지른 것은 안의 공격을 막자는 의도다! 가자!"

협반은 공성전(攻城戰)을 여러 번 치른 경험이 있는 것이다. 함정은 아니다.

"무엇이? 북문에 불이?"

김품석이 소리쳤다.

"무슨 말이냐!"

"북문 근처의 민가에 화재가 나서 북문 수비군이 길을 막고 있습니다!"

140

보고한 전령은 북문 경비로 보낸 대나마 서창의 군사다.

"아니, 그럼 북문은 지금 어떻게 되었단 말이냐?"

"북문 근처의 민가랑 모두 불에 타고 있습니다! 대나마가 성문으로 가려다가 북문 수비군이 활을 쏘는 바람에 못 가고 있습니다!"

"북문 수비군이?"

"예, 수백 명입니다!"

그때 부장(副將) 김용하가 말했다.

"수상합니다. 제가 가 보겠습니다."

"서둘러!"

소리친 김품석이 눈을 부릅떴다.

"수문장 그놈이 미친 모양이다. 반항하면 베어 죽여라!"

그 시간에 북문 성벽 위에 서 있던 계백이 말굽 소리를 듣는다.

"선봉군이오!"

옆에 서 있던 무장 하나가 소리쳤다.

"이쪽으로 옵니다!"

"오오!"

진궁이 탄성을 뱉었다. 어둠 속에서 두 눈이 번들거리고 있다.

"때맞춰 오는구나!"

"횃불을 들어서 신호를 해라!"

계백이 소리치자 군사들이 다투어 횃불을 집어 들었다. 어둠 속에서 나뭇가지에 붙은 불길이 좌우로 흔들린다.

"왔다!"

이쪽저쪽에서 함성이 울렸다.

"이겼다!"

계백이 머리를 돌려 진궁을 보았다.

"이제 시작입니다."

"그렇소. 성안에만 신라군이 1만 5천 가깝게 있소."

그때 아래쪽에서 화청이 소리쳤다.

"나솔! 불길 속으로 신라군이 돌파해 오고 있소!"

"선봉군이 곧 올 거야!"

계백이 말했을 때 불길을 뚫고 신라군이 몰려왔다.

"막아라!"

계백이 소리쳤다.

"그리고 머리에 흰 띠를 매어라!"

이제 곧 선봉군과 합류하게 될 것이다.

말발굽 소리는 지진처럼 울렸다. 거리는 5백 보 정도, 계백이 성벽 아래로 뛰어 내려가면서 다시 소리쳤다.

"성문을 지켜라!"

앞쪽에서 다가온 신라군과 백제군 사이에 칼부림이 일어나고 있다. 화청이 앞장서서 분전을 한다. 계백이 칼을 치켜들고 달려가자 군사들이 뒤를 따른다.

"옳지. 들어간다!"

기마군 중심에서 달리던 한솔 협반은 선두가 성문 안으로 들어가는 것을 보았다. 이어서 수십 기가 빨려 들어가는 것처럼 성안으로 들어간다.

"와앗!"

뒤를 따르던 기마군이 함성을 질렀다.

142

"이겼다!"

성안은 불길이 충천해서 하늘이 붉게 물이 들었다. 협반은 칼을 빼들고 소리쳤다.

"멈추지 마라!"

기마군이 전장에서 멈추면 커다란 과녁이 되는 것이다. 이윽고 협반도 성문 안으로 뛰어들었다. 불길에 휩싸인 거리를 백제 기마군이 쏟아지듯 나아가고 있다. 협반의 앞을 가로막는 신라군은 없다. 협반의 심장이 거칠게 뛰었다.

"나솔! 나솔 계백은 어디 있는가?"

앞에서 내지른 신라군의 창날을 칼로 쳐 막으면서 계백이 와락 달려들었다. 화광이 충천해서 신라 군사의 부릅뜬 눈이 번들거리고 있다.

"으악!"

다음 순간 신라 군사가 비명을 지르고 쓰러졌다. 계백이 몸을 틀면서 칼로 군사의 어깨를 내려친 것이다. 그때 땅을 울리는 말발굽 소리 사이에서 외침이 울렸다.

"나솔! 어디 계시오! 선봉장이 찾으시오!"

"여기다!"

버럭 소리친 계백이 몸을 틀어 뒤를 보았다. 백제군이 지척으로 몰려왔다. 기마군이다. 계백을 본 기마군들이 달려와 둘러쌌고 일부는 앞으로 밀려가 신라군과 부딪친다.

잠시 후에 계백과 진궁이 한솔 협반과 마주 보고 서 있다. 전장(戰場)이어서 아직도 앞쪽에서는 함성과 신음이 터지고 있었지만 많이 줄어들었다. 기마군 3천이 모두 들어온 것이다. 기마군은 기세를 몰아 불에 탄 민가를 뚫고 지나가 옆쪽 동산까지 점령한 상태다.

"나솔, 이제 하루만 버티면 되네. 방령께서 내일 저녁에는 진입하실 거네."

협반이 계백의 손을 두 손으로 감싸 쥐고 소리치듯 말했다. 협반의 시선이 옆에 선 진궁에게로 옮겨졌다.

"대아찬도 수고하셨소."

"때맞춰 잘 오셨습니다."

계백이 가쁜 숨을 고르며 대답했다.

"곧 신라군이 전열을 정비하고 성문을 탈취하려고 할 것이오."

진궁이 소리치듯 말했다.

"앞뒤에서 협공을 하면 중과부적입니다!"

그렇다. 이제는 탈취한 성문을 지켜야 하는 것이다. 빼앗는 것보다 지키는 것이 더 어렵다. 그때 협반의 부장(副將)이 다가와 소리쳤다. 불길을 뚫고 왔기 때문에 옷자락과 머리털이 그을렸다.

"옆쪽 동산이 요지요! 그곳에 1천 군사를 배치해야 합니다."

"그럼 네가 가라!"

협반이 바로 지시했다.

"좌군(左軍)을 너한테 맡긴다!"

계백은 협반과는 처음 전쟁을 하지만 곧 전장에 익숙한 장수라는 것을 알았다. 전장에서 장수의 첫째 조건은 빠른 결단이다. 거기에다 냉정을 잃지 않아야 한다. 30대 초반의 협반은 백제 대성팔족 중 하나인 협(劦)씨다. 부장이 서둘러 화광 속으로 사라졌을 때 계백이 협반에게 말했다.

"한솔, 저한테 1천 군사를 주시오! 내 군사와 함께 서문을 빼앗겠소."

"서문을?"

되물었던 협반의 눈이 곧 크게 떠졌다.

"오오!"

탄성을 뱉은 협반이 소리치듯 말했다.

"그렇지, 서문 수문장이 내통하고 있었지. 서문까지 탈취하기로 하자!"

머리를 든 협반이 소리쳤다.

"우군(右軍) 대장을 불러라!"

불길을 뚫고 진입하려던 신라군은 거의 격퇴되어서 이제는 백제군만 보인다. 그 사이에 백제군 1진이 옆쪽 동산으로 진출하고 다시 1진이 서문을 탈취하려는 것이다. 백제군은 쉬지 않고 움직이고 있다. 이것이 노련한 장수의 용병술이다. 전장에서 군사들을 멈추게 하면 안 되는 것이다.

"아직 연락이 없느냐!"

그 시간에 김품석이 내성의 청 안에서 소리쳐 물었다. 이제 밤 술시(오후 8시)가 넘은 시간이다. 청 안에 모인 장수들한테서 살기가 무럭무럭 피어오르고 있다. 그때 청 아래에서 무장 하나가 소리쳐 대답했다.

"예, 아직 전령이 오지 않았습니다!"

계백이 선봉 우군(右軍)이 다가왔을 때 협반에게 말했다.

"한솔, 서문을 점령하면 서문 방어는 우군대장에게 맡기고 저는 제 수하 군사를 이끌고 내성으로 잠입하겠소."

"내성으로?"

놀란 협반의 목소리가 커졌다.

"김품석이 있는 곳으로 말인가?"

"그렇소."

계백이 한 걸음 다가섰다.

"제 수하 군사가 모두 신라군 차림이니 성안이 혼란한 틈을 타서 잠입해 보겠소."

"으음!"

결단이 빠른 협반도 눈동자가 흔들렸다. 잠깐 망설이는 것이다. 무모한 작전이다. 그러나 3백 기마군으로 대야성까지 잠입했지 않은가? 처음부터 대야성 공략은 무모했다. 마침내 협반의 눈동자가 고정되었다. 결단을 내린 것이다.

"나솔, 해 보겠는가?"

"전장에서는 군사를 끊임없이 운용해야 됩니다."

"과연."

협반이 불빛을 받아 번들거리는 눈으로 계백을 보았다.

"나솔, 조심하게. 내가 잊지 않겠네."

"서문을 빼앗으면 불화살로 신호를 드리지요. 동시에 저는 내성으로 갑니다."

계백과 진궁이 몸을 돌렸다.

선봉 우군(右軍) 대장은 장덕 안준이다. 20대 후반으로 눈빛이 무거웠고 키는 작았지만 팔이 길다. 첫눈에도 노련한 무장이다. 1천 기마군이 이제는 보군이 되어서 동산을 넘어가고 있다. 동산은 이미 백제군 좌군이 점령하고 있었기 때문에 거침없이 나아간다. 신라군은 동산 아

146

래쪽에 집결하고 있다. 백제군이 동산을 점령한 것을 아는 것이다.

"장덕."

계백이 부르자 뒤를 따르던 안준이 바로 옆에 붙었다. 이제 1천3백 가까운 백제군이 동산을 내려가고 있다. 2백 보쯤 앞이 신라군 진용이지만 어수선하다. 이쪽저쪽에서 몰려온 부대로 아직 대오가 정비되지 않았다. 다가선 안준이 계백에게 물었다.

"부르셨소?"

"그대는 나하고 앞장을 서서 서문으로 돌진하세."

"당연한 말씀을 왜 하시오?"

"내 수하 군사는 후위에 붙었다가 서문을 탈취하면 곧장 내성으로 갈 거네."

그때 뒤에서 따르던 장덕 화청이 거들었다.

"나솔, 부상자를 두고 와서 250여 명이 남았소."

계백은 숨만 들이켰다. 이제 내성으로 돌진하면 그 이상이, 또는 전멸할 수도 있는 것이다.

"알겠습니다."

안준이 잇새로 대답했다. 화청이 뒤로 물러갔고 곧 동산을 내려간 백제군 앞으로 신라군 대열이 펼쳐졌다. 어둠 속에서 번쩍이는 창날, 쇠 갑옷이 드러났다. 그때 계백과 안준이 쥐고 있던 칼을 치켜들더니 함성도 지르지 않고 앞으로 내달렸다. 거리는 30여 보 정도, 웅성거리던 신라군은 처음에는 어둠 속에서 덮쳐오는 백제군을 보지 못했다. 그러다가 이쪽저쪽에서 외침이 터졌다.

"적이다!"

"백제군이다!"

그때는 이미 선두에 선 계백과 안준의 첫 칼이 내려쳐진 후다.

"으아악!"

비명이 살기(殺氣)를 솟구치게 한다. 더구나 백제군은 함성도 지르지 않고 덮쳐가는 터라 칼끝에 살기가 더 배었다. 마치 검은 파도처럼 백제군이 쏟아져 내려가면서 살육이 일어났다.

서문 수문장 나마 여준은 앞쪽에서 외침과 신음 소리가 울렸을 때 그것이 백제군의 기습이라는 것을 알았다. 거리는 1백50보 정도, 어둠 속인 데다 앞쪽이 장애물로 가려 보이지 않는다.

"싸움이 일어났소!"

당황한 장교 하나가 소리쳤을 때 여준이 소리쳐 꾸짖었다.

"동요하지 말라!"

여준은 서문 수문장으로 수문경비병 50여 명을 지휘하고 있다. 전고(戰鼓)는 그쳤지만 이제 서문 앞쪽에는 이곳저곳에서 몰려온 군사 7, 8백여 명이 진을 쳤고 아직도 더 몰려오는 중이다. 그때 함성이 일어났다. 공격진의 함성이다.

"수문장! 아군이 밀리고 있소!"

다시 다른 목소리도 울렸다. 이제 소란은 70, 80보 정도로 가까워졌다. 밀리고 있다. 백제군이 이미 북문을 탈취했다는 것은 여준도 알고 있다. 전령이 다녀갔기 때문이다. 그때 여준이 소리쳤다.

"성문을 열어라!"

영문을 모르는 군사들이 대답하지 않았기 때문에 여준이 목소리를 높였다.

"밖은 비었다. 밖에서 신라군을 넣어 적을 안팎에서 협공하려는 것이다!"

그때서야 군사들이 움직였고 여준이 다시 소리쳤다.

"서둘러라! 곧 남문에서 군사들이 온다!"

거짓말이지만 누가 확인을 하겠는가? 성문을 열고 닫는 것은 수문장 권한이다. 성주 외에는 수문장에게 명령할 사람이 없다.

그때 함성이 더 가까워졌고 육중한 소음을 내면서 성문이 열렸다.

쏟아지는 것처럼 내려가던 백제군의 전진 속도가 차츰 느려졌고 싸움은 그만큼 더 격렬해졌다. 그러나 밀고 내려가기는 한다. 성문과 50여 보 거리가 되었을 때는 계백과 진궁, 그리고 안준까지 한 발짝씩 떼면서 밀고 나가는 상황이다.

"쳐라!"

계백이 소리쳤다.

"다 왔다!"

백제군이 함성으로 응답했다.

"와아앗!"

아직 수적으로 우세한 데다 이쪽은 격렬한 전의(戰意)를 품고 있는 공격군이다. 신라군은 수세인 데다 소극적이어서 기(氣)에서도 밀린다. 그러나 차츰 결사적이 되어서 전투는 치열해졌다.

"백제군이여! 이겼다!"

계백이 다시 소리쳤고 뒤를 따르는 백제군이 함성으로 응답했다. 그때다. 앞쪽 성문 열리는 소리가 울렸다. 요란한 소음이 울린 것이다.

"성문이 열린다."

계백이 악을 쓰듯 소리쳤다.

"밀고 나가라!"

그때 성루에 선 여준이 군사들에게 소리쳤다.

"성문 밖으로 물러서라!"

군사들이 주춤거렸을 때 여준이 다시 외쳤다.

"놈들을 밖으로 유인해내는 거다! 밖에서 신라군이 매복하고 있다!"

그 말을 들은 성문 수비군이 일제히 몸을 돌려 성문 밖으로 달려 나갔다.

"우왓!"

앞장서서 밀던 계백과 진궁, 안준은 갑자기 앞쪽이 느슨해진 것을 깨닫는다. 막아섰던 신라군이 주춤대면서 물러서는 바람에 한 번에 서너 걸음을 전진했다.

"놈들이 도망친다!"

칼을 휘두르며 안준이 소리쳤을 때 신라군이 등을 보이며 어둠 속에서 달려가기 시작했다.

"와앗!"

뒤를 백제군이 달려가며 함성을 지른다.

"여준이 성문을 열었소!"

가쁜 숨을 뱉으면서 진궁이 계백에게 말했다.

"신라군이 모두 밖으로 나가고 있소!"

그때 성루 위에 서 있던 여준이 아래쪽을 내려다보면서 소리쳤다.

"나솔 계시오? 문을 어서 닫으시오!"

"성문을 닫아라!"

계백이 소리쳤다.

"서둘러라!"

서문 앞까지 밀어닥친 백제군에 밀린 신라군이 열린 성문 밖으로 나간 것이다. 백제군을 앞뒤에서 협공한다는 말이 신라군에게 먹히기도 했다. 성문에 달라붙은 백제군이 성문을 닫았다. 요란한 소음이 울리면서 통나무 빗장까지 채워지자 그때서야 성문을 탈취한 실감이 났다.

"빼앗았다!"

장덕 안준이 칼을 치켜들고 소리치자 백제군이 함성을 질렀다.

"우왓!"

전장이 된 서문 안은 사상자가 즐비했고 아직도 이쪽저쪽에서는 칼 부딪치는 소리와 신음이 울렸다. 백제군 사상자도 수백 명이 된다.

"안쪽을 지켜라!"

안준이 소리치며 지휘했다. 그때 계백이 화살 끝에 기름을 먹인 형겊을 매달고는 불을 붙였다. 그러고는 북문 쪽 하늘을 향해 시위를 한껏 당겼다가 놓았다. 협반에게 신호를 보낸 것이다. 그러고는 계백이 소리쳤다.

"자, 가자!"

내성으로 잠입하려는 것이다.

"북문은 백제군한테 빼앗겼습니다!"

부장 김용하가 소리쳐 보고했는데 머리칼과 옷자락이 불에 타 그슬렸다.

"백제군이 열린 성문으로 진입해 와서 이미 진을 치고 있소!"

"이, 이런."

당황한 김품석이 벌떡 일어섰다. 내성의 청에서도 북문 쪽 하늘이 붉게 물들어 있는 것이 보인다. 어둠에 덮인 청 안팎은 어수선했다. 북문으로 달려간 무장들이 뛰어 들어왔고 일부는 뛰어 나간다. 이미 군사 배치는 끝냈지만 상황은 수시로 변하고 있다. 그때 김품석이 소리쳤다.

"북문을 빼앗아라! 보군 5천을 그쪽으로 보내고 대아찬 그대가 지휘하라!"

"예, 군주. 일길찬 한천과 사찬 박기문이 거느리고 있는 2개 부대가 그쪽에서 가깝습니다!"

"그대가 이끌고 가라!"

명을 받은 김용하가 한천과 박기문을 데리고 황급히 청을 나갔다.

"도대체 어떻게 성문을 빼앗겼단 말인가?"

분한 표정이 된 김품석이 어깨를 부풀리면서 소리쳤다.

"성문 수비군은 자빠져 자고 있었단 말이냐!"

둘러선 무장들은 대답하지 못했다. 북문의 불길을 뚫고 온 수비군이 없었기 때문이다. 백제군이 안에서 친 것을 모른다.

"군주, 백제 후속군이 있는지 정찰을 보내야 하지 않겠습니까?"

무장 하나가 묻자 김품석이 머리를 저으며 화를 내었다.

"밤이 깊어 가는데 성 밖으로 정찰대를 보내란 말이냐? 정찰대를 보내려면 성문을 열어야 하는데 성 밖에서 백제군이 기다리고 있으면 어떻게 되겠느냐?"

구구절절 맞는 말이지만 김품석의 전장 경험이 없다는 증거가 드러났다. 둘러선 무장들은 대부분 전장을 겪은 터라 이런 경우에는 적극적으로 대처해야만 한다는 것을 안다. 그러나 아무도 입을 열지 않았다. 그때 김품석이 자리에서 일어서며 말했다.

"내실에 들어가 있을 테니 전령이 오면 연락해라."

무장들이 허리를 굽혀 김품석을 배웅했다. 김품석이 청을 나가자 주위가 어수선해졌다. 무장들이 둘씩 셋씩 모여서 두런거렸는데 분위기가 가라앉았다.

계백, 진궁, 화청이 앞장을 섰고 해준이 뒤를 맡았다. 깊은 밤, 이제 성안은 전장이 되어서 군사들이 이리저리 몰려다닐 뿐 주민 통행은 그쳤다. 250여 명이 된 백제군이 내성을 향해 다가간다. 모두 신라군 복장이어서 지나는 신라군도 이상하게 보지 않는다.

"내성의 성문은 항상 열어 놓았는데 오늘은 어떤지 모르겠소."

앞장선 진궁이 계백에게 말했다.

"내성 안 수비군은 정문 안쪽의 위사대 2백 명이 전부요. 군주는 청 뒤쪽의 별궁에서 기거하고 있소."

그때 앞에서 일대의 보군이 뛰어왔다. 앞장선 무장들도 뛴다. 어둠 속에서 군데군데 횃불이 켜져 있어서 군사들의 얼굴이 드러났다.

"어디 가는 군사요!"

다가온 군사들에게 소리쳐 물은 사내가 진궁이다. 그때 앞장서 달려오던 무장이 가쁜 숨을 몰아쉬며 대답했다.

"서문으로 갑니다! 서문으로 백제군이 왔답니다!"

"저런!"

진궁이 놀란 듯 소리치자 지나던 무장 하나가 진궁을 알아보았다.

"대아찬은 어디 가시오?"

"군주께 명을 받으러 가오!"

그러나 달려가는 바람에 대답은 듣지 못했다. 길모퉁이를 돌자 내성 대문이 보였다. 내성 앞에는 군사들이 무더기로 모여 있었는데 무장들이 소리쳐 구분시키고 있다. 출전 준비 중이다. 기마군사가 오갔고 전령이 달려오고 들어간다. 대문 앞마당에 모인 군사가 2백여 인이나 되었기 때문에 계백은 긴장했다.

"내성으로 곧장 진입합시다."

계백이 다가가며 말했다. 문이 열려 있는 것이다. 성안이 어수선해서 지금까지 2리(1킬로) 가까운 거리를 오면서 검문을 받지 않은 것만 해도 천행이다. 성안은 군사들로 가득 차 있다. 1만 5천 가까운 군사들이다. 이제 내성의 대문과 1백 보 거리가 되었다. 그때 옆쪽에서 순찰대가 나타났다.

"어디 가시오?"

순찰대장은 12품 대사 벼슬이지만 눈빛이 날카롭고 긴장했다. 뒤를 따르는 순찰대는 10여 명, 내성 주둔군 소속이어서 병력 이동에 환하다. 진궁이 순찰대장 앞으로 다가갔다. 그러나 뒤를 따르는 군사들은 멈추지 않는다.

"삼현성에서 온 지원군을 데려오라는 군주의 명을 받고 가는 길이네."

"삼현성주 아니시오?"

순찰대장이 진궁을 알아보더니 옆에 선 계백과 화청까지 둘러보았다.

"가 보시지요."

"수고하게."

순찰대장 앞을 지난 백제군이 서둘러 내성의 대문으로 다가갔다. 이제 대문의 정문이 20여 보 남았다. 정문 좌우에 선 위병이 다가오는 군사들을 보더니 눈을 둥그렇게 뜨는 것도 보인다. 그때 계백이 뒤쪽에서 외치는 소리를 들었다.

154

"잠깐, 지금 어디로 가시오?"

"곧장 갑시다."

계백의 걸음이 빨라졌고 뒤쪽 순찰대장이 다시 불렀다.

"내성으로 군사들을 데리고 오라고 하셨단 말이오?"

"뛰어라!"

계백이 소리치자 진궁, 화청이 달렸고 대문 앞에 선 위사들이 창을 고쳐 쥐었다. 그러나 이미 서너 걸음 앞으로 다가온 계백과 진궁이다.

"으악!"

위병 하나의 비명이 밤하늘을 울렸다. 화청이 들고 있던 창을 던져 몸통을 꿴 것이다. 그때 진궁이 다른 위병의 몸을 쳤다.

"이게 무슨 소리냐?"

김품석이 소리쳤다. 함성과 외침이 울린 것이다. 이어서 비명이 울렸다.

"알아 보고 오너라."

이맛살을 찌푸린 김품석이 시녀에게 지시하고는 자리에서 일어섰다. 잠깐 부인인 소연을 만나러 왔던 것이다. 저녁도 먹지 못했지만 식욕은 일어나지 않았다. 그때 소음이 더 심해졌다. 이제는 칼날 부딪치는 소리에다 여자들의 비명도 날카롭게 울렸다.

"나리, 백제군일까요?"

소연이 다가와 물었는데 눈을 크게 뜨고 입이 조금 벌어졌다. 겁에 질린 표정이다. 소연의 일생에서 이런 일은 처음 당하는 것이다.

"아니, 그럴 리가……."

김품석의 눈동자가 흔들렸다. 그때 마룻바닥을 울리는 소리가 들리더니 사내의 외침이 울렸다.

"군주(軍主)! 백제군이 내성에 침입했습니다."

위사장 김채순이다.

"나리!"

놀란 소연이 김품석의 소매를 잡았고 뛰는 발소리는 문 앞에서 멈췄다. 이곳은 침실 옆의 마루방이다.

"군주! 어서 피하십시오!"

그때 마룻바닥을 울리는 무수한 발자국 소리와 함성, 비명이 한꺼번에 울렸다.

"이런!"

소연에게 잡힌 소매를 뿌리친 김품석이 허리에 찬 칼을 빼들고는 문을 열었다.

"으앗!"

함성이 더 크게 방으로 쏟아졌고 문 앞에 서 있던 김채순이 몸을 돌리면서 김품석을 가로막는 시늉을 했다. 그때 김품석은 복도를 달려오는 무리를 보았다. 신라군이다. 앞장선 신라군은 피 웅덩이에 빠진 것 같았는데 손에 칼을 치켜들고 있다. 그 순간 사내와 김품석의 시선이 마주쳤다. 복도의 기둥에 매달아 놓은 등빛에 얼굴이 선명하다.

김품석이다. 계백은 방문 안에 선 사내와 시선이 마주쳤을 때 바로 알았다. 금박을 입힌 붉은색 겉옷, 흰 얼굴, 그리고 그 뒤에 숨듯이 서 있는 여자, 김품석의 부인이며 김춘추의 딸 소연인가?

"으앗!"

함성은 뒤를 따르는 진궁과 화청이 질렀다. 계백은 치켜든 칼을 고쳐 쥐었다. 거리는 20보에서 어느덧 7, 8보로 줄어들었다. 이제 가로막는 신라군은 없다. 김품석 앞에 선 무장의 기세가 사납다. 위사장인 것 같다. 내성 안을 통과하면서 따라 들어온 위사, 신라군 대여섯 명을 베어 죽였다.

"이놈!"

그때 김품석 앞을 가로막고 서 있던 무장이 벽력같은 고함을 지르더니 달려왔다. 맹렬한 기세, 건장한 체격의 무장은 칼을 치켜들고 단숨에 덮쳐왔다.

"이얏!"

그 순간에 계백과 부딪친 무장의 칼이 엄청난 기세로 내려쳐졌다. 계백은 무장에게 달려가면서 무장과는 반대로 치켜든 칼을 내렸다. 그래서 둘이 부딪쳤을 때는 칼이 어깨에 비스듬히 걸쳐진 자세, 수비 자세다. 상대가 내려칠 것을 예상하고 기다린 자세, 그 순간 무장의 칼이 벼락처럼 계백의 머리끝을 쳤다. 기다리고 있던 계백이 어깨를 틀면서 걸치고 있던 칼로 무장의 가슴을 찔렀다.

"욱!"

가슴을 관통당한 무장과 몸이 부딪치면서 얼굴이 바로 옆에 놓여졌다. 무장은 숨을 들이켰다가 몸이 젖혀지더니 입으로 솟아오른 피를 계백의 얼굴에 뱉었다. 계백이 어깨로 무장을 밀어 젖히고는 칼을 뽑았다.

"네 이놈!"

시선이 마주친 순간 김품석이 먼저 외쳤다. 계백과의 거리는 겨우 세 걸음, 칼을 내려치면 닿는 거리다. 계백이 가쁜 숨을 고른다. 뒤쪽에서도 거친 숨소리가 났고 그 뒤쪽에서는 함성과 외침, 비명으로 가득 찼다. 그러나 계백의 바로 뒤쪽 무장들은 입을 다물고 있다. 잠깐 동안 마루방, 복도 사이의 좁은 공간에 짧은 정적이 덮였다. 그저 숨 두 번쯤 마시고 뱉을 만큼의 정적, 그리고 그 다음 순간 계백의 외침이 정적을 깨뜨렸다.

"백제 나솔 계백이 김품석을 친다!"

"오!"

김품석이 맞받아 소리치면서 칼을 내질렀지만 이미 기세가 꺾였고 살기가 떨어졌으며 검법 또한 미숙했다. 계백이 김품석의 칼을 겨드랑이 사이로 보내면서 치켜든 칼을 후려쳤다. 맹렬한 살기, 노도와 같은 기세, 빈틈없는 검술이다.

"으악!"

비명은 뒤쪽 시녀들한테서 터졌다. 왼쪽 어깨에서부터 오른쪽 허리까지를 비스듬히 잘린 김품석이 비명도 지르지 못하고 쓰러졌기 때문이다.

"우왓!"

계백의 뒤에서 함성이 일어났다.

"김품석을 백제 나솔 계백이 베었다!"

화청의 외침이 복도로, 청으로, 내성으로 울렸다. 뒤쪽 군사들이 따라 외친다.

"김품석을 베었다!"

"대야군주 김품석을 백제 나솔 계백이 베었다!"

군사들이 너도나도 다투어서 외친다.

내성으로 따라 들어왔던 신라군이 외침을 듣고 흔들리기 시작했다. 전의(戰意)가 꺾인 것이다. 장수들이 독전했지만 더 이상 앞으로 나아가지 않는다. 대신 백제군의 외침은 더 커졌고 더 넓게 퍼졌다. 신라군은 머리를 잃은 용이 되었다.

"무엇이? 김품석을?"

펄쩍 뛰듯이 놀란 한솔 협반이 벌떡 일어섰다. 이곳은 서문의 성루 위, 협반은 북문에서 서문으로 옮겨온 것이다. 이곳이 지휘하기도 용이했고 윤충의 본군이 진입하기에도 쉬웠기 때문이다.

"이, 이런, 나솔이 대야성을 먹었다."

협반이 반쯤 얼이 빠진 표정을 짓고 말했다.

"내가 그 뒷수습을 해야겠다."

어깨를 부풀린 협반을 보고 장덕 하나가 물었다.

"한솔, 어쩌시렵니까?"

"어쩌기는, 내가 곧장 내성으로 가서 나솔과 합류하는 것이지."

"성문은 어쩌시구요?"

"이놈아, 내가 수문장이냐?"

협반이 버럭 화를 냈지만 지금은 전시(戰時)다. 조금 전까지 죽고 죽이는 싸움을 끝낸 무장(武將)들이라 거칠어져 있다.

"한솔, 우린 고작 2천3백이 남았소. 그 병력으로 1만이 넘는 신라군이 우글거리는 성안을 휘젓는단 말이오? 성문을 지켜서 방령이 오시기를 기다립시다."

"이놈아, 그래서 너는 장덕에서 솔(率) 품계로 승진하지 못하는 것이야. 우리가 성안을 휘저으면 머리 잃은 용이 제대로 대항이나 할까?"

"용 몸통이 꿈틀거리면 다 깔려죽소……."

장덕의 목소리가 약해졌고 다른 장수들이 거들었다.

"가십시다! 2천으로 성을 빼앗읍시다!"

"신라군이 열린 서문, 북문으로 도망쳐 나갈 것이오!"

그때 협반이 대들었던 장덕을 손으로 가리켰다.

"곽청, 네가 나솔이 될 기회다! 앞장서라!"

그러자 장수들이 '와' 웃었고 분이 난 장덕이 눈을 부릅떴다.

"좋소, 대공을 세워 한솔이 될 것이오!"

4장 풍운의 3국(三國)

내성 안으로 다시 한 무리의 신라군이 몰려 들어왔다. 대야군주 김품석의 목을 창끝에 매달아 성문 앞에 걸어 놓았지만 분을 참지 못하고 쳐들어오는 무리다.

"막아라!"

이제는 진궁이 백제군 부대를 지휘한다. 앞장선 진궁이 칼을 휘두르며 마당으로 달려 나갔고 뒤를 군사 수십 명이 함성을 지르며 따른다.

"나솔! 한솔이 이곳으로 오시고 있소!"

전령한테서 보고를 받은 화청이 소리쳤다. 화청은 온 몸에 피 칠을 해서 모습이 끔찍했다. 그러나 상처는 없다.

"전령이 오면서 보았는데 신라군이 사방으로 흩어지고 있답니다!"

주장(主將)을 잃은 군사는 흩어지는 것이 당연하다. 화청이 칼을 지팡이처럼 짚고 서서 웃었다.

"3천 군사로 대야성을 함락시킨 것 같소. 모두 나솔의 공이오!"

"내 공이 아니야! 나는 앞장만 섰을 뿐이다!"

"대야군주 김품석을 벤 공이 일등 공이오!"

그때 청으로 군사 하나가 뛰어 들어왔다.

"나솔! 대아찬이 살에 맞았소!"

"무엇이!"

놀란 계백이 마당으로 뛰어 내렸을 때 군사 셋이 진궁을 메고 들어왔다. 계백과 화청이 달려가자 군사들이 진궁을 마당에 내려놓았다. 마당 구석에 피워놓은 모닥불에 진궁의 모습이 드러났다. 몸은 피투성이가 되어 있었지만 상대방의 피가 뿌려졌기 때문이다. 그러나 진궁의 가슴 깊숙하게 화살이 박혀 있다. 본인이 화살을 부러뜨려 절반만 남아 있어도 가슴 깊숙이 박혀 있다.

"대아찬!"

계백이 진궁의 옆에 무릎을 꿇고 앉아 상반신을 부축했다.

"대아찬! 살을 빼면 되겠습니다!"

소리쳤지만 전장을 많이 겪은 계백은 이것이 치명상인 것을 알았다. 진궁이 피가 뿌려진 얼굴을 펴고 웃었다.

"나솔, 힘껏 싸우고 죽소."

"대아찬!"

"나솔, 나를 다르게 불러줄 수 없소?"

"장인어른!"

순간 화청이 숨을 들이켜더니 곧 머리를 끄덕였다. 화청도 진궁과의 사연을 아는 것이다. 계백이 진궁의 입가로 흘러나온 피를 손끝으로 닦으며 다시 불렀다.

"장인어른, 이렇게 모시게 되어서 죄송하오."

"나솔, 내 딸을 부탁하네."

"염려하지 마시고 떠나시지요."

"사위, 자네를 믿네."

"아버님!"

계백이 진궁의 머리를 두 팔로 감아 안고 가슴으로 끌어안았다.

"아버님, 극락으로 가시오."

"내가 안심하고 가네."

"고화를 아끼고 살겠습니다."

"고맙네."

또렷하게 말한 진궁이 계백을 향해 웃어 보이고는 눈을 감았다. 그때 함성이 울리면서 외침 소리가 들렸다.

"선봉군이 진입했다!"

"들으셨소?"

계백이 소리치듯 진궁에게 묻더니 몸을 마당에 내려놓았다.

"나솔! 어디 있는가?"

협반의 목소리가 울렸고 계백이 소리쳤다.

"여기 있소!"

"만세! 만세!"

함성이 울리면서 협반이 마당으로 뛰어 들어왔는데 온몸에서 활기가 넘치고 있다.

"나솔! 신라군이 사방으로 흩어지고 있어!"

협반이 소리치다가 땅바닥에 눕혀진 진궁을 보더니 주춤했다.

"대아찬 아닌가?"

"예, 제 장인어른이 가셨소."

계백이 소리쳐 대답했다. 진궁이 들으라는 것 같다.

고구려는 5부(部), 3경(京)제로 되어 있었으니 동, 서, 남, 북, 내(內)의 5부에 평양성, 국내성, 한성의 3경(京)이었다. 전국의 성이 176개, 호구가 69만 7천 호여서 백제의 5부(部), 37군(郡), 200성, 76만 호에 비하면 면적에 비해서 인구가 적은 편이다.

고구려에는 5개 대부족이 있는데 연노부, 순노부, 계루부, 관노부, 절노부로 나뉘어졌다. 그중 연노부가 가장 강력한 부족이다. 연개소문은 연노부 출신으로 그의 증조부 연광(淵廣), 조부 연자유(淵子遊), 부친 연태조(淵太祚)는 대를 이어 서부대인(西部大人)에다 대대로(大對盧)를 지냈다. 서부대인은 연노부가 서쪽에 위치했기 때문에 붙여진 이름으로 서쪽은 곧 중국과 국경을 맞대고 있다. 그래서 618년에 즉위한 영류왕 건무와 온건파 대신들은 연개소문의 부친 연태조가 죽자 호전적 성격인 연개소문의 서부대인 세습을 반대했다. 연개소문은 을지문덕이 주장한 북진정책에 호응하는 강경파였기 때문이다. 그래서 연개소문은 각 호족들과 대신들을 일일이 찾아다니며 온건파의 정책에 따를 것을 맹세하고 나서야 서부대인 세습을 허락받았다. 그러나 서부대인이 된 연개소문은 곧 군사들을 모으고 당에 대항하기 위한 준비를 시작했다. 당과의 전쟁이 일어나면 제일 먼저 자신의 영지가 전장(戰場)이 될 것이었기 때문이다. 그리고 맹세는 했지만 을지문덕이 주장한 북진정책은 버리지 않았다. 영류왕은 10여 년 전 고구려의 오랜 맹방인 돌궐의 힐리가한이 당의 이정(李靖)에게 잡히자 그것을 치하하는 사신을 보냈다. 돌궐은 수의 대군이 고구려를 침공했을 때 고구려군의 선봉이 되어서 싸워준 맹방이다. 연개소문을 비롯한 강경파 장수들은 왕의 배신에 치를 떨었다. 왕은 스스로 당의 속국이 되려고 하는 것이다. 또한 왕은 당의 사신 진대덕이 오자 길 안내를 시키는 한편, 진대덕이 노골적으로 지

164

형과 방비 상태를 염탐해도 막지 않았다. 포로로 잡혀 있던 한인들에게 고향으로 곧 데려갈 것이라고 진대덕이 고구려를 무시하는 언동을 했는데도 문제 삼지 않았다. 영류왕 건무는 한때 무용을 날렸던 장군으로 선왕(先王) 영양왕을 도와 수나라 대군을 물리쳤으나 왕이 된 후로는 수비에만 치중했고 당에 저자세를 보인 것이다.

의자왕 2년, 영류왕 25년 10월, 평양성. 평양성에 5부(部)의 수장들이 다 모였다. 부족의 이름을 따서 내부(內部)는 계루부로도 불렸고 서부(西部)는 연노부, 북부(北部)는 절노부, 동부(東部)는 순노부이며 남부(南部)는 관노부이다. 오늘 서부대인 연개소문이 감독했던 장성 투입 병력의 열병식을 한 것이다. 천리장성은 대륙으로부터의 침략을 막기 위해서 세워졌다. 곧 영류왕의 북수남진(北守南進) 정책의 산물로서 16년간의 공사로 완공된 것이다. 천리장성은 서부(西部)로 뻗어 있었기 때문에 서부대인 연개소문이 공사를 맡아야 했으니 인력과 물자의 손실이 대단했다. 5부대인은 모두가 부족의 장으로 대부분 대를 이어서 대인직을 물려받았다. 따라서 제각기 사병을 길러 국경을 지켰는데 연개소문의 서부가 영토도 가장 큰 데다 사병의 수도 많았으므로 대인 중 수장(首長) 노릇을 한다. 5부대인이 청에 좌정한 지 얼마 되지 않아서 영류왕이 들어섰다. 영류왕 건무는 26대 영양왕의 이복동생으로 6척 장신에 수염이 길었고 눈빛이 맑았다. 영양왕 때 수의 대군을 을지문덕과 함께 몰사시킨 용장이었으나 왕이 되자 북수남진 정책을 펴왔다. 영류왕이 용상에 앉아 백관을 둘러보았다. 5부대인과 그들의 중신들, 그리고 조정의 고관이 모두 모였으므로 대왕전에 모인 관리는 2백 인이 넘는다.

"모두 앉으라."

영류왕이 말하자 모두 자리에 다시 앉는다. 각자의 앞에 술상이 차려져 있어서 왕이 먼저 술잔을 들었다. 시녀가 다가와 잔에 술을 채운다.

"이제 북쪽 국경은 그것으로 되었어."

잔을 들어 올리면서 영류왕이 말하자 대신들도 모두 잔을 들었다. 그때 영류왕의 시선이 연개소문에게로 옮겨졌다. 둘의 시선이 마주쳤다.

"대인, 수고했다."

영류왕이 연개소문에게 말했다.

"천리장성 축성은 그대의 공이다. 들라."

잔을 들어 한 모금을 삼킨 영류왕은 연개소문이 자리에서 일어서는 것을 보았다. 청에 도열해 앉은 2백여 명의 고관, 장수들의 시선이 연개소문에게로 옮겨졌다. 연개소문 혼자서 일어선 것이다. 아직 손에 술잔을 쥐고 있다. 머리에는 옥이 박힌 은관을 썼고 갑옷은 벗고 비단 겉옷 차림이다.

"대왕께 아뢰오."

연개소문의 굵은 목청이 울리자 청 안이 조용해졌다.

"대인, 무슨 일이냐?"

영류왕이 지그시 연개소문을 내려다보았다. 연개소문은 5부대인의 수장(首長) 격이었지만 언제나 영류왕의 견제를 받아왔다. 지금도 좌석 배치가 5부대인의 3번째 서열이며 조정 고관의 아래쪽이다. 어깨를 편 연개소문이 2백여 쌍의 시선을 받고는 그들을 휘둘러보았다. 그러고는 영류왕에게 시선을 돌렸다. 당당한 태도다.

"대왕께 여쭐 말씀이 있습니다."

"말하라."

영류왕의 대답이 냉랭해졌다. 술잔을 든 채로 연개소문이 물었다.

"대왕께서는 광개토대왕과 장수대왕을 어떻게 생각하십니까?"

청 안에서는 숨소리도 나지 않았다. 2백여 쌍의 시선이 연개소문과 영류왕을 번갈아 훑어갈 뿐이다. 그때 영류왕이 소리 내어 웃었다.

"앗하하. 내가 그대가 묻는 의도를 알겠다. 그 두 분 대왕은 위대하신 왕이시다. 허나 이 건무는 그분들과는 다르다."

영류왕의 얼굴에서 차츰 웃음기가 가시더니 곧 눈을 치켜뜨고 연개소문을 노려보았다.

"나는 백성을 전란에 빠뜨리지 않는다. 그것이 백성과 땅을 지키는 일이다!"

어깨를 부풀린 영류왕이 꾸짖듯 말을 뱉었다.

"보국안민이 내가 갈 길이다!"

"그렇습니까?"

커다랗게 머리를 끄덕인 연개소문이 몸을 돌려 둘러앉은 2백여 명의 고관들을 다시 보았다. 영류왕의 기세에 질린 고관들은 모두 숨을 죽이고 있다. 연개소문이 입술의 한쪽 끝만 비틀고는 웃었다. 그러고는 어깨를 한껏 추켜올리더니 술잔을 올리면서 소리쳤다.

"고구려는 다시 일어난다!"

벽력같은 외침이 청을 울리자 모두 아연실색했다. 다음 순간 연개소문이 들고 있던 술잔을 청 바닥에 내던져 박살을 내었다.

"다 죽여라!"

연개소문의 외침이 끝나기도 전이다. 청의 네 곳 문으로 군사들이 쏟아져 들어왔다. 앞장선 장수들은 모두 연개소문의 심복 무장들이다.

"와앗!"

청 안이 무너질 것 같은 함성이 울리면서 당장 살육이 일어났다. 군사들은 닥치는 대로 죽인다. 사방의 문으로 끝없이 군사들이 쏟아져 들어왔고 청 안은 비명과 외침으로 가득 찼다. 연개소문은 달려온 심복 무장으로부터 장검 두 개를 넘겨받았다. 청에 들어오기 전에 모든 관리는 고하를 막론하고 무기를 맡겨 놓아야 해서 청 안의 고관들은 비무장이었기 때문이다. 연개소문은 칼을 받자마자 옆에서 허둥거리는 남부 대인 고정태의 머리통을 내려쳐 두 쪽으로 갈라놓았다. 연개소문이 소리쳤다.

"한 놈도 살려두지 마라!"

동부대인 양수가 엉금엉금 기어서 도망치고 있었기 때문에 달려가 등을 찍었다. 가슴으로 칼이 빠져나갔고 양수가 목청이 터질 것 같은 비명을 지르며 버둥거렸다.

"대인! 살려주시오!"

외치는 소리에 머리를 돌렸더니 북부대인 사반이 연개소문의 무장에게 목덜미를 잡힌 참이었다. 무장은 칼을 치켜들고 있다. 연개소문이 소리쳤다.

"베어라!"

그러고는 상을 건너뛰어 영류왕에게로 달려갔다. 왕은 세 명의 무장들에게 둘러싸여 있었지만 악을 쓰는 중이었다. 무장들은 칼을 치켜들었지만 베지 못하고 망설인다. 왕인 것이다.

"비켜라!"

연개소문이 소리치자 무장들이 물러섰다.

뒤쪽의 비명과 외침은 어느덧 줄어들고 있다. 군사들의 살육이 끝나가고 있는 것이다. 연개소문이 다가서자 영류왕이 소리쳤다.

"네 이놈! 이 역적!"

"너는 왕의 그릇이 아니다, 건무야!"

연개소문이 따라서 소리치고는 오른손에 쥔 칼을 치켜들었다. 그러고는 왼손의 칼을 영류왕 앞으로 던졌다. 칼이 쇳소리를 내면서 청 바닥에 떨어졌다.

"건무, 칼을 집어라!"

연개소문이 소리치자 영류왕이 칼을 집어 들었다.

"네 이놈, 연개소문."

"건무야, 날 죽이면 군사들은 물러날 것이다."

칼을 겨눈 연개소문이 정색하고 소리쳤다.

"자, 오너라!"

영류왕이 칼을 치켜들고 뛰었다. 거리는 세 발짝. 한 발짝을 뛰고 나서 두 발짝째, 추켜올렸던 칼로 연개소문의 머리통을 내리치면서 발을 디뎠다.

그 순간이다.

"앗!"

영류왕의 입에서 외침이 터졌다. 30년 전, 수의 대군을 맞아 을지문덕과 함께 싸워서 물리친 건무(建武) 영류왕이다. 그러나 지금은 옛날의 건무가 아니다. 연개소문이 몸을 비틀면서 옆으로 후려친 칼이 영류왕의 배를 갈랐던 것이다. 그 순간 내려친 칼이 청 바닥을 때리면서 배가 갈라진 영류왕이 몸을 숙였다. 그때 칼을 치켜든 연개소문이 소리쳤다.

"죽어라!"

연개소문의 칼이 영류왕의 목을 치자 머리통이 떼어져 청 바닥에서 굴렀다. 영류왕 25년 10월이다. 그때는 이미 살육이 거의 그쳤고 청에는 도살된 2백여 명의 고구려 고관들의 시체가 뒹굴고 있다. 서 있는 군사는 모두 연개소문의 부하들이다. 고구려 고관 대부분이 도살되었다. 살아남은 고관은 몇 명 되지 않는다.

이곳은 대야주 대야성, 의자대왕의 친위군이 도착했을 때는 계백과 선봉대장 협반이 대야성을 장악한 지 나흘 후였으니 빠른 기동이었다. 남방 방령 윤충은 이틀 먼저 출발했지만 의자왕의 친위군보다 겨우 하루 먼저 대야성에 들어온 것이다. 대야성에는 백제 기마군 3만 5천 기가 운집해 있었기 때문에 2만 기 정도는 성 밖에 진을 쳐야 했다.

"장하다."

이미 전령을 통해 내막을 상세히 보고받은 의자왕이 계백과 협반에게 말했다.

"특히 계백이 대공을 세웠다."

"황공하오."

계백이 한쪽 무릎을 꿇은 채 의자를 보았다.

"대왕, 운이 따랐을 뿐입니다."

"그 운을 네가 만들지 않았느냐?"

닷새 전만 해도 김품석이 앉았던 옥좌에 앉아 의자가 웃음 띤 얼굴로 말했다.

"원인이 없는 운(運)은 없는 법이다."

의자가 옥이 박힌 의자를 손바닥으로 쓸면서 말을 이었다.

"김춘추의 딸은 제 손으로 자결했다니 지아비를 따라갔구나."

김품석의 부인이며 김춘추의 딸 소연은 칼로 가슴을 찔러 자결한 것이다. 그때 윤충이 말했다.

170

"주성(主城)을 함락하고 군주(軍主)의 목을 베었지만 대야주에 42개 성이 있습니다. 서둘러야 될 것입니다."

"그렇다. 사기가 꺾였겠지만 아직도 대야주에 수만의 군사가 남아 있다."

머리를 끄덕인 의자가 지시했다.

"대야주는 본래 가야국이었던 땅, 신라국에 죽기로 충성하지는 않을 것이다. 투항하면 지위를 보장하고 옛 가야국 호족은 능력에 따라 고위직에도 임명한다고 해라!"

신라는 골품제가 박혀 가야 출신 호족들을 박대해 온 것이다. 그것을 알고 있는 의자왕이다.

의자의 시선이 다시 계백에게 옮겨졌다.

"계백, 이번 싸움에 가야족인 네 장인이 죽었느냐?"

의자가 진궁을 장인이라고 불러 주었다.

대야성에서 투항한 가야 출신 항장을 앞세워 백제군은 대야주의 성을 공략했다. 주성(州城)이 함락되고 군주 김품석이 살해된 상황인 것이다. 투항한 신라군만 1만여 명이 되었으니 대야주의 41개 성은 대부분이 변변한 저항도 하지 못하고 함락되었다. 대야성이 함락된 지 엿새 만에 대야주 42개 성이 백제군(軍)의 수중에 들어온 것이다. 대야주에 거주하고 있는 가야인은 거의 백제군에 저항하지 않았다.

"대승이다."

대야성의 청에 앉은 의자왕이 도열한 신하들에게 말했다. 얼굴에 웃음이 떠올라 있다.

"부왕(父王)이 이루시지 못했던 대업(大業)을 이루었다. 기쁘다."

사시(오전 10시) 무렵이다. 청에는 항장(降將)들도 둘러 서 있었는데 삼현성에서 진궁과 함께 벼슬을 살았던 신라 급벌찬 전택과 대야성 수문장 여준의 모습도 보였다. 이제 전택은 백제의 7품 장덕이 되었고 여준은 9품 고덕이다. 신라에서보다 두 계단이나 승진한 것이다. 백제 장수들도 논공행상에 의해 승진했는데 계백은 6품 나솔에서 5품 한솔이 되었고 선봉장 협반은 한솔에서 4품 덕솔에 올랐다. 그러나 계백의 수하 무장 해준은 전사했고 고덕 호성도 죽었다. 의자는 죽은 무장들도 일일이 승급시켜 그 녹봉을 가족에게 넘기도록 했다. 사후 처리를 잘 해야 장병이 죽기를 무릅쓰고 싸우는 것이다. 여러 번 전장을 겪은 의자는 세심하게 신경을 썼다. 의자가 남방 방령 윤충에게 말했다.

"고구려 사신이 왔다니 이제 들라고 하게."

"예, 대왕."

기다리고 있던 윤충이 소리쳐 지시하자 곧 의례를 담당하는 사도부(司徒部) 부장이 청 밖에서 한 무리의 관리들을 안내해 왔다. 고구려 사신들이다. 사신들은 사비도성을 거쳐 이곳 대야성까지 내려왔는데 모두 말을 달렸기 때문에 평양성에서 엿새가 걸렸다고 했다.

"백제 대왕을 뵙습니다."

고구려 관복을 입었으나 급히 바꿔 입은 티가 났다. 얼굴은 먼지가 끼어서 씻을 겨를도 없었던 것처럼 보이는 사신이 소리쳐 말하고는 청에 한쪽 무릎을 꿇었다.

"고구려 막리지, 태대형인 소준관이 인사드리오."

"오, 막리지이신가?"

의자왕이 부드러운 표정으로 사신을 보았다. 막리지면 고구려의 5부(部)대인 격이며 태대형은 2품급으로 백제의 달솔급, 즉 장관급이다. 고

172

위직 사신이다. 의자왕이 물었다.

"그래, 고구려 대왕께서 보내셨는가?"

"아니올시다, 대왕."

어깨를 편 소준관이 의자왕을 보았다.

"고구려의 대막리지이시며 대대로이시며 5부전(全)대인을 겸하고 계시는 연개소문 전하께서 보내셨습니다."

"아아!"

신음 같은 탄성을 뱉은 의자왕이 머리를 끄덕였다.

"대막리지께서는 건녕하신가?"

"예, 대왕께 고구려와 백제의 동맹이 더욱 강고할 것이라는 말씀을 전하셨습니다."

소준관이 들고 있던 밀서를 두 손으로 바치자 옆에 서 있던 사도부 부장이 받아 의자왕 아래쪽에 선 윤충에게 건네주었다. 의자왕이 소준관을 보았다.

"당(唐)이 지금도 북변을 건드리는가?"

"건무가 처형된 후로 놀랐는지 잠잠합니다."

이때는 의자왕이 입을 다물었고 청 안의 대신들이 술렁거렸다. 영류 왕 건무를 처단하고 대신들을 모조리 살육한 연개소문은 고구려의 정권을 완전히 장악했다. 연개소문은 영류왕의 동생 대양왕(大陽王)의 아들 보장(寶藏)을 왕으로 세웠지만 허수아비다. 소준관이 영류왕의 이름을 함부로 부르고 현재의 왕을 언급하지도 않는 것이 그 증거다. 그때 소준관이 정색하고 의자왕을 보았다.

"대왕, 대야주 정복을 경축드립니다."

"고맙네. 사비도성에서 기다릴 것이지 이곳까지 급하게 내려온 이유가 있는가?"

"예, 대왕."

사신 소준관이 어깨를 펴고 의자왕을 보았다. 청에 모인 백제 무장, 관리들의 시선이 모였다. 이곳은 전장(戰場)이나 같다. 신라 서부의 요지(要地)로 영토의 3할을 차지하고 있던 대야주를 백제가 정벌한 상황이다. 의자왕이 사신을 이곳으로 오도록 허용한 이유도 대백제(大百濟)의 위용을 과시하려는 목적도 있다.

소준관이 입을 열었다.

"대막리지께서 고구려와 백제의 동맹을 더욱 공고히 하고 신라와 당을 멸망시킬 계책을 논의하고 싶다고 하셨습니다."

"오, 과연."

의자왕이 상반신을 기울이며 머리를 끄덕였다. 백제와 고구려는 동맹관계인 것이다. 의자왕이 생기 띤 얼굴로 소준관을 보았다.

"과인도 적극 협력할 작정이야. 이제 그대도 보았다시피 신라 서방(西方)의 대야주가 백제령이 되었다. 42개 성을 공취했으니 신라는 왼쪽 팔을 잃어버린 병신 꼴이다."

의자왕이 갑자기 생각난 듯 말했다.

"오, 적임자가 있지."

의자왕이 정색하고 말을 이었다.

"담로 연남군에서 당군(唐軍)과 여러 번 접전을 했고 본국으로 돌아와서 이번에 대공을 세운 무장이 있어."

의자왕의 시선이 단하의 계백에게로 옮겨졌다.

"한솔 계백이야."

계백이 머리만 숙였을 때 의자왕이 말했다.

174

"한솔, 네가 막리지와 함께 고구려에 가라."

"예, 대왕."

의자왕의 목소리가 청을 울렸다.

"대막리지의 제의에 적극 찬성이야. 과인도 진즉부터 그것을 논의하고 싶었지만 소극적인 선왕(先王)이 조심스러웠는데 잘되었다."

"과연 명군(名君)이시오."

50대의 소준관은 달변이었다. 바로 의자왕의 말 뒤를 잇는다.

"따라서 대막리지께서는 계책을 논의할 백제 무장을 고구려로 보내주시기를 바란다고 하셨습니다."

의자왕이 다시 계백을 보며 말한다.

"네가 대백제의 사신이다."

"예, 대왕."

"부사로 사도부 장덕 유만을 데려가도록 하고 무장(武將)은 누가 좋겠느냐?"

"예, 나솔 화청을 부장으로 삼고 싶습니다."

한인(漢人) 출신의 투항 무장 화청은 이번에 장덕에서 승진하여 6품급 나솔이 되었다. 의자왕이 머리를 끄덕였다.

"좋다. 사흘 후에 막리지와 함께 떠나도록 하라. 나도 그동안에 대막리지께 보낼 밀서를 준비하겠다."

그날 저녁, 계백은 의자왕의 침전으로 불려갔다. 죽은 김품석이 사용하던 침전에는 의자왕과 병관좌평 성충, 성충의 동생이며 남방 방령인 윤충, 내신좌평 목부까지 넷이 모여 있었다. 계백이 말석에 꿇어앉았을 때 의자왕이 부드러운 목소리로 말했다.

"내가 너를 고구려로 보내는 이유를 말하마."

계백이 숨을 죽였고 의자왕이 말을 이었다.

"연개소문은 기(氣)가 센 무장이다. 당(唐)과의 결전을 두려워하지 않는 데다 용병술과 지도력도 뛰어난 인물이다."

의자왕의 얼굴에 쓴웃음이 떠올랐다.

"왕과 대신들까지 수백 명을 한 명도 살리지 않고 주살한 자야. 왕의 시체를 토막 내어서 전국에 떼어 보냈다던가?"

"……."

"네가 가서 대백제의 기(氣)를 보여라. 네 무용이 고구려에도 알려졌을 테니 당당하게 연개소문에 맞서서 전략을 논해라."

"예, 대왕."

"당(唐)과의 결전에 대백제도 군사를 내놓는다고 해라. 담로가 이미 널려 있으니 고구려보다 대백제가 당의 영토에 우선권이 있지."

"예, 대왕."

계백은 의자왕의 뜻을 알았다. 백제, 고구려 연합군은 당을 두 조각으로 낸다. 신라는 염두에도 없다.

대야성에서 계백이 보낸 14품 좌군(佐軍) 벼슬의 아한이 칠봉성에 도착했을 때는 신시(오후 4시) 무렵이다. 아한은 기마군 셋을 이끌고 왔는데 모두 땀과 먼지를 뒤집어써서 거지꼴이었다. 아한이 곧장 계백의 사택 마당으로 들어서자 덕조가 두 손을 내밀고 달려 나왔다. 그 뒤를 고화와 우덕, 그리고 종들이 따라 나와서 마당은 금방 사람으로 찼다. 아한은 계백의 위사대 조장(組長)이라 덕조와 아는 사이다.

"좌군, 무슨 일이오?"

덕조가 긴장된 얼굴로 묻는다. 백제군이 대야성을 함락시켰고 대야

주 42개 성을 공취해간다는 소문은 들었다. 승전보가 오가는 전령의 몇 마디 말로 전해지는 상황이다. 이곳 칠봉성은 전장(戰場)에서 멀 뿐만 아니라 사비도성과 대야성 사이에 위치해 있지도 않다. 그래서 소식이 늦는 편이다. 그때 아한이 소리쳐 말했다.

"성주께서 대야성을 함락시킨 일등 공을 세우셨소. 그래서 대왕께서 한솔로 관등을 올려주셨소!"

"만세!"

그 순간 두 손을 번쩍 쳐든 덕조가 소리쳤다.

"천세! 내가 그렇게 되실 줄 알았어!"

와락 다가선 덕조가 어깨를 부풀리면서 물었다.

"다들 무사하시오? 저기, 우리 아씨의……."

그때 호흡을 고른 아한의 시선이 고화에게로 옮겨졌다.

"대아찬 나리는 전사하셨소."

덕조는 입만 딱 벌렸고 고화는 아한에게 시선을 준 채 굳어졌다.

"아이구머니!"

비명을 지르면서 주저앉은 것은 우덕이다. 땅바닥에 두 다리를 뻗은 채 주저앉아버린 우덕이 울부짖었다.

"우리 아씨는 어쩌라고 가셨단 말인가!"

마당의 분위기가 숙연해졌고 우덕의 외침이 이어졌다.

"아씨를 살리시려고 나리께서 가셨구나!"

"……."

"아이고, 불쌍한 우리 나리!"

덕조도 숨을 멈춘 채 굳어졌고 아한은 물론이고 군사들도 석상처럼 말이 없다. 우덕의 외침이 마당을 다시 울린다.

"아이고, 나리! 아씨께 말 한마디 못 해 주시고 저 먼 곳에서 가셨구나!"

그때 정신을 차린 아한이 품에서 기름종이에 싼 편지를 꺼내 고화에게 두 손으로 내밀었다.

"아씨, 한솔께서 아씨께 드리는 편지올시다."

방으로 돌아온 고화가 편지를 꺼내 펼쳤다. 밖에서는 우덕의 울음소리만 울릴 뿐 조용하다. 주인 계백이 대공(大功)을 세워 한솔로 승급되었지만 부인의 부친이 전사를 한 상황이다. 고화가 편지를 읽는다.

"아버님이 돌아가실 때 내가 안고 있었소."

편지는 그렇게 시작되었다.

"아버님이 날 올려다보시면서 힘껏 싸우다가 죽는다고 하시며 웃었소."

고화의 눈동자가 흐려졌다.

"내가 대아찬이라고 불렀더니 다르게 불러달라고 하셔서 장인어른이라고 불렀소."

고화의 눈에서 처음으로 눈물이 주르르 흘러내렸다.

"그러더니 '나솔, 내 딸을 부탁하네.' 하셔서 염려하지 마시고 떠나시라고 했소."

고화가 짧게 흐느껴 울었다.

"그랬더니 '사위, 자네를 믿는다.'고 하시길래 내가 아버님이라고 부르면서 안아 드렸소."

"아버지!"

고화가 편지를 쥐고 흐느꼈다.

"아버님께 극락으로 가시라고 했더니 '내가 안심하고 가겠다.'고 하

178

셨소. 그래서 내가 고화를 아끼며 살겠다고 했고 그 말을 들으신 아버님이 고맙다고 하시며 웃으셨소."

고화가 머리를 들었다. 편지는 그것으로 끝났다.

"어떻게 죽었느냐?"

김춘추가 묻자 무관이 엎드렸다.

"백제 장수 계백이 베었다고 합니다."

무관은 15품 대오 벼슬의 하급 무장으로 가야성 내궁 경비를 맡았다가 성이 함락되자 성벽을 넘어 탈출했다는 것이다. 성이 함락되거나 아군이 참패했을 때, 특히 궤멸 상태가 되었을 때 현장 보고를 받기는 어렵다. 그것은 보고를 다 듣고 나서 '너는 왜 도망쳤느냐'는 심문을 받게 되기 때문이다. 그래서 김춘추는 대야성이 함락된 지 엿새 후에야 지금 보고를 받고 있다. 동경성(東京城) 안 김춘추의 저택은 웅장하다. 청 아래쪽의 마당은 넓어서 마술 시합도 할 수 있다. 청의 기둥 옆에 선 김춘추가 무관을 내려다보았다. 주위에 둘러선 가솔, 이찬 김춘추를 만나러 온 문무관원들까지 수십 명이 숨을 죽이고 있다. 그때 김춘추의 목소리가 마당으로 울렸다.

"계백이라고?"

"예, 분명히 그렇게 들었습니다."

무관이 땀과 먼지로 얼룩진 얼굴을 들고 김춘추를 보았다.

"'백제 나솔 계백이 대야군주 김품석을 베었다.'라고 외침이 일어났습니다."

"……"

"저는 분이 나서 내성 안으로 들어가고자 했지만 백제군 수천 명이

179

진입한 상황이었습니다."

"……"

"그래도 칼을 들고 싸웠다가 곧 성주의 목이 창끝에 꿰어져 나오는 것을 보았습니다."

"……"

"그래서 죽기보다 보고를 해야겠다는 일념으로……"

"내궁 마님은 어떻게 되었느냐?"

김춘추의 목소리가 바짝 마른 느낌이다. 다시 마당과 청에는 무거운 정적이 덮였다. 그때 무관이 번들거리는 눈으로 김춘추를 올려다 보았다.

"뒤늦게 도망쳐 나온 군사들한테서 들었습니다만 내궁 마님은 칼로 가슴을 찔러 자결하셨다고 합니다."

"……"

"내궁을 점령한 계백이 마님의 목까지 베고 내궁에 불을 질렀다고 합니다."

"으음!"

김춘추가 갑자기 기둥에 어깨를 기대면서 신음했다. 놀란 집사가 그쪽으로 한 걸음 다가섰다가 멈췄다.

"이놈들."

김춘추가 초점이 흐려진 눈으로 앞쪽을 응시하면서 말했다.

"이 한(恨)을 꼭 풀리라."

그러더니 기둥에 등을 붙이고 서서 손을 저었다.

"모두 물러가라."

그때 마당 뒤쪽 문 앞에서 말굽 소리가 들리더니 곧 서너 명의 무장이 들어섰다. 햇볕을 받은 갑옷이 번쩍였다. 앞장선 무장은 김유신이다. 김유신의 어깨와 머리에도 먼지가 내려 앉아 있다. 달려온 증거다.

"대감, 들으셨습니까?"

청에 선 김춘추를 보자 김유신이 소리쳐 묻는다. 마당에 서 있던 가솔, 관리들이 황급히 좌우로 갈라서서 길을 터준다. 김춘추가 눈의 초점을 잡고 김유신을 보더니 주르르 눈물을 쏟았다.

"그렇소, 방금 듣고 있었소."

"모두 내 불찰입니다."

청 앞에 선 김유신이 번들거리는 눈으로 김춘추를 보았다.

"의자의 간계에 속았기 때문이오!"

김유신의 목소리가 마당과 청을 울렸다. 이때 김유신은 49세, 김춘추는 43세이니 장년이다. 김춘추가 손등으로 눈물을 닦더니 기둥에서 등을 떼었다. 다리에 힘이 풀린 김춘추가 휘청거리다가 김유신에게 말했다.

"대감, 들어오시오. 상의드릴 일이 있소."

내실에 둘이 마주 보고 앉았을 때 김춘추가 충혈된 눈을 치켜뜨고 말했다.

"장군, 내가 고구려에 가야겠소."

"무슨 말씀이오?"

놀란 김유신이 상반신을 기울였다. 고구려와는 60여 년 전 백제와 연합하여 한강 하류 지역을 점령했을 때부터 원수지간이 되어왔기 때문이다. 그 후에 신라는 동맹관계인 백제를 배신, 한강 하류 지역을 탈취하고 신주(新州)를 세워 다시 백제와도 원수가 되었다. 더구나 빼앗긴 땅을 탈취하려는 백제하고는 관산성 전투에서 성왕(聖王)을 전사시킴으로써 불구대천의 사이가 되었다. 김춘추가 어깨를 부풀렸다가 내리면서 말했다.

"고구려도 백제의 기세에 위협을 느끼고 있을 것이오. 더욱이 연개소문은 북진정책을 주장하는 호전적인 인간 아니오?"

김유신의 시선을 받은 김춘추가 열에 뜬 목소리로 말을 이었다.

"이제 신라는 영토의 3할을 잃었소. 고구려는 앞쪽의 당(唐)을 치려면 등 뒤에 도사리고 있는 범부터 제압해야 될 것이오."

"대감, 백제와 고구려는 동맹관계올시다."

"서로 필요했기 때문이지. 지금 연개소문은 백제가 부담이 되고 있을 겁니다."

"대감, 그러면 밀사를 골라 보내시지요."

"누가 가겠소?"

김춘추의 얼굴에 일그러진 웃음이 떠올랐다.

"비담 일파가 골라준 밀사는 그저 다녀오는 시늉만 낼 것이오."

"하지만 위험합니다, 대감."

"장군이 신주 북방까지 올라가 주시면 나한테 도움이 되리다."

"그거야 얼마든지 해 드리지요. 하지만……."

"내가 연개소문을 만나겠소."

어깨를 편 김춘추가 번들거리는 눈으로 김유신을 보았다.

"나라의 운명이 풍전등화요. 비담 일당은 당 황제에게 여왕을 비난하는 것에만 정신이 팔려 있소. 이러다가 왕국이 망하게 되면 왕이 된들 무얼 하겠소?"

"그전에 죽임을 당하겠지요."

"이번 대야주 42개 성이 백제 수중에 들어갔으니 연개소문도 생각을 바꿀 것이오."

"대감, 차라리 소장이 가지요."

"아니오, 신라에는 장군이 필요하오."

쓴웃음을 지은 김춘추가 말을 이었다.

"나 같은 왕족은 수십 명이나 있지만 대장군은 그대 하나뿐이오."

"황공하오."

"장군이 국경에서 기다리고 있는 줄 알면 연개소문이 나를 함부로 대하지 못할 것이오."

그때 김유신이 긴 숨을 뱉었다.

"대감의 용기는 무장(武將) 100명보다 낫습니다."

"딸과 사위를 한꺼번에 잃은 분노가 그렇게 만들었소."

김춘추가 뱉듯이 말하더니 외면했다.

"왕국을 잃으면 성골, 진골이 다 무슨 소용이 있단 말이오?"

김유신은 이제 대답하지 않았다.

그 시간에 계백이 의자왕에게 인사를 하고 있다. 백제 사신으로 고구려로 떠나는 인사다. 의자왕은 계백과 부사 유만, 화청을 밀실로 불렀는데 배석자는 성충과 윤충, 내신좌평 목부까지 셋뿐이다. 밀담을 나누고 있는 것이다.

"이번 대야주 공취로 연개소문이 우리에게 위협을 느낄지도 모른다."

의자왕이 웃음 띤 얼굴로 말을 이었다.

"오늘의 동맹이 내일 원수로 변하는 것이 어디 한두 번이냐? 그러니 너는 이것을 연개소문에게 주어라."

의자왕이 두루마리 밀서를 계백에게 내밀었다.

붉은 천에 금박 글씨로 쓴 왕의 친서다.

"신라 신주(新州)를 공취하면 당항성만 백제가 차지하고 나머지 옛 고구려 영토는 고구려에 반환시키겠다는 밀서다."

계백이 밀서를 두 손으로 받자 의자왕이 말을 이었다.

"백제와 고구려가 연합하면 당(唐)의 이가 놈이 견딜 것 같으냐? 백제와 함께 북진하자고 해라."

사신 일행은 22명, 모두 말을 탔기 때문에 빠르다. 하루에 3백 리를 목표로 삼고 1천 리 거리인 평양성까지 나흘 일정으로 잡았으니 강행군이다. 둘째 날에 일행은 백제령 동방(東方)을 지나 북방(北方)으로 들어섰다. 북방만 지나면 신라 신주(新州)를 통과해야 된다. 백제와 고구려 사이에 신라령이 있지만 허술하다. 그만큼 신라 전력(戰力)이 약해진 것 때문이기도 하고 면적이 넓어서 제대로 지키지 못한다. 계백의 옆에서 속보로 달리던 부사(副使) 화청이 생각난 것처럼 입을 열었다.

"한솔, 제가 20여 년 전 태원유수 이연의 휘하 군관이었다면 믿으시겠소?"

"이연?"

놀란 계백이 화청을 보았다. 화청은 49세, 장년이다. 20여 년 전이라면 20대 초반이었을 것이다. 화청은 귀화한 한인이다. 그런데 이연이 누구인가?

이연은 당(唐)의 고조(高祖)를 말한다. 지금의 당 황제 이세민은 이연의 아들이다. 계백의 시선을 받은 화청이 쓴웃음을 지었다.

"이연이 반란을 일으키자 소장은 태원을 탈출해서 동쪽의 백제령으

184

로 피신했다가 내해(內海)를 건너 본국으로 온 것입니다."

"진양(晉陽)에서 이곳까지 먼 길을 오셨구려."

"나는 이연의 모반을 수양제에게 밀고하려다가 발각되었소. 내 가족은 모두 이연에게 몰살당했소이다."

계백은 숨을 들이켰다. 수양제(煬帝) 양광(陽廣)이 죽은 것은 20여 년 전이다. 화청은 양제의 충신인 셈이다. 수(隋)는 3대 37년 만에 태원유수 이연(李淵)에 의해 멸망했는데 이연의 둘째 아들 세민(世民)의 공이 컸다. 그러나 이연은 태자 건성을 후계자로 삼았다. 건성은 이세민의 형이다. 결국 이세민은 형 건성과 5명의 조카, 동생 원길과 조카 5명까지 모두 죽이고 황제에 올랐으니 지금의 당태종이다. '현무문의 변'을 일으켜 형제 가족까지 몰살하고 정권을 잡은 것이다. 이것이 현재의 당태종 이세민의 내력이다. 화청이 말을 이었다.

"백제와 고구려가 힘을 합쳤다면 수나라 말기의 군웅할거 시에 천하를 정복할 수 있었을 것입니다. 북쪽에서 고구려가, 동쪽의 백제령 담로에서 대륙으로 진군하면 반란군은 양국의 깃발 앞에 모였을 것이고 이연 또한 무릎을 꿇었겠지요."

가능한 일이다. 수문제(文帝) 때 대륙을 평정한 최전성기 시절에 수(隋)의 인구는 890만 호 4,600만이었다. 그러나 수십 개 이민족을 합친 호구 수인 것이다. 백제와 고구려를 합치면 1400만이다. 단일민족으로 한족 다음의 세력인 데다 최강 연합군이 될 것이었다. 계백이 말에 박차를 넣으면서 말했다.

"나솔, 아직 기회는 있소. 그래서 내가 지금 연개소문 공(公)에게 가는 것이 아니오?"

화청이 머리를 끄덕이더니 다시 말 배를 붙이듯이 다가와 달린다.

그날 저녁 북방(北方) 소속의 항안성에 닿은 사신 일행은 성주의 접대를 받는다. 나솔 관등의 성주 국우재는 30대 중반쯤으로 무장(武將)이다. 국경 지방의 성주 대부분이 무관(武官)인 것이다. 이곳에서 국경까지는 30리 거리여서 매일 정찰대가 오가는 최전선 지역이다. 청에서 저녁을 함께 먹으면서 국우재가 말했다.

"한솔, 내일 떠나실 때 신주(新州) 지리에 익숙한 무관을 안내역으로 붙여 드리지요."

국우재는 사신 일행이 온다는 전령의 기별을 받고 안내역을 준비시킨 것이다. 계백이 머리를 끄덕이자 국우재가 머리를 돌려 둘러앉은 무관 하나를 불렀다.

"하도리, 인사드려라."

"옛!"

무릎걸음으로 앞으로 나온 사내는 어깨가 넓고 팔이 길었다. 다부진 턱, 가늘지만 반짝이는 눈, 그때 국우재가 말했다.

"귀화한 왜인으로 16품 극우 벼슬입니다."

"소인은 아스카의 백제방(百濟方)에서 10년을 살았습니다."

신주(新州) 땅, 산비탈의 그늘에서 잠시 쉴 때에 하도리가 계백에게 말했다. 미시(오후 2시) 무렵, 아침 일찍 항안성을 떠나 1백 리쯤 북상한 것 같다. 아스카의 백제방 방주(方主)는 의자왕의 아들 부여풍이다. 작년에 방주로 부임한 부여풍은 20세의 혈기왕성한 왕자다. 쪼그리고 앉은 하도리가 말을 이었다.

"거기서 백제어를 익혔고 4년 전에 극우 관직을 받고 본국 근무를 자원해서 항안성까지 오게 되었습니다."

하도리가 이를 드러내고 웃었다. 하도리 또한 파란만장한 인생을 산 것 같다. 화청이 한인(漢人)으로 투항한 무장이고 하도리는 왜인으로 귀화한 입장이다. 백제는 대륙에 속령인 '담로'를 설치하여 대륙 아래쪽까지 영토를 넓힌 터라 다민족(多民族) 왕국이다.

"네 왜 이름은 무엇이냐?"

"예, 핫도리인데 백제어에 맞도록 하도리로 개명했습니다."

"무슨 하씨야?"

"예, 물 하(河)올시다."

"네가 물 하(河)씨 선조가 되겠구나."

"아래 하(下)를 썼다가 바꿨지요."

옆에서 듣고 있던 화청과 사도부 장덕 유만까지 피식 웃었다. 하도리는 밝은 성품이다. 앉은키는 컸지만 선키는 5자(150센티)쯤 되었는데 상체가 크고 팔이 길어서 큰 원숭이 같다. 나이는 28세, 10살 때 고아가 되어서 각지를 방황하다가 백제방에서 심부름꾼으로 일하게 되었다는 것이다. 하도리가 붙임성 있게 말했다.

"한솔 나리의 명성을 듣다가 이렇게 모시게 되어서 광영이오."

"나는 전장(戰場)에서나 유용한 무장이야. 내 옆에 있으면 위험하다."

계백의 눈앞에 그동안 동고동락(同苦同樂)했다가 대야성 싸움에서 전사한 해준, 호성의 얼굴이 떠올랐다. 그때 화청이 하도리에게 말했다.

"내가 증인이야."

화청이 주름진 얼굴을 펴고 웃었다.

"전시(戰時)에 무능한 지휘관 휘하에 있는 것만큼 불운한 무장은 없지. 난 하늘의 별을 따는 것보다 어렵다는 솔(率) 품급을 싸움 한 번 만에 따내었네."

"아, 그것참, 부러운 소리 하시오."

장덕 벼슬의 사도부 부사 유만이 혀를 찼기 때문에 계백도 웃었다. 그때 하도리가 자리에서 일어서면서 말했다.

"성주가 평양성까지 모시고 갔다가 오라고 했으니 광영이오."

하도리는 정탐조 조장으로 기마군 10명을 이끌고 신주(新州)를 제 집 마당처럼 쏘다녔다고 했다. 그래서 어느 골짜기에 물고기가 많고 어느 들판에 짐승 잡는 덫이 설치되어 있는 것까지 다 알았다. 하도리는 기마군 둘을 이끌고 왔기 때문에 사신 일행은 총 25인이다. 하루 만에 신주를 빠져나온 일행은 고구려 영토로 들어섰다. 고구려 국경 근처에 세워진 오금성에 전령을 보냈더니 금방 성주가 마중을 나왔다.

"사신이 온다는 연락을 받고 기다리고 있었습니다."

관복까지 차려입은 성주가 계백을 맞으면서 말했다. 대야성으로 찾아왔던 고구려 사신이 귀국해서 국경에 전령을 보낸 것이다. 저녁 유시(오후 6시) 무렵, 사신 일행은 청에서 고구려 성주의 접대를 받는다.

"평양성까지는 4백 리 길이나 길이 잘 뚫렸으니 이틀이면 닿을 것입니다."

옆쪽에 앉은 성주가 말했다.

"조금 전에 전령을 보냈습니다. 대막리지 전하께서는 내일 중에 사신으로 계백 공이 오셨다는 것을 아시게 될 것이오."

성주는 40대쯤으로 역시 무장(武將)이다.

"대야성을 함락시키고 대야주를 탈취하셨다는 소문을 들었습니다. 축하드리오."

술잔을 든 성주가 말했다. 동맹국의 승전을 축하하는 것이다. 따라서 술잔을 든 계백이 웃음 띤 얼굴로 답례했다.

"성주께서도 대공을 세우시기를."

평양성, 대막리지 겸 대대로, 5부전대인의 수장(首長) 연개소문의 저택은 왕궁 못지않다. 계백 일행이 대막리지 궁(宮)에 닿았을 때는 다음 날 술시(오후 8시) 무렵, 주위는 어둠에 덮여 있지만 저택은 휘황한 불빛을 내뿜고 있다. 활짝 열린 대문 좌우로 군사들이 도열해 섰고 횃불을 밝혀서 대낮같다. 백제 사신을 맞는 것이다. 장군 복장의 사내가 대문 앞에서 말에서 내리는 계백에게 다가왔다.

"대막리지 전하의 명을 받고 백제 사신을 맞습니다. 장군 윤현입니다."

"백제 사신 계백입니다."

인사를 나눈 계백이 부사 화청과 유만을 소개했다. 연개소문의 대접은 융숭했다. 대문을 2개나 통과하는 동안 도열한 군사는 수백 명이다. 계백 일행은 안쪽 영빈관으로 안내되어 여장을 풀었다.

"내일 오전에 전하께서 부르실 것입니다."

윤현이 계백에게 정중한 태도로 말했다.

"그동안 여독을 푸시기 바랍니다."

영빈관은 2층 건물로 방이 수십 개에 청이 딸려 있고 시중드는 하녀만 수십 명이다. 불은 대낮같이 밝힌 청에서 진수성찬으로 저녁을 먹으면서 화청이 감동한 표정으로 계백에게 말했다.

"고구려 대막리지의 위용이 왕보다 윗길이라고 하더니 과연 그렇군요."

목소리를 낮춘 화청이 말을 이었다.

"백제 입장으로는 건무가 왕이었을 때보다 지금이 훨씬 유리하지요."

영류왕 건무는 연개소문에 의해 죽임을 당한 후에 온몸이 토막으로 잘려 전국에 전시되었던 것이다. 당(唐)에 굴종한 모습을 보인 벌이었다. 더구나 왕이 참석한 대연회장에 모인 고구려 고관 2백여 명이 모조리 참살된 것이다. 한 명도 살려 두지 않았다. 연개소문의 잔학성은 곧 공포심과 함께 위압감으로 만방(萬邦)에 전파되었다. 당(唐) 조정에서는 고관뿐만 아니라 황제까지도 연개소문의 이름이 나올 때는 서늘한 기운을 느낀다고 할 정도다. 다음 날 오시(낮 12시) 무렵, 계백과 화청, 유만이 관복을 갖춰 입고 연개소문이 좌청하고 있는 내궁의 대정청으로 들어섰다. 사방 2백 자(60미터)가 넘는 대정청에는 1백여 명의 고구려 고관들이 좌우로 나뉘어 앉아 있었는데 앞쪽에 붉은색 천이 깔린 계단 5개가 놓였고 그 뒤에 연개소문이 앉아 있다. 왕보다도 더 위압적인 배치다. 안내역을 맡은 관리가 계단 10보쯤 앞에서 멈춰 서더니 연개소문을 올려다보며 말했다.

"대막리지 전하, 백제국 사신이 뵈러 왔습니다."

"그러냐?"

연개소문이 그렇게 말을 받았는데 목소리가 우렁찼다. 그 순간이다. 연개소문이 선뜻 자리에서 일어서더니 계단을 내려왔다. 계백은 숨을 들이켰다. 연개소문은 소문대로 칼을 5자루나 차고 있다. 양쪽 허리에 2개씩, 그리고 등에도 비스듬히 한 자루를 메었다. 날렵하게 계단을 내려 온 연개소문이 계백의 세 걸음 앞으로 다가와 섰다. 두 눈을 치켜뜬 연개소문의 모습에서 위압감이 풍겼다. 계백도 장신이지만 연개소문도 비슷한 체구다. 그때 연개소문이 말했다.

"계백 공인가?"

"예, 대막리지 전하."

계백이 두 손을 모으고 연개소문을 향해 절을 했다.

"백제 대왕의 사신 계백입니다."

"잘 오셨소."

머리를 끄덕인 연개소문이 그 자리에 앉으면서 계백에게 앉으라는 손짓을 했다.

"계백 공, 거기 앉게. 뒤쪽 일행도 앉으시오."

"예, 전하."

파격이다. 계백은 놀라 숨을 들이켰다가 곧 무릎을 꿇고 앉았다. 뒤쪽의 화청과 유만도 앉는다. 관리들이 서둘러 연개소문과 계백 일행에게 방석을 가져와 앉도록 했다. 이윽고 편하게 앉은 연개소문이 웃음 띤 얼굴로 계백을 보았다.

"계백 공, 그대가 가야 군주 김품석의 목을 베었다고 들었다. 맞는가?"

"예, 전하."

"장하다. 오랜만에 용사를 보는구나."

연개소문의 목소리가 대정청을 울렸다.

"기습군 1천으로 내성에 진입했다지? 성안에는 2만 가까운 신라군이 있었고?"

연개소문의 두 눈이 번들거리고 있다. 이때 연개소문은 43세다. 김춘추와 동갑이다.

그때 연개소문이 계백에게 말했다.

"나는 등에 붙은 거머리를 떼어내야 하고 그대의 백제는 옆구리를 물려는 여우를 쳐야 되지 않겠는가?"

"예, 전하."

계백의 얼굴에 웃음이 떠올랐다. 연개소문은 당(唐)을 거머리로 비유했다. 엄청난 비하다. 어깨를 편 연개소문이 말을 이었다.

"이제 백제가 신라 우측의 대야주 42개 성을 공취했으니 신라는 영토의 3할을 잃었다. 여왕의 안위도 위험해질 것이야."

계백의 시선을 받은 연개소문이 빙그레 웃었다.

"상대등 비담이 차기를 노리고 있지만 김춘추가 만만한 놈이 아니야."

담로에서 성장한 계백은 신라 내부 사정에는 익숙하지 못하다. 계백은 듣기만 했고 연개소문이 말을 이었다.

"비담 일파는 왕위나 노리는 가소로운 놈들이지만 김춘추는 신라를 이끌어 갈 놈이야. 더구나 김유신과 피로 엮인 사이다. 두 놈이 신라의 기둥이지."

"예, 전하."

그때 무관들이 다가와 연개소문과 계백 앞에 국그릇만 한 술잔이 놓인 작은 상을 놓고 갔다. 술잔에는 술이 가득 담겨 있다.

"계백 공, 들라."

술잔을 든 연개소문이 말했다.

"다른 사람들은 나중에 마시고 나와 그대가 먼저 한 잔씩 하자."

"예, 전하."

연개소문이 벌컥대며 술을 마셨고 계백도 술잔을 들었다. 단숨에 잔을 비운 연개소문이 술잔을 내려놓더니 계백을 향해 웃었다.

"내가 20여 년 전 대륙을 유람했었는데 그때 태원유수 이연과 그의 아들 이세민을 만났었네."

계백이 숨을 들이켰다. 이연은 곧 당의 고조(高祖)이며 이세민은 지금의 당태종이다. 연개소문이 말을 이었다.

"이연은 고구려 막리지의 아들인 나를 융숭하게 대접했는데 이세민을 시켜 근처 명승지를 안내해 주었네."

계백의 표정을 본 연개소문이 빙그레 웃었다.

"이세민이 한 말이 기억나네. 내가 천하의 영웅이 누구냐고 물었더니 고구려의 을지문덕 장군이라고 하더군. 물론 내가 고구려인이라 듣기 좋으라고 한 말이겠지만 그때 이연은 수나라 태원유수였고 양제의 1, 2차 고구려 원정이 실패로 끝난 후였거든."

"그렇군요."

"이연은 이미 반심(反心)을 굳힌 터라 고구려 막리지의 아들인 나를 융숭하게 대접한 거야."

연개소문의 목소리가 청을 울렸다.

"그때 이세민이 그랬어. 제가 아버지를 부추겨 난을 일으킬 테니 고구려는 등을 치지 말아달라고 말이네."

"이세민이 말씀입니까?"

"그놈이 그때부터 반란의 주역이었어. 애비 이연은 이세민이 시키는 대로만 했고."

"과연."

"그러다 이연이 장남 건성을 태자로 세웠으니 이세민이 가만있겠는가? 현무문의 난을 일으켜 형 건성, 동생 원길의 자식들까지 몰살했지."

"전하께서는 이세민과 그런 인연이 있으셨군요."

"그런 이세민한테 개처럼 굽실거렸던 건무는 왕이 될 놈이 아니었어."

"……."

"이세민이 내가 건무를 죽이고 사지를 고구려 전역에 보내 전시했다는 것을 들었을 거야."

"……"

"정신이 번쩍 들었겠지. 나한테 두 손으로 술잔을 건네었던 그때를 떠올렸을 것이라고."

"영웅이십니다."

"백제와 고구려가 힘을 합치면 이세민이는 쥐구멍에 대가리를 박을 거야."

그때 계백이 의자왕의 밀서를 꺼내 연개소문에게 내밀었다.

"백제 대왕께서 당과의 결전에 백제도 군사를 내놓는다고 하셨습니다."

"바로 그분이 대막리지셨군요."

영빈관으로 돌아오는 계백에게 다가온 부사(副使) 화청이 열에 뜬 목소리로 말했다. 영빈관은 연개소문 대저택 안이어서 사신 일행은 걸어가고 있다.

"무슨 말이야?"

계백이 묻자 화청이 옆으로 다가와 걷는다. 이제는 얼굴까지 상기되어 있다.

"한솔, 제가 태원유수 휘하 막장이었다고 말씀드렸지요?"

"그랬지."

이제는 부사(副使) 유만까지 옆으로 다가왔다.

화청이 말을 이었다.

"저는 그때 성 밖 검문소를 지키고 있었는데 유수한테 고구려 밀사

194

가 왔다는 소문이 났습니다."

"밀사가?"

"예, 밀사가 유수를 만나고 갔다는 것입니다."

"그렇게 소문이 났어?"

그때 화청의 얼굴에 쓴웃음이 떠올랐다.

"지금에야 내막을 알게 되었습니다, 한솔."

"무슨 말이야?"

"그 밀사는 대막리지가 맞습니다."

"그런가?"

"그런데 그 소문은 이세민이 일부러 퍼뜨린 것 같습니다."

화청이 거침없이 말을 잇는다.

"그 당시는 수(隋)의 사방에서 반란이 일어났고 가장 두려운 세력이 동북방의 고구려였지요. 양제의 대군을 두 번이나 몰살시킨 고구려가 쳐들어오면 반란군은 풍비박산이 될 것이었고 수(隋)는 단숨에 멸망한다는 소문이 퍼져 있었거든요."

"그렇겠군."

"그런데 대막리지가 다녀가셨단 말입니다."

화청의 얼굴에 다시 웃음이 떠올랐다.

"어떤 소문이 났는지 아십니까? 유수 이연의 뒤를 고구려 대군(大軍)이 밀어주기로 약속했다는 것입니다."

"아하!"

"그러자 주저하던 장졸들도 이연, 이세민을 따르게 되었던 것이지요."

"과연."

"이세민이 소문을 퍼뜨린 것입니다."

"간교한 놈이 맞군요."

유만이 그렇게 말했지만 계백은 숨만 들이켰다. 이세민의 빈틈없는 성품을 느꼈기 때문이다. 전시(戰時)에 맞는 군주가 있고 평시(平時)에 어울리는 군주가 있다고 했다. 이세민이 전시에 어울리는 군주다. 그날 밤 침소에 들었던 계백이 놀라 눈을 크게 떴다. 침대 옆쪽에 여자 하나가 앉아 있다가 일어섰기 때문이다.

"누구냐?"

놀란 계백이 묻자 여자가 시선을 내린 채로 대답했다.

"밤 시중을 들라는 분부를 받았습니다."

"이런."

방 안에는 양초를 여러 개 켜 놓아서 여자의 자태가 선명하게 드러났다. 그림자가 분명한 밤에는 여자의 모습이 더욱 선명해진다. 여자는 미색이다. 분홍빛 치마저고리를 입었고 허리끈을 맨 허리는 잘록했지만 가슴과 엉덩이는 크다. 한동안 여자를 응시하던 계백이 물었다.

"네 이름이 무엇이냐?"

"반강이라고 합니다."

고분고분 대답한 여자가 계백의 뒤로 가더니 겉옷을 벗겼다. 익숙한 태도다. 계백이 뒤에 선 여자에게 다시 물었다.

"시중들 여자는 나한테만 왔느냐?"

"아닙니다. 부사(副使), 사신 일행으로 온 군사까지 모두 여자가 갔습니다."

"어허."

"그러니 정사(正使)께서도 저를 그냥 보내지 마십시오."

여자의 목소리에 웃음기가 묻어 있다. 겉옷을 벗은 계백에게 여자가 헐렁한 침소 옷을 건네주면서 말했다. 이제 앞에서 본 여자의 얼굴에는 긴장감이 풀려 있다.

"이곳은 고구려입니다. 고구려의 풍습을 따르시죠."

그때 계백이 얼굴을 펴고 웃었다.

"고구려 여자들이 기가 세구나."

다음 날 사시(오전 10시) 무렵, 백제 사신 일행과 평양성 위쪽 50리쯤 떨어진 수렵장에서 사냥을 가기로 되어 있었기 때문에 연개소문이 늦게 청에 나왔다. 오늘부터 사흘간 수렵장에 머물 예정인 것이다. 백제 사신에 대한 고구려 최고통치자의 최상급 대접이다. 함께 사냥을 가서 같이 사흘을 지내는 경우는 부자(父子)간, 형제간보다 더 가깝다는 것을 의미한다. 청에 앉은 연개소문이 측근인 태대형 고준에게 물었다.

"어젯밤 백제 사신들이 잘 지냈느냐?"

"예, 다 잘 지냈습니다. 하오나……."

"하오나 뭐?"

"계백 공이 여자와 동침하지 않았습니다."

"무엇이?"

연개소문의 눈썹이 솟아 올라갔다.

"마음에 들지 않았단 말이냐?"

"아닙니다, 전하."

"그러면?"

"같이 침상에서 잤다고 합니다."

"답답하군. 그럼 동침한 것 아니냐?"

"예."

"이놈이 답답한 놈이군."

성질이 급한 연개소문이 눈을 흘겼다.

"동침하지 않았다고 했지 않느냐!"

연개소문의 목소리가 청을 울렸다. 말주변이 없는 고준이 쩔쩔맬 때 옆에 서 있던 막리지 요영춘이 나섰다.

"계백 공이 여자하고 같은 침상에서 잤지만 상관하지 않았다는 것입니다."

"허, 하초가 부실한가? 겉은 멀쩡한 무장이던데……."

연개소문의 이마에 금방 주름살이 만들어졌다. 그때 고준이 나섰다.

"아닙니다. 그것 때문은 아닌 것 같습니다, 전하."

"넌 답답하니까 입 다물어라."

말을 막은 연개소문이 요영춘에게 물었다.

"어떻게 된 일이냐?"

"예, 계백 공이 여자한테 '내가 정혼한 여자가 있다. 그런데 그 여자하고 아직 밤을 같이 보내지도 않았는데 너를 품는다는 것이 도리에 어긋나는 것 같다. 그러니 같이 침상에서 자되 관계하지는 못하겠다.'고 했답니다."

요영춘이 술술 말했을 때 연개소문은 다 듣고 나서도 한동안 눈만 끔뻑였다. 청에 둘러앉은 무장, 고관들도 모두 입을 다물어서 숨소리도 나지 않는다.

"허, 참."

마침내 연개소문의 탄식이 청을 울렸다.

"백제 무장의 인내심이 신(神)의 경지에 이르렀구나."

연개소문이 말을 잇는다.

"나는 죽었다가 다시 살아나도 그렇게는 못 하겠다. 너희들 중에 그렇게 할 수 있는 사람이 있느냐?"

"못 합니다."

대번에 고준이 말했을 때 연개소문이 머리를 끄덕였다.

"너야 당연히 못 하겠지."

모여 앉은 무장 고관들의 콧구멍이 벌름거리거나 어금니를 물어서 볼 근육이 단단해졌다. 모두 웃음을 참는 것이다.

"정혼한 여자가 있는데 아직 관계를 못 했다니, 이런 답답한 일이 있나? 여자가 병에 걸리기라도 했다는 거냐?"

"아닙니다."

어깨를 부풀린 고준이 나섰다.

"이번에 대야성 싸움에서 죽은 신라의 투항 무장 진궁의 딸이 바로 계백 공의 부인이 됩니다."

"그건 또 무슨 말이냐?"

"예, 다름이 아니고……."

이번에는 고준이 기를 쓰고 설명을 했고 연개소문은 연신 머리를 끄덕였다. 이윽고 고준의 설명이 끝났을 때 연개소문이 다시 탄복했다.

"으음, 그래도 나는 참지 못했을 텐데 계백은 용사다."

"당(唐)의 인구는 수(隋)의 전성기 때 인구의 삼분의 일밖에 안 되네."

말을 몰고 수렵장으로 들어서면서 연개소문이 소리치듯 말했다. 목소리도 큰 데다 거침없는 성품이어서 들판에서도 멀리까지 퍼진다. 연개소문이 계백을 보았다.

"백제의 주민은 7백만이 넘어, 그렇지 않은가?"

"예, 전하."

"고구려도 7백만이야."

계백이 알기로는 고구려는 650만이다. 백제는 7백보다 많은 720만이고 신라는 5백만쯤 되었다. 연개소문의 목소리가 들판을 울렸다.

"고구려와 백제만 합해도 1400만이야. 지금 당은 1500만 정도다. 더구나 이민족이 섞인 집단이야."

"그렇습니다."

"고구려, 백제는 같은 왕조에서 분리된 형제국이다, 그렇지 않은가?"

"예, 전하."

6백여 년 전 고구려 시조 동명성왕 고주몽은 졸본부여왕의 둘째 딸 소서노와 결혼하여 비류와 온조 두 아들을 낳았다. 그 온조가 백제의 시조인 것이다. 연개소문이 입을 다물었기 때문에 황야에 잠깐 말굽 소리만 울렸다. 지금 2백여 기의 기마대가 황야로 나아가고 있다. 연개소문의 시조(始祖) 이야기는 부질없다. 6백여 년 전의 세월이 흐르면서 고구려와 백제는 수많은 전쟁을 치렀다. 서로 왕까지 죽이고 배신을 한 적도 한두 번이 아니다. 다시 머리를 돌린 연개소문이 계백을 보았다. 눈이 깊은 우물 같다.

"백제 대왕이 사신으로 그대를 보낸 이유를 짐작하겠다."

연개소문이 가라앉은 목소리로 말을 잇는다.

"그대가 대륙 서쪽의 백제령 담로에서 당군(唐軍)과 수없이 전투를 치렀지 않은가?"

"예, 그렇습니다."

"전략을 상의하라는 것이겠지."

"예, 대왕께서도 그렇게 말씀하셨습니다."

"당군(唐軍)의 전력은 어떤가?"

"강합니다."

연개소문의 시선을 받은 계백이 정색했다.

"이세민은 군을 재정비하고 유능한 인재를 등용한 데다 세금을 감면하고 부패한 관리를 숙청해서 인망이 높습니다."

"……."

"현무문의 난을 일으켜 제 형제들과 그 자식들까지 몰살시킨 패륜을 선정으로 보상하려는 것 같습니다."

"무서운 놈이지."

"저와 함께 온 부사(副使) 나솔 화청이 한인으로 이연의 막장이었다가 백제에 투항한 인물입니다. 화청이 대막리지 전하께서 옛날 이연을 방문하신 것을 기억하고 있습니다."

"뒤에 따라 오는가?"

"부를까요?"

"부르라."

계백이 소리쳐 부르자 화청이 금방 다가와 마상에서 허리를 꺾어 군례를 했다.

"늙었구나."

화청을 본 연개소문이 대뜸 말하더니 묻는다.

"태원에서 나를 보았느냐?"

"그때 저는 검문소에 배치되어서 말씀만 들었습니다, 전하."

"그래도 인연이 기막히구나. 그 후로 이연이 반란을 일으켰지?"

"예, 전하. 고구려 서부대인의 자제분이 밀사로 오셔서 고구려군이 뒤를 밀어준다는 소문을 냈기 때문에 군사들이 모인 것입니다."

그때 연개소문이 빙그레 웃었다.

"이세민이 그런 소문을 냈겠지."

"예, 전하."

"내가 예상했다. 그래서 내가 태원유수 이연을 찾아간 것이니까."

계백이 숨을 들이켰다. 그때 연개소문이 말을 이었다.

"내가 반란을 종용한 셈이지. 이세민이 말려들었고."

그날 저녁, 황야에 수십 개의 진막이 세워졌고 그 중앙에 위치한 대형 진막 안에서 10여 명이 둘러앉아 저녁밥을 먹는다. 오늘 낮에 사냥한 노루와 멧돼지, 꿩과 토끼가 놓였고 그것을 안주로 술을 마시는 것이다. 연개소문의 좌우에는 세 아들이 앉았는데 남생(南生), 남건(南建), 남산(南産)이다. 그 옆에는 연개소문의 동생 연정토가 앉았고 손님으로 계백과 화청, 유만이다. 술잔을 든 연개소문이 세 아들을 둘러보며 말했다.

"잘 들어라. 힘을 합하면 살고 흩어지면 죽는다. 고구려와 백제가 연합하면 대륙의 패자(覇者)가 되겠지만 갈라지면 망한다. 알겠느냐?"

"예, 아버님."

세 아들이 일제히 대답했다. 남생(南生)이 장남이며 남건이 둘째, 남산이 셋째다. 세 명 모두 체격이 큰 20대이며 모두 용맹한 무장(武將)으로 이름을 떨치고 있다. 연개소문이 말을 이었다.

"당은 신라를 부추겨 백제와 고구려의 대륙 진출을 방해해 왔지만 이제야말로 기회가 왔다. 백제가 대야주를 공취함으로써 신라가 뒤를

칠 염려가 없을 때 우리는 대륙을 정벌한다."

진막 안이 숙연해졌다. 광개토대왕, 장수왕에 이어서 고구려는 연개소문의 집권하에 기회를 잡은 것이다. 백제 또한 동성왕 시대에 대륙에 기반을 닦은 이후로 다시 기회를 맞게 되었다. 술좌석이 끝났을 때는 자시(밤 12시) 무렵이다.

"계백, 그대는 잠깐 남으라."

모두 일어나 인사를 하고 진막을 나갈 때에 연개소문이 계백에게 말했다. 잠시 후에 진막 안에는 연개소문과 계백 둘이 남았다. 진막 기둥에 걸어놓은 기름등이 흔들리면서 연개소문의 얼굴에도 그림자가 어른거렸다. 그때 연개소문이 입을 열었다.

"영웅 항우도 적토마와 함께 죽었고 한고조 유방 또한 죽어서 이미 흙이 되었네."

숨을 들이켠 계백을 향해 연개소문이 빙그레 웃었다.

"천하를 호령하던 황제도 언젠가는 말 씻는 종과 똑같이 죽는다는 말이네."

계백은 시선만 주었고 연개소문의 말이 이어졌다.

"인간 수명처럼 권력에도 끝이 있어, 무슨 말인지 아는가?"

"알겠습니다, 전하."

"끝없는 욕심이 제 명을 재촉하고 백성을 도탄에 빠뜨리는 법이지."

"……."

"내가 건무를 죽여서 토막을 낸 것은 고구려를 다시 일으키겠다는 욕심이었어."

어깨를 부풀린 연개소문의 두 눈이 번들거렸다.

"그러나 내 한계는 알아. 무리한 욕심은 부리지 않겠다는 말이네."

연개소문이 눈동자의 초점을 잡고 계백을 보았다.

"내 아들 셋을 보았지?"

"예, 전하."

"남생이 스물셋이고 남건이 스물하나, 남산이 스물이야."

눈을 가늘게 뜬 연개소문이 말을 이었다.

"세 놈 다 용장(勇將)이지. 허나 멧돼지처럼 저돌적이고 욕심만 가득한 놈들이야. 일국(一國)을 다스리기는커녕 1천 명 군사나 지휘할 수 있을지 모를 놈들이지. 내가 그놈들 그릇을 알아."

"……."

"내가 죽으면 세 놈이 서로 싸울 거네. 나라가 어떻게 되건 권력을 가지려고 서로 죽이겠지."

"……."

"측근이나 참모의 말 따위는 듣지도 않을 놈들이야. 내가 잘못 가르쳤어."

"……."

"내가 죽기 전에 고구려와 백제를 통일시키고 싶다고 대왕께 전하게."

계백이 숨만 들이켰을 때 연개소문의 말이 이어졌다.

"고주몽의 아들 온조가 백제를 세웠다가 다시 아버지의 나라 고구려를 품에 안게 되는 것 아닌가? 난 내 아들놈들한테 고구려를, 이 대망(大望)을 맡기고 싶지가 않네."

이것이 연개소문의 대답이다.

수렵 사흘째 아침, 사신 일행과 식사를 마친 계백이 상을 물렸을 때 연개소문의 위사장 연가복이 서둘러 진막 안으로 들어왔다.

"장군, 전하께서 급히 오시랍니다."

화청, 유만과 함께 앉아 있던 계백이 긴장했다.

"무슨 일이오?"

연가복은 연개소문의 친척이다. 연씨 가계여서 뼈대가 굵고 칼을 3개나 찼다.

"예, 신라의 김춘추가 국경을 넘어서 오고 있다 합니다."

연가복의 수염투성이 얼굴에서 눈이 웃음을 띠고 있다.

"사신으로 국경을 넘어온 것입니다."

"사신으로?"

"예, 전하께서 그 일로 뵙자고 합니다."

계백이 서둘러 몸을 일으켰다. 따라 일어선 화청이 쓴웃음을 지었다.

"고구려에 백제, 신라의 사신이 동시에 들어왔군요."

"다급했기 때문이지요."

유만이 따라 웃었다.

"뭐라고 말할지 뻔합니다."

계백은 서둘러 연가복을 따라 진막을 나왔다.

연개소문의 진막은 바로 옆쪽이다. 안으로 들어서자 측근 고관들과 함께 앉아 있던 연개소문이 웃음 띤 얼굴로 맞는다.

"위사장한테서 들었는가?"

"예, 전하."

"김춘추가 남부(南部) 고합성에 들어왔으니 사흘 후면 이곳에 닿을 거네."

어깨를 편 연개소문이 짧게 웃었다.

"그놈이 다급했어."

"허나 대담합니다, 전하."

앞쪽에 앉은 계백이 연개소문을 보았다.

"차기 왕을 노리는 인물이 목숨을 걸고 적진에 단신으로 들어온 것 아닙니까? 적이지만 용기가 가상합니다."

"칭찬인가?"

"예, 전하."

"과연 그렇구나."

머리를 끄덕인 연개소문의 얼굴에는 여전히 웃음기가 떠올라 있다.

"계백, 김춘추가 뭐라고 말할지 예상이 되는가?"

"예, 전하."

"말해 보라."

"백제가 신라의 명운을 끊게 되었으니 이제 고구려는 등 뒤로 강적을 맞게 되었다고 할 것입니다."

"맞는 말이지."

주위가 조용해졌고 계백의 말이 이어졌다.

"고구려 영토였던 한수 하류의 신주(新州)를 1백 년 만에 반환한다고 할 것입니다."

"하긴 내버려두면 곧 백제에 빼앗길 테니까."

"고구려가 대륙 정벌을 하는 동안 신라는 백제를 견제하고 신하(臣下)국으로 조공을 바친다고도 할 것입니다."

"여왕을 내 첩으로 준다는 말은 안 할까?"

연개소문이 정색하고 말했기 때문에 둘러앉은 고관들은 눈만 끔벅였다. 그때 계백이 쓴웃음을 지었다.

206

"전하, 김춘추와 비담 둘 중에서 하나를 선택하시지요."

"그렇군."

마침내 연개소문이 천천히 머리를 끄덕이더니 둘러앉은 고관들을 보았다.

"너희들도 들었느냐?"

"예, 전하."

고관들이 일제히 대답했다. 지난번 영류왕 건무를 참살했을 때 연회장에 모였던 고구려 5부대인(大人), 물론 서부대인 연개소문을 제외한 4부대인과 고관 전원을 죽였다. 그래서 모든 고관은 연개소문의 심복으로 심어진 셈이다. 고관들이 일제히 대답했을 때 연개소문이 자리에서 일어섰다.

"내가 신라 차기 왕(王)을 정해야 되겠구나. 자, 돌아가자."

연개소문의 대저택 청 안, 오늘도 붉은색 계단 위의 보료에 기대앉은 연개소문의 위용은 왕 이상이다. 계단 아래쪽 청에는 고관들이 좌우로 갈라져서 마주 보고 앉았는데 안쪽 계단 밑에서부터 관등 순(順)으로 청 입구 쪽까지 20여 줄이 되었으며 뒤쪽에도 대여섯이 앉아 있는 터라 1백여 명의 고관이 마주 보고 앉은 셈이다. 그러나 청 안은 숨소리도 나지 않는다. 화려한 금박, 은박 장식을 붙인 붉고, 누렇고, 푸른 관복, 청 안에는 붉은색 아름드리 기둥이 수십 개 늘어섰으며 벽과 천장에는 금박을 입힌 온갖 문양이 새겨졌다. 사방이 탁 트인 청은 넓어서 끝이 아득하게 보였지만 계단 위 용상에 앉은 연개소문의 숨소리도 끝쪽까지 들린다. 소리가 기둥에 부딪혀 사방으로 새지 않도록 건축되었기 때문이다. 그때 청 끝의 마당에 신라 사신 일행이 들어섰다. 안내해 온 관리가 청으로 올라오기 전에 소리쳐 보고한다.

"신라 사신 이찬 김춘추가 대고구려 대막리지 전하를 뵈러 왔습니다!"

그것을 청 안의 집사부 대관이 받아서 다시 외친다. 그동안, 김춘추 일행은 청 아래쪽 계단에서 기다리고 있다.

"신라 사신 이찬 김춘추가 대막리지 전하를 뵈러 왔습니다!"

대관의 말을 들은 계단 밑의 전내부 막리지가 연개소문을 올려다보았다. 연개소문이 머리를 끄덕이자 막리지가 곧 대관에게 지시했다.

"김춘추를 청에 오르도록 하라."

"예."

대답한 대관이 청 아래의 관리에게 소리쳤다.

"김춘추를 청에 오르도록 하라!"

"예."

그때서야 관리의 안내로 김춘추가 계단을 올라 청으로 들어선다. 김춘추 일행은 여섯, 신라 이찬 복장의 김춘추가 앞장을 섰고 부사(副使) 둘이 각각 비단으로 싼 상자를 두 손으로 받쳐 든 채 뒤를 따랐으며 셋은 보좌역으로 그 뒤를 따른다. 이윽고 김춘추가 좌우로 갈라 앉은 고구려 고관 사이를 지나 연개소문이 앉은 계단에서 10보 거리에 멈춰 섰다. 그러고는 일제히 무릎을 꿇었다. 미리 관리로부터 지시를 받은 것이다. 그때 막리지가 연개소문에게 보고했다.

"전하, 신라 이찬 김춘추가 왔소이다."

"그러냐?"

연개소문의 목소리가 처음 울렸다. 연개소문이 눈을 가늘게 뜨고 계단 아래쪽 10보 거리의 김춘추를 내려다보았다.

"네가 김춘추냐?"

"예, 전하."

김춘추가 두 손을 모으고 연개소문을 올려다보았다. 무릎을 꿇은 채다. 시선이 마주치자 연개소문이 빙그레 웃었다.

"네 여왕이 아직 처녀라던데, 내 측실로 데려올 생각은 없느냐?"

"전하, 고구려, 신라의 동맹을 위해서라면 그것도 좋은 방법입니다."

김춘추가 똑바로 연개소문을 보았다. 눈이 맑고 피부는 미끈하다. 곧은 콧날, 입술은 옅은 웃음기까지 띠고 있다.

"흠."

연개소문이 김춘추의 응답에 조금 감동을 받은 것 같다. 어깨를 부풀렸다가 내린 연개소문이 다시 입을 열었다.

"네가 백제에 대야주를 잃고 절박해졌구나. 네 사위가 대야군주 아니었느냐?"

"예, 전하."

"사위와 딸이 모두 죽었지?"

"예, 전하."

계백은 김춘추가 심호흡을 하는 것을 보았다. 김춘추는 지금 계백의 바로 앞에 앉아 있다. 계백이 옆모습을 보고 있는 것이다. 계백이 고구려 관리 복장으로 앉아 있기 때문이다.

그때 연개소문이 다시 물었다.

"그대의 사위 김품석이 싸우다 죽었다고 들었다. 사위를 죽인 적장의 이름을 아는가?"

"예, 압니다."

계백은 김춘추의 눈꺼풀이 파르르 떨리는 것을 보았다. 바로 세 걸음 거리에 김춘추가 앉아 있는 것이다. 그때 김춘추가 어깨를 펴고 대답했다.

"백제 나솔 관등의 계백이라고 들었습니다."

"허, 그런가? 이름도 알고 있구면."

"예, 제 사위를 죽이고 대야성을 공취한 일등 공(功)으로 한솔로 관등이 올랐다고도 들었습니다."

"신라는 첩자를 많이 보낸다고 들었는데 과연 그렇구나."

"황송합니다."

"그럼 그대가 목숨을 걸고 나를 찾아온 이유를 듣자."

"예, 대막리지 전하."

어깨를 편 김춘추가 똑바로 연개소문을 올려다보았다.

"먼저 신라국 여왕께서 보내신 밀서를 올리겠습니다."

"밀서?"

되물은 연개소문이 보료에 팔을 기대면서 웃었다.

"그대가 펴서 읽으라. 내가 고구려 고관들과 함께 듣겠다."

그때 계백은 김춘추가 어깨를 잠깐 올렸다가 내리는 것을 보았다. 그러더니 뒤쪽 부사(副使)를 향해 손을 뻗었다. 밀서를 내놓으라는 표시다. 빠르다. 그리고 행동에 강단이 있다. 부사가 서둘러 붉은 두루마리 밀서를 건네자 김춘추가 매듭을 풀고 펼쳤다. 붉은색 비단에 금박을 입힌 글씨. 곧 김춘추의 목소리가 청을 울렸다.

"신라 여왕 덕만이 고구려 대막리지 전하께 글로써 인사와 함께 약조를 드리옵니다."

김춘추가 잠깐 숨을 고르더니 계속했다.

"신(臣) 덕만은 백제의 공격을 받아 사직을 보존하기 어려운 지경에 빠진 터라 다음과 같은 약조를 드리니 살피시어 신라를 구원해 주시옵소서."

계백은 김춘추의 옆모습을 물끄러미 보았다. 이것은 신하국(臣下國)으로 고구려를 왕국(王國)으로 모신다는 말이다. 그런데 김춘추의 목소리는 낭랑했고 어깨는 펴졌다. 옆모습만 보였으나 흰 얼굴은 상기되어 있다. 계백이 소리 줄여 숨을 뱉었다. 문득 의자대왕이 떠올랐기 때문이다. 의자대왕은 절대로 이렇게 못한다.

그때 김춘추가 다시 밀서를 읽는다.

"백제에 사신을 보내시어 출병을 거두도록 해주시면 한수 유역의 신주(新州)를 당항성 한 곳만 빼고 고구려에 반환토록 하겠습니다."

계백이 연개소문의 시선이 자신에게로 옮겨져 있는 것을 보았다. 얼굴에 옅은 웃음기까지 떠올라 있다. 계백에게 고구려의 4품 관등인 대부사자 관복을 입히고 청에 앉아 김춘추를 살펴보라고 권한 것이 연개소문이다. 백제에 대한 배려였지만 짓궂다. 김춘추의 목소리가 청을 울렸다.

"고구려가 당과 싸울 적에 백제가 등을 치지 못하도록 신라는 후위 역할을 맡겠습니다. 그 증거로 김춘추의 아들 김인문을 고구려에 인질로 두고 가도록 하겠습니다."

김춘추가 밀서를 내려놓았을 때 청 안이 조금 술렁거렸다. 인질이 있단 말인가? 연개소문도 눈을 가늘게 뜨고 이쪽을 내려다본다. 계백의 시선이 김춘추 뒤쪽 부사(副使) 두 명에게 옮겨졌다. 하나는 젊다. 이자가 김춘추의 아들인가? 아들까지 데려왔단 말인가?

"물러가 기다려라."

가타부타 대답을 안 하고 연개소문이 그렇게 말하는 것으로 김춘추는 일어나야만 했다. 사신 일행이 청을 나갔을 때 연개소문이 단을 내려와 위쪽 평좌(平座)에 앉는다. 그러고는 계백에게 가까이 오라는 손짓을 했다. 계백이 다가가 앉았을 때 연개소문이 막리지에게 지시해서 고관들을 물러가게 했다. 잠시 후에 청에는 연개소문과 측근 대신(大臣), 그리고 계백까지 7, 8명이 모여 앉았다. 이것이 연개소문의 성격이다. 격식에 구애받지 않고 병졸과 같이 길바닥에서 밥을 먹다가 칼을 5자루나 차고, 메고 계단 위의 용상에 앉아 거드름을 피운다. 연개소문이 측근 대신들에게 묻는다.

"어떻게 생각하느냐? 용이 제 발로 그물 안으로 들어왔다."

그때 막리지 양성덕이 대답했다. 양성덕은 남부대인(南部大人)으로 백제, 신라와 국경을 맞대고 있는 지역의 장(長)이다.

"죽여야 합니다. 김춘추 저놈이 영민하고 담대하다는 소문이 났으나 이번에는 제가 제 꾀에 넘어간 경우올시다. 오만함 때문에 실수를 한 것이지요. 이때 죽여서 후환을 남기지 말아야 합니다."

"맞습니다."

연개소문의 동생 연정토가 동의했다.

"살려 보낼 이유가 없습니다. 여왕의 약조는 지키지 않아도 되는 것이고 김춘추는 아들이 많습니다. 죽입시다."

"죽여서 득 될 일도 없습니다."

그렇게 말한 자는 동부대인이며 막리지인 요영춘이다. 요영춘이 말을 이었다.

"김춘추가 죽으면 진골 왕족 중 하나가 신라왕이 될 것입니다. 지금 김춘추는 사위인 김품석을 잃고 날개 하나를 잃은 새 꼴입니다. 김유신 하나만 남아 있지요. 이때 김춘추를 품으면 신라를 배후에서 조종할 수

212

있을 것입니다.”

그때 연개소문이 가타부타 대답하지 않고 계백에게로 머리를 돌렸다.

“계백, 그대 생각은 어떤가?”

“전하, 저는 고구려 신하가 아닙니다.”

쓴웃음을 지은 계백이 대답했지만 연개소문이 정색하고 말했다.

“동맹국 장수의 견해를 말해보라.”

“예, 김춘추는 지금 다급합니다. 죽음을 무릅쓰고 적지에 올 만큼 다급한 것입니다.”

“옳지.”

모두의 시선을 받은 계백이 말을 이었다.

“김춘추는 전부터 왕의 재목이라고 안팎에 소문이 났습니다. 과연 용기와 과단성, 재치가 뛰어난 인물입니다.”

“계속하라.”

“지금 김춘추를 죽인다면 신라는 큰 손실이 될 것입니다. 차기 왕이 누가 되었건 김춘추만 한 재목이 없을 테니까요.”

“죽여야겠군.”

“김춘추가 다급해서 경솔했던 것 같습니다.”

“오늘 밤에 죽이고 술을 마셔야겠다.”

그때 계백이 시선을 내리면서 말했다.

“김춘추도 지금쯤 후회하고 있을 것입니다.”

그때 연개소문이 눈을 치켜뜨고 계백을 보았다.

“계백, 그대가 김춘추를 만나보지 않겠는가? 고구려 관리로 위장하고 말이다.”

계백의 시선을 받은 연개소문이 빙그레 웃었다.

"내 측근으로 시국을 논하러 왔다고 하면 김춘추가 온갖 요설을 쏟아 놓을 것이다. 말이 많으면 실수가 따르는 법, 그대가 가서 듣고 오라."

연개소문의 시선이 옆쪽의 대사자 관직의 사내에게로 옮겨졌다.

"너는 계백 공을 안내하고 말을 거들어라."

김춘추하고 독대를 하다니, 이것을 절호의 기회라고 하는가? 그보다 연개소문의 용인술이 놀랍다. 변화무쌍하지 않은가?

"어서 오시오."

신라 사신 김춘추가 고구려의 4품 대부사자 연백을 맞았다. 사시(오전 10시)경, 영빈관 안의 청에는 김춘추와 부사(副使) 둘이 관복 차림으로 기다리고 있다. 전갈을 받은 것이다. 대부사자 연백은 계백이다. 연개소문이 자신의 성(姓)을 계백에게 붙여줘 이름까지 만들어 준 것이다. 계백은 6품 대사자 전홍과 동행이다. 가볍게 목례만 한 계백이 김춘추의 앞에 앉았다. 두 걸음 거리여서 숨소리도 들린다. 청 안에는 다섯뿐이다. 김춘추는 옅게 웃음 띤 얼굴이었지만 몸이 굳어 있다. 어젯밤 잠을 설쳤는지 눈의 흰자위가 조금 흐려져 있다. 그때 계백이 입을 열었다.

"대부사자 연백이 대막리지 전하의 명을 받고 몇 가지 확인을 하려고 왔습니다."

"말씀하시오."

김춘추가 똑바로 계백을 보았다.

"내가 목숨을 내놓고 이곳에 온 터인데 무엇을 숨기겠소? 어제 다

214

말씀드렸소.”

“대감.”

먼저 부르고 난 계백이 김춘추를 보았다.

“이번에 백제에 대야주를 빼앗긴 데다 신주(新州)까지 고구려에 반환하면 신라의 국력은 절반으로 깎이게 되오. 그것으로 왕국을 보존하실 수 있겠습니까?”

“그러나 인구 5백50만에 군사 30만을 보유하고 있소. 백제를 제압하기에는 충분한 전력(戰力)이오.”

계백의 계산으로는 인구 5백만에 군사 20만 정도다. 과장이다. 그러나 계백이 말머리를 돌렸다.

“지난번에도 백제와 연합해서 고구려의 한수 유역 영토를 공취한 후에 바로 백제를 배신하고 신주를 설치했지 않습니까? 이번에도 고구려와 연합했다가 고구려를 배신할 수도 있지 않겠습니까?”

“그래서 이번에는 내 아들을 인질로 데려왔지 않습니까?”

어깨를 편 김춘추의 눈빛이 강해졌다.

“고구려는 등 뒤에 백제와 신라를 함께 두는 것이 이롭습니다. 전하께서도 알고 계실 것이오.”

“백제는 대륙에도 22개의 담로가 있습니다. 백제는 고구려와 함께 대륙 진출의 야망을 품고 있지요. 3면이 바다에 막힌 이곳은 고향일 뿐이지요.”

“허어, 백제인처럼 말씀하시는군.”

“고구려와 백제는 자주 소통을 했기 때문에 뜻이 같습니다.”

“백제는 기습 공격에 뛰어나오.”

김춘추의 목소리에 열기가 띠어졌다.

"이번에 신라 대야주를 강탈한 것처럼 백제 기동군이 평양성을 내습하지 않으리라고 보장할 수 없을 것이오."

"대야주는 내부의 가야족이 호응해서 쉽게 무너진 것이 아닙니까?"

"무슨 말이오?"

"우리가 듣기에 대야주는 가야국의 영토로 신라에 귀속되었지만 가야국 호족 중에는 고관(高官)으로 오른 자는 김유신뿐이어서 호족들의 불만이 많았다는 것이오."

김춘추는 숨만 들이켰고 계백의 말이 이어졌다.

"이번에도 가야족 출신 성주와 하급관리들이 백제군에 호응해서 대야주가 쉽게 무너진 것 아닙니까?"

"잘 아시는군."

얼굴을 일그러뜨린 김춘추가 외면하더니 뱉듯이 말했다.

"그렇소. 거기에다 계백이라는 지용(智勇)을 겸비한 백제 장수가 있었기 때문에 대야주를 잃었소."

계백도 김춘추의 입에서 자신의 이름이 불린 순간 숨을 들이켰다. 김춘추는 사위와 딸을 죽인 원수를 칭찬하고 있다. 그것을 직접 눈앞에서 들었다.

5장 대백제(大百濟)

"도망쳐야겠다."

연개소문이 보낸 관리가 돌아갔을 때 김춘추가 김인문에게 말했다. 얼굴이 굳어 있다.

"내가 경솔했다. 저놈들은 백제하고 단단히 결속되어 있구나."

"아버님, 저를 인질로 두고 가시지요."

김인문이 침착하게 말했지만 김춘추가 머리를 저었다.

"그럴 필요도 없다. 저놈들은 우리를 어떻게 할 것인지 아직 결정하지 못한 것 같다. 그래서 조금 전의 그놈을 보낸 것이다."

김춘추가 옆쪽에 앉은 부사(副使) 김성준에게 말했다.

"이보게, 자네와 나, 인문이하고 셋이 군관 셋만 데리고 빠져 나가기로 하세. 모두 하인으로 변장하고 하나씩 저택을 나가기로 하지."

"대문 밖에는 경비병도 없으니 지금 나가는 것이 좋습니다."

무관(武官)인 김성준이 어깨를 부풀리며 말했다.

"나머지 일행은 그대로 놔두지요. 알려지면 저놈들이 눈치를 챌 것입니다."

"안됐지만 하는 수 없지."

"그럼 준비하겠습니다."

자리에서 일어선 김성준이 서둘러 방을 나갔다. 김춘추가 겉옷을 벗으면서 길게 숨을 뱉었다.

"호구(虎口)에 들어왔다."

잠시 후에 영빈관을 하인 행색의 사내들이 하나씩 빠져나왔다. 영빈관 안팎으로 저택의 하인과 신라 측 사신 일행이 뒤섞여서 붐비고 있었기 때문에 저택 하인 차림의 사내들이 나가는 것은 아무도 주의 깊게 보지 않았다. 김춘추 일행이다. 김춘추도 두건을 눌러썼고 수염까지 깎아서 전혀 다른 사람이 되어 있다. 연개소문의 저택 대문은 활짝 열려 있어서 하인과 군사들이 무리지어 오가고 있는데 나가는 사람들은 검문하지 않는다. 무사히 대문을 나온 여섯은 곧 대로 옆길로 꺾어져서 모였다.

"말을 사서 달려야 합니다."

김성준이 눈을 치켜뜨고 말했다.

"곧 발각될 테니 그때는 도처에서 검문을 할 것입니다."

"이곳은 말이 흔합니다."

군관 하나가 김성준에게 말했다.

"먼저 남문 밖으로 나가 계시면 소인이 말을 사 오지요."

"그것이 좋겠다. 우선 성 밖으로 나가는 것이 안전하다."

"올 적에 보았더니 남문에서 10리쯤 떨어진 곳에 작은 개울이 있었지 않습니까? 그 개울가 주막에서 뵙지요."

"그럼 네가 말을 구해 오너라."

"저도 같이 가겠습니다."

군관 하나가 나섰기 때문에 김춘추가 머리를 끄덕였다.

"서둘러라."

이제 김춘추 일행은 넷이 되어서 남문을 향해 발을 떼었다. 올 적에도 남문으로 왔기 때문에 길은 안다.

"대감, 저기 옷가게가 있습니다. 먼저 가시면 소인이 옷을 사 오지요."

김성준이 거리 끝 쪽의 옷가게를 보더니 말했다.

"알았네. 먼저 가겠네."

김성준이 떨어져 나가자 이제 일행은 김춘추 부자(父子)와 군관까지 셋이 남았다. 서둘러 걷는 김춘추의 얼굴에 쓴웃음이 떠올랐다.

"연개소문이 나를 잡으면 죽일 것이다."

김인문은 대답하지 않았고 김춘추가 말을 이었다.

"이곳에 온 소득은 있다. 연개소문은 듣던 대로 오만불손한 놈이었지만 고구려 조정을 완전히 장악하고 있구나."

"도망쳤어?"

버럭 소리친 연개소문이 눈을 부릅떴다. 유시(오후 6시) 무렵, 저녁을 먹자고 김춘추를 부른 다음에 창고 옆쪽의 별당에 연금시키기로 결정했던 연개소문이다.

"예, 부사(副使) 둘과 함께 도망쳤습니다."

데리러 갔던 관리가 쩔쩔매면서 대답했다.

"군관 셋까지 여섯이 비었습니다."

"이놈이."

연개소문이 손바닥으로 팔걸이를 내려치고 나서 소리쳤다.

"잡아라!"

"예엣!"

대답한 고관은 병관대신(兵官大臣)인 막리지 요영춘이다. 몸을 돌린 요영춘이 청 밖으로 달려 나갔다. 전쟁에 익숙한 장수 출신이어서 세세한 지시 따위는 받지 않는다. 연개소문 또한 장수를 부려온 대장군이다. 김춘추 체포를 맡기더니 시선을 돌려 고관들을 보았다. 연개소문의 얼굴에 일그러진 웃음이 떠올라 있다.

"쥐새끼 같은 놈, 눈치를 채었구나."

"전하, 놈이 경솔했다는 증거올시다."

동생 연정토의 말에 연개소문이 입맛을 다셨다.

"나도 방심했다. 내 집 안이라고 경비를 배치하지 않았구나."

연개소문의 시선이 고관들 사이에 선 계백에게 옮겨졌다.

"계백, 잡았다가 놓친 고기가 더 커 보인다더니 그 말이 맞구나."

"신라가 그만큼 다급했던 것입니다."

계백이 웃음 띤 얼굴로 말을 이었다.

"먹을 만한 고기도 아니었습니다. 미련을 버리시지요."

"그런가?"

쓴웃음을 지은 연개소문에게 계백이 말을 이었다.

"전하, 저도 내일 백제로 떠나겠습니다. 너무 오래 폐를 끼쳤습니다."

"떠난다니 서운하구나."

눈썹을 모은 연개소문이 만류하지는 않았다.

"내가 백제왕께 보내는 서신과 선물을 준비하겠다."

다음 날 사시(오전 10시) 무렵에 계백은 연개소문의 전송을 받으며 저택을 떠났다. 고구려 기마군의 호위를 받은 백제 사신 일행의 행차는

220

볼 만했기 때문에 길가에는 구경꾼들이 가득 찼다. 일행이 평양성 남문을 나왔을 때 화청이 계백에게 말했다.

"한솔, 김춘추가 말 장수에게서 말 7필을 샀다고 했으니 꽤 멀리 갔을 겁니다."

말을 판 말 장수가 신고한 것이다. 그러나 오늘 아침에야 신고해서 늦었다. 화청이 말을 이었다.

"이제 우리가 신라 신주(新州)를 지나야 되니 답답합니다."

그렇다. 고구려 남부(南部)와 신라 신주(新州)가 맞닿아 있는 것이다. 신주를 통과해야 백제 땅이다.

"신주를 우리가 차지해야 합니다."

화청이 낮게 말했다. 본래 신주는 신라와 백제가 연합해서 고구려로부터 탈취했던 땅이다. 그랬다가 신라가 배신해서 백제를 밀어내고 신주를 설치했던 것이다.

"한솔, 김춘추는 왕의 그릇이 됩니까?"

화청이 말을 몰아 바짝 붙으면서 다시 물어서 계백이 빙그레 웃었다.

"그만하면 신라왕이 될 만한 인물이야."

"그렇습니까?"

"죽음을 무릅쓰고 적지에 온 용기, 그리고 왕국(王國)을 살리겠다는 의지를 누가 따를 수 있겠는가?"

연개소문에게는 다르게 말해서 위로했다.

그야말로 천신만고 끝에 고구려 남부(南部)를 통과한 김춘추가 신라 신주(新州)로 들어섰을 때는 도망친 지 나흘째가 되는 날 저녁 무렵이다. 그동안 군관 둘이 죽고 부사(副使) 김성준도 화살에 어깨를 맞아 부상을 입었으니 구사일생을 한 셈이다. 국경에서 고구려군이 쏜 화살에 맞은 것이다. 당항성에 들어섰을 때는 해시(오후 10시) 무렵이었는데 김유신이 기다리고 있다가 맞았다.

"대감, 천지신명이 도우셨습니다."

김춘추의 몰골을 본 김유신의 눈에 눈물이 맺혔다.

"대감의 이 우국충정을 누가 알겠습니까? 꼭 보답을 받으실 겁니다."

당항성주와 장수들의 인사를 건성으로 받은 김춘추가 옷만 갈아입고 청에 나와 김유신과 마주 앉았다. 청에는 김춘추, 김유신, 김인문까지 셋이 모였다. 김춘추가 입을 열었다.

"실패했소. 연개소문은 이미 백제와 단단히 결속되어 있소. 그래서 날 죽일 눈치가 보이길래 여섯만 빠져나왔구려."

김춘추의 눈에도 눈물이 고였다.

"연개소문의 집에 20명을 남겨두고 왔으니 모두 죽임을 당했을 거요."

"소장도 걱정하고 있었습니다."

김유신이 번들거리는 눈으로 김춘추를 보았다.

"떠나신 지 얼마 안 되어서 백제 왕궁에 심어 놓았던 세작의 밀서를 받았습니다."

"……."

"의자가 연개소문한테 사신을 보냈는데 그 정사(正使)가 계백이라는 것입니다."

김춘추의 시선을 받은 김유신이 길게 숨을 뱉었다.

"의자는 대야성 함락의 공신인 계백을 보내서 전공(戰功) 자랑도 했을 것입니다. 연개소문에게 가셨을 때 그놈을 보지 못하셨습니까?"

"나는 지금 알았소."

김춘추가 말했을 때 김인문이 나섰다.

"우리한테 숨기고 있었을 것입니다."

"그랬겠지."

머리를 끄덕인 김춘추가 눈을 가늘게 떴다.

"나 같아도 그랬을 것이다. 우리가 연개소문을 만날 때 백제 사신들도 고구려 관리들 사이에 끼어 있었을 수도 있겠다."

"계백까지 가 있는 상태에서 대감께 호의적일 수 없었을 것입니다."

"계백 인상착의가 어떻소?"

불쑥 김춘추가 묻자 김유신이 대답했다.

"6척 장신에 호남이라고 합니다. 눈썹이 짙고 코가 두꺼우며 수염이 짙다고 합니다."

"눈은?"

"눈꼬리가 조금 솟았고 안광이 강하다고 했습니다."

"그놈이군."

쓴웃음을 지은 김춘추가 어깨를 늘어뜨렸다.

"연개소문이 나에게 확인차 보낸 고구려 관리가 그놈 같군."

"아버님, 대부사자 연백이라는 놈 말씀입니까?"

"그렇다."

김춘추가 팔걸이에 몸을 의지하더니 말을 이었다.

"연백이란 연개소문의 성(姓)에다 계백의 이름 '백'을 붙인 것이었구나."

"그놈이 매부와 누이를 죽인 원수였습니다. 그놈이 눈앞에 있었군요."

김인문의 눈빛이 강해졌다. 그때 김유신이 길게 숨을 뱉고 나서 말했다.

"대감께선 천운을 받으셨으니 반드시 그 한(恨)을 푸실 기회가 올 것입니다. 쉬시지요."

김유신의 위로를 받은 김춘추가 웃었다.

"그렇소. 국운은 천운이오."

계백이 탄 고구려선(船)이 사비도성의 구드래 포구에 도착했을 때는 평양성을 출발한 지 7일째가 되는 날 오후다. 연개소문의 선물이 많았기 때문에 평양성 아래쪽 포구에서 배를 탄 것이다. 구드래 포구는 백제의 중심 항으로 사비도성 아래쪽에 위치하고 있다. 백강(白江) 중류에 위치한 구드래 포구에는 수백 척의 무역선과 수군(水軍)의 전선(戰船)까지 들락거리는 터라 언제나 붐빈다. 배에서 내린 계백에게 포구 경비책임자인 나솔 관등의 관리가 다가왔다. 솔(率) 품계는 자색 관복을 입기 때문에 표시가 난다.

"한솔께서 오셨군요."

초면인데도 관리가 활짝 웃는 얼굴로 계백을 맞는다. 백강(白江) 입구에 들어서면서 빠른 정탐선을 보내 포구와 도성에 연락을 했던 것이다.

"대왕께서 기다리고 계십니다. 말을 준비했으니 가시지요."

"고맙소."

"짐을 풀도록 하겠습니다."

나솔이 비켜서자 도시부(都市部) 소속의 관리와 함께 군사들이 재빠르게 배에 올라 짐을 내린다.

"고구려 배 선장과 선원 대우를 잘 부탁하오."

"염려하지 마십시오. 객사도 비워놓았으니 실컷 먹고 놀도록 하겠습니다."

선장과 선원들에게 작별인사를 한 계백이 서둘러 도성으로 들어가 의자왕을 보았을 때는 유시(오후 6시)가 지났을 무렵이다.

"한솔, 널 기다리느라 내 목이 늘어났다."

의자가 계백을 보더니 대뜸 말했다. 좌우로 도열해 서 있던 중신(重臣)들 사이에서 작은 웃음소리가 일어났다. 의자왕은 40이 넘어서 왕이 된 터라 왕의 체통 따위에 신경을 쓰지 않는다. 선친인 무왕(武王) 시절의 대성팔족(大姓八族)의 기세를 꺾고 왕권을 강화시킨 때문이기도 할 것이다.

"고구려 대막리지 연개소문이 대왕께 드리는 밀서와 선물을 가져왔습니다."

"어디 선물부터 보자."

의자의 말에 다시 웃음이 일어났다. 계백이 선물 목록을 펴고 읽는 동안 청 안에서는 연신 탄성이 터졌다. 호피가 20장이나 되었고 비단이 1백 필, 금으로 만든 노리개가 한 상자, 진주, 보석 등이 2상자, 녹용이 2상자. 그래서 배에 싣고 온 것이다. 이윽고 목록과 선물의 대조가 끝났을 때 의자가 계백에게 말했다.

"이제 됐다. 그만 돌아가 쉬어라."

계백이 눈만 껌벅였을 때 청 안이 다시 웃음으로 뒤덮였다. 의자도 같이 웃는다.

이윽고 웃음을 그친 의자가 말했다.

"밀서를 보자."

계백이 내민 두루마리 밀서를 받은 병관좌평 성충이 의자에게 두 손으로 바쳤다. 그러자 의자가 머리를 끄덕였다.

"그대가 읽으라."

"예, 대왕."

성충이 밀서를 펴더니 낭랑한 목소리로 읽는다.

"고구려 대막리지 연개소문이 백제국 의자대왕께 글을 올립니다."

숨을 고른 성충의 목소리가 청을 울렸다.

"고구려는 일찍이 수(隋)의 대군을 전멸시켜 수 왕조를 멸망에 이르도록 했으며 대륙의 도탄에 빠진 백성을 구제, 대륙을 평정할 계획이었으나 전왕(前王) 건무가 소심, 옹졸하여 기회를 놓쳤습니다. 그리하여 이 연개소문이 건무를 베어 죽이고 보장을 왕으로 세워 대륙 정벌에 나설 예정입니다. 이에 백제와 대동맹을 맺고 대륙을 분할 통치하고자 맹약을 드리는 것입니다."

계백은 성충의 목소리를 들으며 감동했다. 눈앞에 대륙의 평원이 떠오르고 있다.

"나리가 오셨다!"

덕조의 목소리가 마당을 울렸다. 한낮, 계백이 마당으로 들어서자 종들이 달려 나왔다. 청에서 계백을 모셔온 덕조가 기세등등한 목소리로 다시 소리쳤다.

"한솔 나리가 오셨다!"

그때 안방에서 고화가 나왔다. 계백과 시선이 마주친 순간 고화의 얼굴이 붉어졌다. 시선을 내린 고화가 마루에서 내려오더니 머리를 숙였다.

"이제 오세요?"

"잘 있었소?"

두 달여 만이다. 다가간 계백이 부드러운 시선으로 고화를 보았다. 계백이 성에 온다는 기별을 받았을 테니 고화가 단장할 여유는 충분했다. 깨끗한 치마저고리로 갈아입고 머리를 단정하게 넘긴 고화의 자태를 보자 계백의 심장박동도 빨라졌다. 남자를 기다리는 여자의 모습이다.

그날 밤, 성주의 관저는 해시(오후 10시)가 되기도 전에 조용해졌다. 하인들의 방에도 불이 꺼졌고 두런거리던 집사 덕조의 목소리도 뚝 끊겼다. 마당 안쪽의 주인 침실에서 불이 꺼진 것이 신호가 된 것 같다. 계백과 고화가 같이 침실에 든 것이다. 침상에 누운 계백이 어둠 속에서 사그락사그락 옷이 벗겨지는 소리를 듣는다. 이윽고 옷을 벗은 고화가 침상 위로 오르더니 계백의 옆에 누웠다. 몸을 웅크리고 등을 돌린 자세로 누운 것이다. 계백이 잠자코 팔을 뻗어 고화의 어깨를 당기면서 몸을 돌렸다. 그러자 고화가 얼굴을 계백의 가슴에 묻으면서 안겼다. 고화는 엷은 속옷 저고리치마 차림이다. 치마만 들치면 알몸이다. 계백은 고화의 치마끈을 차분하게 풀었다. 고화가 막으려는 듯이 계백의 손목을 두 손으로 쥐더니 곧 떼었다. 고화의 숨결이 가빠졌다. 이윽고 치마끈이 풀리면서 계백이 치마를 젖히자 고화의 하반신은 알몸이 되었다. 고화가 이제는 몸을 더 붙인다. 그렇게 알몸을 감추려는 것 같다. 그때 계백이 이제는 저고리 고름을 풀었다. 고화가 두 손으로 가슴을 가리려고 하더니 다시 손이 떼어졌다. 저고리가 젖혀지면서 고화의 젖가슴이 통째로 드러났다. 어둠 속이지만 희고 풍만한 젖가슴이 선명하게 보인다. 고화의 숨결이 계백의 목에 닿았다. 뜨겁다. 이제 고화는 알몸이 되었다. 두 손으로 계백의 저고리를 움켜쥐고 있었는데 어떻게 할지를 모르고 있다. 이제는 계백이 바지를 내려서 벗고 저고리를 벗어 던졌다. 그 순간 둘은 알몸의 짐승이 되었다. 계백이 먼저 고화의 입을 맞췄다. 놀란 고화가 입을 꾹 다물었다가 숨이 막히자 입이 벌려졌다. 계백은 벌려진 과일 같은 고화의 입술을 빨았다. 고화가 이제는 두 팔로 계백의 어깨를 움켜쥐고 있다. 그때 계백이 고화의 몸 위로 올랐다. 고화가 순순히 받아들일 자세를 만들었다. 뜨거운 밤이다. 거친 숨소리에 이어서 신음 같은 탄성이 일어났고 방 안에 열풍이 휘몰아쳤다. 열풍은 끝없이 이어지고 있다.

다음 날 아침, 아침상을 들고 방 안에 들어선 우덕의 뒤에는 덕조만 따르고 있다. 항상 식사 시중을 들던 고화가 오늘은 보이지 않는다. 계백이 수저를 들었을 때 덕조가 헛기침을 했다.

"나리, 나리께서 도성의 대왕 옆으로 가신다는 소문이 났습니다. 그 소문이 맞습니까?"

계백이 머리를 끄덕였다. 도성에서 따라온 군사들이 소문을 퍼뜨렸을 것이다.

"사실이다. 나는 곧 새 관직을 받을 것이야. 곧 칠봉성을 떠난다."

어젯밤에 고화에게는 말했다.

사비도성 안쪽 부소산 기슭에 있는 왕궁의 뒤쪽에는 사비수가 흐른다. 사비 천도를 단행한 성왕(聖王)은 천도와 동시에 국호를 남부여(南夫餘)로 바꿨는데 왕권의 강화를 도모하려는 것이었다. 부여는 백제 왕실의 본향으로 왕실의 성(姓)인 부여(夫餘)씨도 이것에서 기인한다. 그러나 성왕이 관산성에서 신라군에게 패사한 후에 국호는 다시 백제로 환

228

원되었으며 의자왕 대(代)에야 왕권이 제자리를 찾았으니 100년 가까운 세월이 허송되었다. 사비도성 거리는 모두 바둑판처럼 직선으로 뻗어 나가 어디서든 끝이 보인다. 도로에는 돌을 깔아 마차가 지나거나 기마 군이 달릴 때면 요란한 소리가 났다. 도로의 폭이 100자(30미터)가 되었 지만 항상 인파로 붐빈다. 거리의 행인은 한인(漢人)과 왜인이 많은 것 은 물론이고 남방인과 서역인도 보였는데 대륙의 백제령 담로에서 온 사람들에다 장사꾼이 섞여 있기 때문이다. 도성 안 중부(中部) 전항 지 역은 주로 관리들만 거주한다. 도성은 동, 서, 남, 북, 중의 5부(部)와 5항 으로 나뉘어 있어서 각 구역별로 거주민이 다르다. 사비도성의 인구는 10만 호에 65만이다. 동방(東方)의 대도(大都)인 것이다.

"이곳이오."

중부 전항 지역의 대로변에 멈춰 선 외관(外官) 점구부(點口部)의 고 덕(固德)이 손으로 옆쪽 저택의 대문을 가리키며 말했다. 그의 손이 가 리킨 저택은 담장이 높은 대저택이다. 계백이 숨만 삼켰지만 뒤를 따르 던 덕조가 대문으로 달려가더니 문을 열어 젖혔다.

"아이구!"

덕조의 입에서 탄성이 터졌다. 머리를 돌린 계백이 열린 문으로 저 택의 안을 보았다. 넓다, 마당이 칠봉성의 청 앞마당만 했고 앞쪽 청은 그보다 더 크다. 마당은 깨끗하게 비질이 되었고 햇볕이 가득했다. 고 덕이 말했다.

"이 저택은 본래 달솔 목신의 집이었지만 남방 흑치군의 군장으로 가시는 바람에 작년부터 빈집이 되었소."

"과분하네."

계백이 말하자 고덕이 쓴웃음을 지었다. 40대 초반쯤의 고덕은 점구

229

부의 관리로 호구 파악과 무역 업무를 맡는다. 점구부가 주택을 관리하는 것이다.

"한솔, 대왕의 명이오. 나한테 그러실 것 없습니다."

"들어가십시다."

신이 난 덕조가 계백의 말고삐를 잡아끌면서 소리쳤다.

"대야성 탈취의 일등 공을 세우신 상을 받으신 것이오."

덕조에게 끌려 저택 안으로 들어선 계백이 다시 숨을 삼켰다. 이곳은 바깥채 마당과 청이다. 그리고 옆쪽에는 행랑채가 있고 그 뒤쪽에는 다시 중문(中門)이 있는 것 같다. 중문 안에는 사랑채인가? 그 안은 또 안채인가? 그때 계백 옆으로 고화가 다가와 섰다. 고화도 말을 타고 따라온 것이다. 계백의 시선을 받은 고화가 눈웃음을 쳤다. 입술은 꾹 닫았지만 눈이 초승달처럼 잔뜩 굽혀졌다. 그래서 꾹 닫힌 입술이 막 터질 것 같다. 행복한 얼굴이다. 그것을 본 계백이 고덕에게 말했다.

"고맙네, 고덕. 과분하지만 대왕께서 내리신 저택을 감사히 받겠네."

"그러셔야지요."

고덕도 이를 드러내고 웃었다.

"도성 안에서도 한솔의 용명(勇名)을 이야기하는 사람들이 많습니다. 뵙게 되어서 영광입니다."

계백은 칠봉성에서 식솔들을 이끌고 이곳 사비도성으로 온 것이다. 칠봉성은 계백의 첫 임지였다.

"집이 마음에 드느냐?"

다음 날 왕궁의 청에서 만난 의자가 계백에게 물었다. 백관이 모두 도열해 있는 곳에서 의자가 물은 터라 계백이 당황했다.

"예, 대왕."

계백의 관등은 한솔이니 좌평, 달솔, 은솔, 덕솔에 이은 제5등급이다. 4등급 덕솔(德率)이면 군(郡)의 군장(郡長)으로 나갈 수 있고 달솔이 맡은 방령 밑의 방좌(方佐)가 될 수 있다. 아직 한솔이 고위 관직은 아니다. 그때 의자가 머리를 들고 백관들을 둘러보았다.

"한솔 계백은 대야성 함락의 일등 공을 세웠을 뿐만 아니라 이번에 고구려에 가서 연개소문 공으로부터 동맹의 약조를 받아왔다. 대백제의 공신이다."

그때 병관좌평 성충이 나섰다.

"대왕, 계백은 아직 약관으로 칭찬이 과하시면 분수를 모르게 됩니다. 삼가 주시옵소서."

백제에는 최고위 관직인 좌평이 5명 있었는데 성충이 그중 으뜸인 상좌평이다. 50대 초반의 성충이 의자를 올려다보면서 말을 이었다.

"대왕, 계백을 친위군 기마대장으로 삼기에는 아직 부족한 점이 많습니다. 보류해 주옵소서."

계백이 숨을 들이켰다. 친위군 기마대장은 4품 덕솔 관등이 맡는 자리다. 대왕이 병관좌평 성충에게 그리 지시를 내렸단 말인가? 모르고 있었던 일이다. 그때 의자가 이맛살을 찌푸렸다.

"좌평, 나이가 적다고 공을 적게 평가하지 마라. 계백은 그대가 생각하는 것처럼 경륜이 적거나 경솔하지 않다."

"압니다."

성충도 지지 않는다. 백관들은 숨을 죽였고 성충의 목소리가 청을 울렸다.

"계백을 대백제의 동량으로 키우려면 더 단련시켜야 합니다, 대왕."

"으음."

의자의 신음이 낮게 울렸다. 그때 서방 방령 달솔 해재용이 나섰다.

"대왕, 한솔 계백을 서방의 한산성주로 보내주시옵소서."

백관의 시선이 그쪽으로 모였다. 해재용이 소리치듯 말을 잇는다.

"한산성 근처에 해적이 빈번하게 출몰하는 바람에 주민들이 모두 내륙으로 도피해서 바닷가 인근이 황무지가 되어가고 있습니다."

그때 의자가 물었다.

"한산성주가 아직도 공석인가?"

"예, 대왕."

대답은 성충이 했다. 성충이 부리부리한 눈으로 의자를 보았다.

"전(前) 성주 국겸은 병이 들어 도성으로 옮겨와 거동을 못 한 지가 반년 가깝게 되었고 성주대리를 맡은 나솔 육기천은 지난달에 해적과의 싸움에서 화살을 맞고 운신하지 못하고 있습니다."

"그곳에 계백을 보내란 말인가?"

그때 계백이 한 걸음 나섰다.

"대왕, 소장을 한산성주로 보내 주시옵소서. 그곳에서 해적을 소탕하겠습니다."

"내가 병관좌평의 술수에 넘어갔다."

쓴웃음을 지은 의자가 옥좌에 등을 붙이더니 말을 이었다.

"내가 친위대 기마대장으로 임명하겠다고 말했을 때는 아무 소리를 안 하더니 백관이 모인 자리에서 공공연하게 비판하는 저의가 무엇인가?"

의자의 얼굴에는 여전히 웃음이 떠올라 있다.

"왕의 독선을 막겠다는 의도 아닌가?"

성충이 시선을 내린 채 움직이지 않았고 의자의 목소리가 청을 울렸다.

"좋다. 계백을 한산성주로 보낸다. 그래서 더 단련시켜 보도록 하자."

이렇게 어전 회의가 끝났다.

성충과 홍수는 좌평이며 의직과 윤충은 달솔로 각각 동방과 남방의 방령이다. 백제는 동, 서, 남, 북, 중 5개의 방(方)으로 나뉘어졌는데 그중 남방과 동방군(軍)이 가장 강했다. 어전 회의를 마치고 청을 나갈 때 앞장서 나가던 성충을 홍수가 불렀다. 홍수의 뒤에는 의직과 윤충이 따르고 있다.

"이보시오, 병관좌평. 나 좀 봅시다."

머리를 돌린 성충이 그들을 보더니 싱긋 웃었다.

"충신들이 다 모였군."

"저쪽에서 이야기 좀 합시다."

홍수가 턱으로 앞쪽 기둥을 가리켰다. 구석진 곳이다. 삼삼오오 나가던 관리들이 그들을 향해 절을 했다. 조정의 실권자들인 것이다. 모두 40대 중후반으로 의자보다 연상인 데다 선왕인 무왕(武王) 시절부터 신임 받고 있던 원로들이다. 넷이 둘러섰을 때 홍수가 가는 눈을 더 가늘게 뜨고 성충을 보았다.

"당신은 대왕께 직언한다는 구실로 왕권을 약화시키고 있어. 그 의도가 수상하오."

"아하하."

짧게 웃은 성충이 홍수와 의직, 자신의 동생 윤충까지 보면서 말했다.

"백관 모두 들었겠지, 대왕의 인사가 중구난방 편애에 사로잡혀 있다는 것을."

"무엄하오!"

버럭 소리친 의직이 성충을 노려보았다.

"대왕이 당신 노리갯감이요? 직언을 한답시고 당신은 대왕을 능멸하고 있어! 내가 용서하지 못하겠소!"

"나를 죽이기 전에 잠시만 여유를 주시게, 방령."

성충이 쓴웃음을 지으며 말을 이었다.

"내가 왕비 마마를 죽일 테니 그때 나를 베는 것이 낫지 않겠는가? 왕비를 죽인 대역무도한 놈으로 말이네."

그 순간 셋은 벼락을 맞은 듯이 몸을 굳혔다. 얼굴이 창백해졌고 홍수는 수염 끝이 떨렸다.

"이보시오, 형님."

놀란 윤충이 남 앞에서는 절대로 부르지 않던 '형님' 소리까지 했다.

"무슨 그런 망발을……."

윤충의 목소리가 떨렸을 때 성충의 얼굴이 굳어졌다.

"모두 알고 계시지 않는가?"

셋은 숨소리도 죽였고 성충의 말이 이어졌다.

"왕비 교지가 신라 첩자 연기신 놈을 싸고도는 것이 아니라 교지가 첩자라는 것을 그대들도 알고 있지 않는가? 대왕은 자만심에 빠져 있는 거네."

"……."

"그까짓 첩자 한 놈 갖고 뭘 그러느냐? 또는 여자가 뭘 하겠느냐? 하는 동안에 궁궐이 썩고, 조정이 썩고, 나라가 썩네."

"……."

"내가 계백 꼬투리를 잡고 대왕을 끌어당겼다는 건 대왕도 알고 계실 것이고 그 이유도 아실 것이네."

"이보오, 상좌평."

조금 진정한 흥수가 반걸음 다가서서 목소리를 낮췄다.

"우리도 연기신이 첩자이고 왕비께서 그놈과 연루되어 있다는 것도 알고 있소. 하지만 방법이 틀렸소."

"아니, 대왕한테는 이 방법뿐이야."

성충이 머리를 저었다.

"훗날에 후손들이 성충을 대백제의 역적으로 기억하게 되더라도 나는 눈에 보이는 역적을 토벌하고 순사하겠네."

기둥 옆에 무거운 정적이 덮였다. 이것이 대백제의 그늘이다. 왕비 교지는 덕솔 연기신을 먼 친척이라면서 측근에 두었는데 신라를 여러 번 오가는 것이 목격되었다. 연기신이 왕비의 친척이 아니라고도 했다.

"백제가 망한다면 안에서부터 망하게 될 것이야."

성충이 혼잣소리처럼 말했지만 옆에서 걷던 동생 윤충이 들었다. 남방 방령 윤충은 형처럼 직선적인 성품이 아니다.

"이것 보시오, 형님. 그런 말은 반역죄에 해당되오."

의직, 흥수와 헤어져 둘은 왕궁의 마당을 걷고 있다. 지나던 관리들이 둘을 향해 절을 했다. 성충의 얼굴에 쓴웃음이 번졌다.

"나 혼자만이라도 이렇게 떠들 것이야. 아우 너는 지금처럼 대놓고 나를 비판해서 대왕의 권위를 세우거라."

"형님, 왕비 마마를 오해하고 계신 건 아니오?"

"내가 병관좌평이다. 첩자 2백여 명을 휘하에 두고 있단 말이다."

다시 성충의 목소리가 격해졌다. 걸음을 멈춘 성충이 몸을 틀어 윤충을 보았다.

둘은 왕궁의 넓은 마당에서 마주 보고 섰다. 성충이 말을 이었다.

"신라 도성에 있는 내 첩자가 연기신이 김춘추를 만나는 것을 직접 목격했다. 김춘추를 말이야."

"그럴 리가……."

놀란 윤충의 얼굴이 굳어졌다.

"형님, 그 첩자는 믿을 만하오?"

"대왕도 그러시더군."

성충이 얼굴을 일그러뜨리며 웃었다.

"그 첩자가 누구냐며 이름을 대라고 하시더란 말이야."

"그거야……."

"관직에 있는 자야. 처자식이 이곳 도성에 살고, 목숨을 내놓고 적의 도성에서 위장 신분으로 지내는 자야. 그자 이름을 밝히면 왕비가 가만 두겠는가?"

"……."

"대지 못하겠다고 했더니 대왕은 내 말을 믿지 못하겠다고 하시더군."

"……."

"왕비가 요물이야. 대왕은 안의 관리를 못 하시네. 백제는……."

"형님, 그만 하시오."

말을 자른 윤충이 말머리를 돌렸다.

"그렇다고 계백에게 해적소탕 임무를 맡겨 벽지로 보내는 건 너무하신 것 아니오? 왜 계백에게 화를 푸시오?"

236

"내가 곧 계백을 불러 이야기를 해줄 것이네."

"어, 어떤 이야기 말이오?"

"모두 다."

"계백한테 대왕 험담을 하실 참이오?"

"계백도 알아야 해. 대백제의 장래를 이끌어갈 재목이니까 실상을 알아야 되네. 그것이 내가 할 일이야."

"형님."

"왕비 교지가 누구냐? 선화공주가 데려온 여자 아니냐?"

몸을 돌린 성충이 발을 떼었고 윤충은 그 뒷모습만 본 채 움직이지 않았다.

그 시간에 서방 방령인 달솔 해재용이 계백과 마주 앉아 이야기를 하고 있다.

"이보게 한솔, 내 휘하에 2만 7천의 병력이 있지만 그중 절반이 수군일세."

해재용은 60대로 무장(武將) 출신이다. 해재용이 말을 이었다.

"나머지 절반이 32개 성에 분산 배치되어 있지만 해적이 작심하고 한 지역을 공략한다면 당할 수밖에 없어."

계백이 머리를 끄덕였다. 서방(西方)은 대륙과 마주 보고 있어서 전부터 수군(水軍)이 발달했다. 계백이 물었다.

"전선(戰船)으로 해적을 막을 수는 없습니까? 전에는 해적 피해가 적었지 않습니까?"

"근래에 이르러 수군(水軍) 전력이 약해졌네. 그것이 문제일세."

백제 전력(戰力)의 내막이 드러나는가?

왕비 교지(僑智)가 들어서자 덕솔 연기신이 자리에서 일어섰다. 둘의 시선이 마주친 순간 제각기 외면했지만 어색한 분위기는 아니다. 내궁(內宮)의 별각은 지금은 태왕비(太王妃)가 된 의자왕의 모친 선화공주가 제사를 지내는 장소여서 대왕(大王)도 범접하지 못하는 곳이다. 연기신의 앞에 앉은 교지가 주위를 둘러보는 시늉을 했다. 별각은 텅 비었다. 안쪽에 왕의 초상이 그려져 있었는데 바로 신라의 진평왕이다. 태왕비 선화공주의 부친이며 지금 신라 선덕여왕의 부친이기도 하다. 초상 밑쪽의 향이 타면서 은근한 향내가 맡아졌다.

이윽고 왕비 교지가 입을 열었다.

"성충이 이제는 심중을 굳힌 것 같다. 갈수록 심하게 대왕을 압박하는구나."

"제가 김춘추 공의 저택에 들어가는 것을 보았다고 하지만 누가 보았단 말입니까?"

"신라에 심어놓은 첩자겠지."

"그 첩자가 누군지를 밝히지 못하지 않습니까?"

연기신의 얼굴에 웃음이 떠올랐다. 흰 얼굴에 염소수염을 길렀고 풍채가 좋다. 37세의 대성팔족 중 하나인 연씨 일족이다. 부친 연대수는 바다 건너 백제령 담로의 태수를 지냈으며 조부 또한 좌평을 지낸 명문(名門)이다. 그때 교지가 지그시 연기신을 보았다.

"덕솔, 네가 한 번 더 김 공께 다녀와야겠다."

"지금은 위험합니다, 마마."

연기신이 굳어진 얼굴로 머리까지 저었다.

"성충이 보낸 밀정들이 제 주위를 배회하고 있습니다. 성충의 기질로 보아서 암살자를 보낼지도 모릅니다, 마마."

"넌 다음 달에 3품 은솔이 된다."

"제, 제가 말입니까?"

연기신이 눈을 크게 떴다. 결코 반기는 얼굴이 아니다.

"마마, 그러면 더욱 의심을 받게 되지 않겠습니까? 저는 공(功)이 없는 데다 더욱이 신라 첩자라는 의심을 받고 있는 터인데."

"누가? 성충이?"

교지가 이를 드러내고 소리 없이 웃었다.

"성충은 대왕을 능멸한 죄로 곧 귀양을 가게 될 것이다."

"귀, 귀양을 말씀입니까?"

"어제 궁성의 청에서 일어난 사건을 듣지 못했단 말이냐?"

"계백의 친위기마군대장 직임을 바꿨다고만 들었습니다. 성충이 반대를 해서요."

"대왕을 능멸했다."

교지가 차갑게 말했다.

"넌 조회에 참석하지 않아서 자세히 모른다."

그렇다면 왕비는 조례에 참석한 또 다른 고관으로부터 내막을 들었다는 뜻이다. 입안에 고인 침을 삼킨 연기신이 교지를 보았다. 왕비 교지는 무왕(武王)의 왕비인 신라 선화공주가 데려온 여자다. 선화공주는 교지를 딸처럼 애지중지 키우다가 태자(太子)인 의자와 결혼시켰는데 무왕도 반대하지 않았다. 자신도 진평왕의 딸 선화공주와 결혼한 처지인 것이다. 교지는 선화공주의 친척인 신라 왕족이라고만 알려져 있다.

그때 교지가 눈을 가늘게 뜨고 웃었다.

"넌 동방(東方)의 현동성에 태왕비(太王妃)의 심부름을 가는 것이다."

"아, 예."

"태왕비의 심부름은 대왕도 막을 수 없지 않겠느냐?"

"당연하지요."

더구나 성충까지 귀양을 간다면 모두 숨을 죽이고 있을 것이다. 교지가 말을 이었다.

"계백이 연개소문한테서 받은 밀서 내용은 다 베껴놓았다. 그리고 그때 나누었던 이야기도 내가 다 들었다."

"나리, 이곳에서 한산성까지는 3백 리 길이라고 들었습니다."

밤, 계백의 품에 안긴 고화가 더운 숨을 뱉으면서 말했다.

"말을 달리면 하루 길이지만 걸어서는 이틀이 걸린다고 하네요."

"한산성은 성주 식구가 살 곳이 못 되오."

계백이 고화의 허리를 당겨 안고는 귀에 입술을 붙였다.

"내가 가끔 말을 달려 도성으로 올 테니까 집이나 잘 가꾸시오."

"나리, 소문을 들었습니다."

고화가 계백의 가슴에서 얼굴을 떼었다. 불을 끈 방은 어두웠지만 고화의 눈 흰자위가 선명하게 드러났다.

"무슨 소문?"

"왕비 마마가 신라에 첩자를 자주 보낸다고 합니다."

"저런."

혀를 찬 계백이 쓴웃음을 지었다.

"신라 첩자가 퍼뜨린 소문 같구먼."

"종이 거리에서 듣고 와서 우덕한테 말해줬답니다."

"왕비 마마를 모함하면 대역죄가 될 텐데 큰일 날 소리들을 하는군."

"왕비 마마의 측근인 덕솔 연 아무개란 분이 신라에 들락거린다는

군요."

"허어."

계백이 고화의 허리를 더 당겨 안으면서 말을 막듯이 입을 맞췄다.

"도성에 온 지 닷새도 안 되었는데 벌써 온갖 소문을 듣고 오는군."

고화가 가쁜 숨을 뱉으면서 계백의 어깨를 감아 안는다.

다음 날 오전, 임지로 떠나기 전에 대왕을 뵈러 갔던 계백을 병관좌평 성충이 불렀다. 왕궁의 정청 안이다.

"이보게 한솔, 대왕께서는 오늘 조례에 나오시지 않네."

다가온 성충이 말을 이었다.

"나를 보고 가면 되네."

"예, 대감."

성충을 따라 전내부의 상좌평 청으로 들어선 계백이 자리에 앉았다. 청 안에는 성충과 계백뿐이다. 마주 앉은 성충이 청 안을 둘러보는 시늉을 하더니 입술 끝을 비틀며 웃었다.

"내가 이 청을 곧 떠날 거네, 한솔."

"무슨 말씀입니까?"

"잘되면 귀양이고 못되면 참형을 당할지도 모르네."

"대감, 그런 일이 일어날 수 있습니까?"

계백이 눈을 치켜떴다.

"대감은 대백제의 기둥이십니다. 대왕께서 그 기둥을 버리시겠습니까?"

"내가 왜 기둥인가?"

"대감은 충신이십니다. 제가 바다 건너 담로에 있을 때부터 듣고 있

241

었습니다."

"선대(先代) 무왕께서 계실 때하고는 다르네, 한솔."

정색한 성충이 주위를 둘러보고 나서 말을 이었다.

"왕비의 전횡이 심해졌어. 이것은 태왕비께서 뒤에서 사주하시는 데다 지금까지 다져놓은 반역 기반이 굳어지고 있기 때문이야."

숨을 죽인 계백에게 성충이 말을 이었다.

"선왕(先王)께서 나한테 유언을 하셨네. 왕비 교지를 조심하라고. 그런데 내가 그 유언을 어찌 대왕께 전해드린단 말인가?"

성충의 눈이 흐려졌다.

"역부족이야. 내가 여러 번 대왕께 말씀드렸지만 대왕은 믿지를 않으시네."

"대감, 진실입니까?"

"그래, 왕비 교지는 신라 첩자에, 태왕비 또한 마찬가지네. 대백제는 안에서 망하게 될지 모르네."

"대감, 그럴 리가 있습니까?"

"그래서 그대에게 이 말을 전하는 것이네. 그대가 대백제의 기둥이 될 재목이니까."

주막으로 들어선 계백이 안쪽 평상에 앉아 있는 솔품(率品) 관리를 보았다. 자색 관복을 입었기 때문에 금방 표시가 난다. 계백이 다가가자 관리가 웃음 띤 얼굴로 물었다.

"한솔 계백 공 아니시오?"

"누구십니까?"

"나는 덕솔 연기신이오."

242

"아아."

계백이 다가가 앞쪽 자리에 앉아 머리를 숙였다.

"저를 알아보십니까?"

"먼발치에서 뵈었소."

"그런데 이곳은 어쩐 일이십니까?"

이곳은 사비도성 남문에서 20리 떨어진 주막이다. 이곳 주막 앞에서 대로(大路)가 동서남북으로 갈라지기 때문에 길손들이 모이는 것이다.

"나는 현동성으로 태왕비 마마의 심부름을 가오."

"태왕비 마마의 심부름을 가십니까?"

"예, 그곳에 태왕비 마마의 제단이 있소. 그 제단에서 신라에 계신 조상께 제를 지내는 것이오."

"아아, 과연."

"내가 계속해서 태왕비 마마 대신으로 그곳에 다녀오지요."

"수고 많으십니다."

"그런데 한산성주로 가신다니 고생이 많으시겠소."

"아닙니다."

그때 주막 안으로 화청이 들어섰다. 그 뒤를 문독 곽성이 따른다.

"여기 계셨군요."

떠들썩한 목소리로 말한 화청이 다가서자 계백이 물었다.

"아니, 나솔 여긴 웬일이오?"

"여기 계실 것 같아서 들렀습니다."

화청이 수염투성이의 얼굴을 펴고 웃었다.

"제가 한산성의 부성주로 임명되었소."

"아니, 도성의 동부(東部) 수비대장으로 임명되지 않았소?"

"제가 병관좌평께 부탁했더니 바로 조치를 해주셨소."

그때 뒤에 서 있던 곽성이 다가서서 말했다.

"소인도 점구부에서 빼 주셨소. 한산성주 휘하의 문독이오."

"이런."

계백의 얼굴이 상기되었다.

"내가 덕(德)이 모자란 데도 동행하여 주는구려."

"우리는 기마 정찰대에서부터 생사(生死)를 함께한 사이 아닙니까?"

화청이 웃음 띤 얼굴로 말하더니 연기신에게 가볍게 눈인사를 하고는 몸을 돌렸다.

"밖에서 기다리지요."

둘이 주막을 나갔을 때 연기신이 계백에게 말했다.

"나는 문관(文官)이어서 무관(武官)들의 이런 우정을 보면 부럽습니다."

"우정은 무관들만 갖고 있는 것이 아닙니다, 덕솔."

계백이 웃음 띤 얼굴로 말을 이었다.

"서로 뜻이 맞으면 문무관이 갈릴 필요가 있습니까?"

"옳으신 말씀이오."

연기신이 커다랗게 머리를 끄덕였다.

"내가 기회가 오면 한솔을 자주 찾아뵙도록 하지요. 한솔 같은 영웅을 알게 된 것이 행운이오."

연기신과 헤어진 계백이 주막 밖으로 나왔을 때 기다리고 있던 화청이 대뜸 말했다.

"한솔, 그자가 연기신 아닙니까? 주막 하인의 말을 듣고 한솔을 막 모셔 오려던 참이었소."

화청이 찌푸린 얼굴로 투덜거렸다.

"왜 첩자라고 소문이 난 놈과 상종하시오?"

"적은 피하지 말고 가깝게 두는 것이 낫다고 했소."

말에 오르면서 계백이 말했다.

"내 선친께서 남기신 유언이오."

"그렇습니까?"

화청이 말을 몰아 계백의 옆으로 다가와 물었다.

"연기신과 무슨 말씀을 하셨습니까?"

"태왕비의 명을 받고 현동성에 가서 신라 쪽 조상들께 제사를 지낸다고 했소."

"태왕비가 신라 공주였다지요?"

화청은 수(隋)나라 출신이라 선화공주는 겪지 못했다. 그때 옆에서 듣던 문독 곽성이 거들었다.

"선왕(先王) 때부터 태왕비는 신라를 싸고돌았지요. 태왕비 주변에 첩자가 깔려있다는 소문이 났었습니다."

"그런 소문이 사기를 떨어뜨리는 것이지. 더욱이 왕비가 그렇다면야……."

화청이 말을 이으려다가 계백의 눈치를 보더니 입을 다물었다. 계백도 잠자코 말을 몰았다. 허실이 없는 인간은 없다. 왕국도 마찬가지다. 신라는 골품 귀족들이 서로 왕위를 차지하려고 내전(內戰)이나 마찬가지인 상태이며 고구려는 대막리지 연개소문이 전권(全權)을 쥔 것 같지만 아직 완벽하지 못하다. 스스로 말했듯이 자신의 사후(死後)가 불안한 상황이다. 그리고 백제는 왕실 내부에서 불씨가 커가고 있는 것인가?

한산성, 바다가 내려다보이는 언덕 위에 세워진 석성(石城)이나 허술하다. 전임지였던 칠봉성과 비교하면 한숨이 나올 정도다. 그러나 규모는 2배 이상이나 커서 성안의 주민 수가 1만이 넘었다. 모두 해적을 피해 성안으로 들어온 피난민이나 같다. 성의 청에 앉은 계백에게 이번에 사비도성으로 전임이 된 성주대리 육기천이 보고했다.

"군병은 1천2백5십 명, 그중 기마군이 4백3십입니다."

육기천은 지난번 해적의 살을 맞아 한쪽 팔을 목에 걸고 있다. 무관으로 나솔이나 체격이 왜소했고 병색이 완연한 얼굴이다.

"당이 대륙을 평정한 후에 연안의 해적 세력이 부쩍 강해졌습니다. 당군에 쫓긴 각 세력이 해적이 되었기 때문입니다."

"어느 세력이 강한가?"

계백이 묻자 무관 하나가 대답했다.

"진헌창이 이끄는 남진(南辰)의 해적이 수만 명입니다. 침공해 올 때마다 수십 척씩 무리를 지어 오는데 보통 2천 명 가까운 군사가 상륙합니다."

그렇다면 해적이 아니라 반란군이나 같다. 계백이 이맛살을 찌푸렸다.

"자세히 말하라."

"예, 이쪽 서방(西方)의 해군력은 무역선 보호에 맞도록 전선(戰船) 위주로 구성되어 있지만 해적선은 육지에서 노략질을 목표로 삼는 대형 상륙선입니다. 배가 크고 수십 명씩 노잡이들이 있는 데다 견고합니다. 우리 전선이 따라 잡아도 그쪽은 궁수가 백여 명씩이 있어서 가깝게 갈 수 없다고 합니다."

"이곳에서 수군항까지는 얼마나 되나?"

"30리 거리입니다."

머리를 끄덕인 계백이 화청을 보았다.

"내일은 수군항에 가 봐야겠소."

"그렇습니다. 육상군과 수군이 서로 연합해야 해적을 막을 수 있습니다."

그때 육기천이 말했다.

"수군항의 항장(港將) 국창 님은 병관부 달솔 진재덕 님의 지시만 받습니다."

"무슨 말이오?"

화청이 짜증난 기색으로 물었더니 육기천은 외면한 채 대답했다.

"국창 님은 내륙의 성이나 주민들은 안중에도 없소. 우리하고 한 번도 연합전선을 편 적이 없소."

"그대가 한산성주로 온 한솔인가?"

항장(港將) 국창이 거친 목소리로 물었다. 긴 얼굴, 눈꼬리가 솟은 눈이 번들거렸고 엷은 입술은 야무지게 닫혀 있다. 국창은 은솔(恩率)이니 한솔인 계백보다 2개 등급이 높다. 국창 좌우로 장수들이 서 있었는데 한솔, 나솔이 네 명이나 된다. 계백이 청 위에 앉은 국창을 올려다보면서 되물었다.

"그렇습니다. 항장 은솔님이시오?"

"보면 모르는가?"

국창이 꾸짖듯이 말하자 계백이 빙그레 웃었다.

"나는 백제국 대왕께서 앉아 계신 줄 알았소."

"무엇이?"

"내가 도성에서 대왕을 뵙고 왔지만 은솔께서는 대왕보다 더 직위가 높으신 것 같소. 황제 폐하 모습이오."

"무엇이?"

국창의 얼굴이 굳어졌다. 대왕보다 더 높게 보인다면 구설이 두려워진다.

"나를 모함하는가?"

국창이 버럭 소리쳤을 때 계백이 다시 웃었다. 그러고 나서 목청을 돋워 말했다.

"지금 황제 행세를 하고 있지 않소? 대왕께서도 단 위에 앉기를 거북해하시는데 은솔이 계단 위의 단에 앉아 한솔급 성주를 호통치고 부르다니, 이곳이 역모를 꾸미는 곳으로 보이오."

"무엇이라고? 역모?"

"대왕을 능멸하지 않고서야 이런 행태를 부릴 수가 없소. 은솔이 단 위에 앉다니."

그때 계백이 허리에 찬 장검을 쑤욱 빼들었다.

"내가 은솔을 베어 죽이고 그 머리를 들고 대왕께 가서 자초지종을 말씀드리는 것이 낫겠소."

"무, 무엇이!"

국창의 얼굴은 하얗게 굳어졌다. 둘러선 나솔, 한솔급 장수들은 제자리에서 움직이지 않는다. 국창의 역성을 들면 역적의 동조 세력으로 몰릴 것이기 때문이다. 그때 계백의 뒤쪽에서 한꺼번에 칼 뽑는 소리가 들렸다. 섬뜩한 쇳소리다. 계백과 함께 온 화청, 곽성, 한쪽 팔을 못 쓰는 육기천, 그리고 하도리까지 칼을 뽑아 든 것이다.

"자, 은솔 국창! 네가 역모를 꾸미지 않았다는 증거를 대라!"

칼로 단 위의 국창을 겨눈 계백이 소리쳤다. 기마군대장으로 단련된 목청이다. 청이 울렸고 마당으로까지 퍼졌다.

"바로 대지 않으면 네 목을 베겠다. 내 이름은 들었을 테니 그쯤은 일도 아니다!"

"이, 이보게, 한솔……."

"네 이놈! 대왕을 능멸하고 이곳에서 황제가 될 모의를 꾸미고 있었느냐!"

"내, 내가 언제……."

"내륙의 성(城)이 침탈을 당하는데도 방관하고 있었던 것은 백제를 멸망시키고 네가 황제가 되려는 의도가 아니냐!"

"한솔, 다, 당치도 않은……."

"네 이놈! 네 목을 베고 내가 도성으로 가겠다!"

그때 구르듯이 단을 내려온 국창이 계백 앞에 무릎을 꿇었다.

"한솔! 진정하시게! 오해가 있네, 사람 좀 살리시게!"

계백이 칼등을 국창의 어깨에 대었다. 그 순간 몸서리를 친 국창의 눈에서 눈물이 줄줄 흘러내렸다. 치켜뜬 눈의 눈동자는 죽은 생선의 눈 같다. 계백이 머리를 돌려 둘러선 수군항의 무장들을 보았다.

"그대들도 은솔의 말에 동감하는가?"

계백이 소리쳐 물었으나 선뜻 대답하는 소리가 들리지 않는다. 국창에게 동조하지 않겠다는 표시다. 그때 계백이 칼을 내려 칼집에 넣었다. 이만하면 되었다.

"국창은 왕비파입니다."

돌아오는 계백에게 다가온 육기천이 말했다. 육기천의 얼굴은 지금도 상기되어 있다.

"여기서는 그렇게 부르지요. 왕비파는 국창뿐만 아니라 그 밑의 한솔, 나솔도 있고 내부(內部) 12부, 외부(外部) 12부에 골고루 박혀 있습니다."

"허어."

계백이 탄식하고 나서 말했다.

"난 칠봉성주를 맡기 전에는 대륙의 담로 연남군에 있었소. 본국 사정을 요즘에야 알게 되는구려."

"상좌평 성충 님이 대왕께 간언을 드리고 있지만 듣지 않으시오."

육기천이 길게 한숨을 뱉었다.

"지금은 국력이 외부로 뻗어나가는 상황이라 왕비파가 가만있지만 기회만 오면 반역을 할 것이오."

계백의 시선을 받은 육기천이 쓴웃음을 지었다.

"한솔께서 왕비파에게 처음 칼을 들이대신 것이오. 이제 곧 왕비에게 오늘 소동이 전해질 것입니다."

그날 밤 한산성 안 계백의 침소 옆 마루방에 두 사내가 계백과 마주 보고 앉아 있다. 둘 다 상민 차림이었지만 옆에 장검을 내려놓았으니 변복한 무장(武將)이다. 수군항의 무장 둘이 찾아온 것이다. 하나는 나솔 윤진이며 하나는 장덕 백용문이다. 윤진이 입을 열었다.

"한솔, 지금까지 항장은 왕비의 위세를 업고 안하무인이었소. 서방 방령이 오셨을 때 마중도 나가지 않았었는데 오늘 같은 수모는 처음 당했을 것이오."

둘 다 30대 중반의 건장한 체격이었는데 백용문이 말을 받았다.

"한솔이 가시고 나서 심복인 문독 하나를 불러 수군거리더니 내일 일찍 도성으로 보내려는 것 같습니다. 틀림없이 왕비에게 사정을 알리려는 것이지요."

"무슨 사정 말이오?"

불쑥 계백이 묻자 둘은 서로의 얼굴을 보더니 윤진이 대답했다.

"지금까지 수군항의 수군(水軍)과 전선(戰船)은 전력이 약해서 주목을 받지 못했소. 그런데 지난 10여 년 사이에 태왕비와 왕비가 수군 쪽에 자기 사람들을 심어서 어느덧 왕비의 전력이 되었소."

"왕비의 전력(戰力)이라고 했소?"

쓴웃음을 띤 계백이 물었지만 둘은 정색하고 머리를 끄덕였다.

"본국에 수군항이 서방과 남방에 각각 1곳씩 2곳이 있는데 두 곳 항장이 모두 왕비와 통하고 있소."

윤진이 말했다.

"병관좌평 휘하의 병관부(兵官部) 달솔 진재덕이 수군(水軍)을 통제합니다. 그 진재덕이 왕비의 심복이오."

"그것을 병관좌평이 압니까?"

계백이 묻자 둘이 머리를 끄덕였다.

"압니다."

"왕비께서 수군을 장악하려는 이유가 뭐라고 생각하시오?"

"백제는 해상강국이었습니다."

윤진이 말을 이었다.

"왕비는 수군이 약한 신라에 백제 수군의 전력과 전선을 넘기려는 것 같습니다."

"그럴 리가 있겠소?"

"대왕께서도 상좌평의 말씀을 듣고 그렇게 말씀하셨다고 하더군요."

"그것이 사실이 아니더라도 수군항의 장수들이 이렇게 갈라져 있을 줄은 몰랐소."

계백이 굳어진 얼굴로 두 무장을 보았다.

"나는 해적을 퇴치하려고 한산성주로 부임한 사람이오. 수군항의 수군 전력이 절대적으로 필요하오."

둘의 시선을 받은 계백이 얼굴을 일그러뜨리며 웃었다.

"내가 실제로 국창의 목을 벨지도 모르겠소."

"저기 옵니다."

하도리가 손을 들어 가리킨 곳에 흰 먼지를 일으키며 달려오는 기마인이 보였다. 가죽 갑옷 위에 붙인 쇠 장식이 햇살을 받아 반짝였다. 저렇게 달리는 기마군은 대개 전령이다. 거리는 5백 보 정도, 말이 질주하는 터라 금방 거리가 좁혀지고 있다.

"잡아라."

계백이 말하자 하도리가 말에 박차를 넣고는 언덕에서 달려 내려갔다. 이곳은 국도변의 언덕, 숲에 가려 있어서 달려오는 기마인은 보지 못한 것 같다. 하도리가 달려 내려갔을 때에야 기마인은 말고삐를 채어 달리는 속도를 늦췄다. 국도는 수군항에서 도성으로 통하는 외길이다. 계백도 말을 속보로 달려 국도로 내려갔다.

"멈춰라!"

하도리의 목소리가 황야를 울렸다.

수군항에서 30리쯤 떨어진 국도에는 오가는 통행인도 보이지 않는다. 주위가 황무지여서 인적도 없다. 길을 가로막고 있는 터라 기마인은 말을 세웠다. 고삐를 세게 당겨서 화가 난 말이 앞다리를 들고 뒷다리만으로 섰다가 내렸다.

기마인은 갑옷에 청색 띠를 둘렀으니 12품 문독에서 16품 극우까지의 하급관리다. 그때 기마인이 소리쳤다.

"누구냐!"

앞에 선 하도리도 청색 띠를 맨 무관인 것이다. 사내가 다시 소리쳤다.

"나는 문독 양하다! 수군항에서 전령으로 도성에 가는 길을 막느냐!"

"개소리."

하도리가 짧게 말하고는 허리에 찬 장검을 쓰윽 빼들었다. 칼날이 햇볕을 받아 반짝였다.

"말에서 내려!"

"무엇이!"

사내가 말을 옆으로 몰면서 허리의 장검을 빼내려는 순간이다. 말에 박차를 넣은 하도리가 덮치듯이 사내에게 다가가 칼을 후려쳤다.

"으악!"

사내의 입에서 비명이 터지면서 어깨를 맞은 사내가 말에서 굴러 떨어졌다. 빈 말이 껑충거리면서 둘레를 돌았을 때 계백이 다가왔다. 그때 말에서 뛰어내린 하도리가 땅바닥에 엎어진 사내의 등판을 발로 눌렀다.

"이놈, 품에 든 밀서를 내놓아라."

사내는 칼등으로 어깨를 맞았기 때문에 어깨뼈가 부서졌을 뿐이다.

"뭐, 뭐라고?"

사내가 되물었지만 얼굴은 고통과 공포감으로 일그러져 있다.

잠시 후에 계백이 사내의 품속에 있던 은솔 국창의 밀서를 읽는다.

국창이 왕비 교지에게 보내는 밀서다.

"삼가 왕비 마마께 문안드리옵니다. 신(臣) 국창이 마마께 급한 전갈을 드릴 일이 있어서 문독 양하를 보냅니다. 다름 아니오라 이번에 한산성주로 부임한 한솔 계백이 수군항에 찾아와 폭언을 하고 돌아갔습니다. 청에 모인 장수들이 다 듣고 보았습니다. 그자는 제가 왕비 마마의 수족이며 왕비 마마는 신라의 첩자라고 공공연하게 소리쳤습니다. 시급히 조치하지 않으면 큰 문제가 될 것 같아서 마마께 말씀 올립니다. 계백은 이번에 대야성 탈취에 일등 공이 있다면서 기고만장하여 안하무인으로 행동합니다. 조처하여 주시옵소서. 서방 수군항 항장 은솔 국창 올림."

밀서를 다 읽은 계백이 하도리를 보았다. 하도리는 문독 양하를 나무 밑에 묶어놓고 있다가 계백의 시선을 받았다.

계백이 턱으로 양하를 가리켰다.

"저놈은 죽여서 묻고 말은 멀리 끌고 가라."

밀서를 읽고 난 성충이 앞에 앉은 하도리를 보았다. 사비도성의 남부 전항에 위치한 성충의 저택 안이다. 술시(오후 8시) 무렵, 하도리는 한산성에서 말을 달려 한나절 만에 이곳에 도착했다. 갑옷은 먼지로 뒤덮였고 얼굴은 땀과 먼지가 뒤범벅이 되어 있다. 성충의 손에 쥔 밀서는 바로 문독 양하가 왕비에게 전하려던 국창의 밀서다.

"큰일이다."

성충이 한숨과 함께 말을 잇는다.

"한솔은 이 밀서만 전하라고 하더냐?"

"예, 대감."

하도리가 똑바로 성충을 보았다.

"대감께서 알아서 판단하실 것이라고만 하셨습니다."

"그래. 이 밀서를 가져가던 놈, 문독 양하는 죽였느냐?"

"예, 죽여서 묻고 말은 소인이 끌고 오다가 빈 말로 버렸습니다."

"잘 했다."

"그럼 소인은 돌아가겠습니다."

하도리가 자리에서 일어나 절을 하자 놀란 성충이 말렸다.

"이 시간에 돌아가? 3백 리 길을 달려왔지 않느냐?"

"말이나 바꿔줍시오."

"그러지. 그럼 내가 한솔에게 답장을 쓸 동안 좀 먹고 쉬도록 해라."

성충도 서둘러 일어섰다.

하도리가 돌아왔을 때는 다음 날 신시(오후 4시) 무렵이었으니 만 하루 만에 600여 리를 주파한 강행군이다.

"나리, 대감의 답신을 가져왔소."

성안의 밀실에서 만난 하도리가 품에서 밀서를 꺼내 내밀었다. 목소리는 씩씩했지만 몸이 늘어져서 눈꺼풀이 감기는 중이었고 금방이라도 쓰러질 것 같다.

"장하다, 문독."

하도리를 칭찬한 계백이 성충의 밀서를 펴 읽는다.

"한솔 보게. 역적의 밀서를 읽고 통분한 심정을 가누기 힘드네. 그러나 대사(大事)를 경솔히 처리할 수는 없는 법, 국충과 내 휘하의 병관부 달솔 진재덕, 그리고 왕비까지 연루된 사건인 바 신중하게 처리해야 될 것이네. 그래서 먼저 한솔이 국충과 그 일당을 제거해 주기 바라네. 방법은 한솔에게 맡기겠네. 내가 다시 연락을 할 것이나 매사 신중하게 처리해 주게."

이것이 성충의 답신이다. 머리를 든 계백이 하도리에게 말했다.

"너는 쉬어라. 큰일을 했다."

계백의 표정은 어둡다. 그날 밤 계백의 처소에는 나솔 화청과 육기천, 수군항에서 불러낸 윤진과 백용문까지 심복 무장들이 다 모였다. 계백이 먼저 자신이 왕비에게 가는 밀사 양하를 죽인 것부터 말하고 성충의 밀서를 꺼내 모두 읽도록 했다. 그동안 방 안은 무거운 정적이 덮였다. 이윽고 모두 읽기를 마쳤을 때 계백이 입을 열었다.

"국창을 없애는 수밖에 없소. 지금 국창은 왕비한테 밀사로 보낸 양하가 올 때가 되었는데, 하고 기다리는 중일 거요."

"그렇습니다."

나솔 윤진이 머리를 끄덕였다.

"양하가 돌아오지 않으면 의심을 하게 될 것입니다."

"내일 오전에 국창이 전함을 타고 홍도에 순찰을 갑니다."

장덕 백용문이 말했다.

"그 전함에는 국창의 심복 무장들이 다 타고 따르지요. 홍도 수군기지에서 조련을 핑계 삼아 놀다가 오는 것이지요."

홍도는 서쪽으로 40리 떨어진 섬으로 수군 초소가 있다. 풍광이 좋고 가까워서 놀기 좋은 섬이다. 계백이 천천히 머리를 끄덕였다.

"바다가 잔잔해서 마치 거울 위를 지나는 것 같소."

나솔 백안이 국창에게 말했다.

"은솔께서 곧 달솔이 되실 테니 오늘은 미리 승급주를 마시도록 하지요."

256

"이 사람아, 내가 머리 위에 혹이 하나 붙은 참인데 무슨 승급주인가? 횟술이나 마시자고."

국창이 투덜거렸을 때 한솔 목덕춘이 나섰다.

"그놈이 윤충, 성충 형제의 위세를 믿고 날뛰는 것이오. 대왕께서 우리 대성(大姓) 가문을 아예 몰살시킬 작정으로 뜨내기 가문 놈들을 중용하기 때문이오."

국창, 백안, 목덕춘 모두가 백제의 대성팔족(大姓八族)인 것이다. 무왕과 의자왕 시절에 이르러 왕권이 강화되면서 한성, 웅진성에 기반을 둔 대성팔족이 쇠퇴하였고 불만이 쌓였다. 그때 국창이 눈을 가늘게 뜨고 바다를 응시하며 말했다.

"우리가 의지할 분은 왕비 마마밖에 없어. 왕비 마마는 여왕이 되시고도 남아."

"그렇습니다."

백안이 맞장구를 쳤을 때 목덕춘이 앞쪽 바다를 가리키며 말했다.

"순시선이 오고 있소."

모두의 시선이 그쪽으로 옮겨졌다. 백제 순시선이다. 순시선은 돛 1개에 노꾼이 좌우로 12명씩 붙어서 속도가 빠르다.

연안 순시선으로 대해(大海)에는 나가지 못하지만 빠른 속력을 이용하여 연안 순찰과 연락선 역할을 맡는다.

"홍도에서 오는 길인가?"

백안이 혼잣소리처럼 말했다. 홍도 방향에서 오고 있었기 때문이다. 순시선은 높이가 낮고 앞이 뾰족해서 속력을 내면 앞이 들린다. 이제 순시선과의 거리가 5백 보 정도로 가까워졌다.

"이쪽으로 오고 있습니다!"

선장인 무독이 소리쳐 보고했다. 이쪽은 전선(戰船)이다. 대선(大船)이어서 순시선보다 높이도 높고 길이도 2배는 된다. 돛은 2개지만 노가 없어서 바람을 타야 속력을 낸다. 전선에는 수부(水夫) 15명에 군사 50명이 탈 수 있는데 오늘은 국창과 무장 10여 명, 군사 20여 명이 탔다. 놀러가는 길이어서 배에는 술과 안주가 가득 실려 있다. 그때 선장 옆에 선 키잡이 수부가 다시 소리쳤다.

"순시선에 10여 명이 타고 있습니다!"

이제 거리는 3백 보로 좁혀졌다. 양쪽이 다가가고 있기 때문이다.

"무슨 일이야?"

국창이 이맛살을 찌푸리며 선장에게 소리쳐 물었다.

"깃발 신호를 해라!"

"예, 항장."

대답한 선장이 곧 수부에게 지시해서 깃발 신호로 물었다.

"이곳은 사령선이다. 무슨 일이냐?"

깃발이 색깔별로 흔들리면서 묻자 곧 순시선에서 깃발 대답이 왔다.

"급히 보고할 것이 있다!"

"해적인가?"

이쪽에서 묻자 깃발 대답이 왔다.

"그렇다."

"이런."

깃발 신호를 읽은 국창이 입맛을 다셨을 때 순시선과의 거리가 1백 보가 되었다. 국창이 지시했다.

"널빤지를 내려라."

"예, 항장."

널빤지를 순시선에 내려서 직접 보고를 듣겠다는 말이다.

"해적을 발견했나 봅니다."

목덕춘이 말했을 때 곧 순시선이 전선 옆으로 붙더니 널빤지를 붙잡고 고정시켰다. 그러더니 순시선에 탄 군사들이 널빤지를 타고 전선으로 건너온다. 이쪽 전선의 군사들이 널빤지를 잡아주고 있다.

"아니, 저놈."

그때 막 전선(戰船)에 오른 군사를 본 국창이 눈을 크게 떴다. 체격이 커서 시선을 준 참이었다. 군사 복장에 장검을 찬 사내, 바로 한솔 계백 아닌가.

"저놈이?"

그때는 이미 계백이 국창의 다섯 걸음 앞으로 다가오는 중이다. 널빤지를 타고 오른 순시선의 군사는 10여 명, 그때 계백이 허리에 찬 칼을 쑤욱 빼들면서 소리쳤다.

"한산성주 계백이 역적 국창을 죽인다! 쳐라!"

그 순간 국창은 한 걸음 물러서면서 허리의 칼을 빼들었지만 계백은 껑충 뛰어 두 걸음 간격으로 다가왔다.

"네 이놈!"

놀랐지만 국창도 무장이다. 국창이 칼을 치켜든 순간 계백이 덮치듯이 달려오더니 장검을 옆으로 후려쳤다.

"에잇!"

계백의 기합, 계백과 함께 내달려 온 순시선의 군사들이 일제히 칼을 휘둘렀다.

"으악!"

국창의 비명이 처음으로 전선 위에 울렸다. 왼쪽 어깨에서 옆구리까지 비스듬히 베어진 국창이 쓰러지는 것을 신호로 배에는 비명과 고함 소리로 뒤덮였다.

"다 죽여라!"

이것은 화청의 목소리다.

"네 이놈!"

하도리의 외침도 섞였다. 국창과 함께 홍도에서 주연을 즐기려던 무장들도 변변히 대항도 하지 못하고 살육되었다. 국창이 계백에게 무참히 죽임을 당하는 모습을 보자 혼이 나갔기 때문이다. 전선에 오른 10여 명의 군사는 계백의 직속 무장들이 변장을 한 것이다. 잠시 후에 전선에 탄 국창 일행은 물론 병사와 수부까지 모두 살해되었다. 전멸이다.

"불을 질러라!"

이제는 화청이 지시했다.

"수군항 항장 국창과 수하 장수들은 홍도에 놀러 가다가 폭풍우를 만나 실종된 것이다."

소리쳤던 화청이 맑은 하늘을 잠깐 보더니 덧붙였다.

"해적을 만났는지도 모른다."

그로부터 한식경쯤이 지났을 때 불에 타오르던 전선이 갑자기 선수가 물속으로 박히더니 곧 소용돌이와 함께 바다 밑으로 빨려 들어갔다. 잠시 후에 소용돌이가 가라앉고 다시 바다가 잔잔해졌을 때 바다 위에는 판자 조각이 몇 개 흩어져 있을 뿐 전함은 사라졌다.

"수부들에게 입막음을 단단히 시켰으니 걱정하지 마십시오. 모두 믿을 만한 놈들입니다."

부상이 낫지 않아서 순시선에 남아 있었던 나솔 육기천이 계백에게 말했다.

　순시선은 뱃머리를 돌려 육지로 다가가는 중이다.

　"수군항 항장과 그 측근 무장들이 몰사했으니 왕비 측에서 당황할 것입니다."

　화청이 주름진 얼굴로 계백을 보았다.

　"다시 측근들로 수군항 지휘를 맡기기 전에 손을 써야 할 텐데요."

　"이번에는 내가 상좌평을 만나고 와야겠어."

　계백이 화청과 육기천, 하도리 등을 둘러보았다.

　"3국의 정세가 일촉즉발의 상황인데 대백제가 왕비를 중심으로 하는 모반 세력 때문에 내분이 일어난다면 큰일이네."

　큰일이라고 표현했지만 왕국은 외부의 침공보다 내부의 모반 때문에 멸망한 경우가 더 많은 것이다. 내부의 분란이 외부의 침공을 불러오기도 한다. 화청이 머리를 끄덕였다.

　"그렇소. 한솔께서 다녀오시는 게 좋겠소."

　상인으로 변복한 계백이 도성에서 상좌평 성충과 마주 앉았을 때는 저녁 술시(오후 8시) 무렵이다. 저택의 밀실에는 지난달 전내부(前內部) 좌평이 된 흥수와 동방 방령 달솔 의직까지 넷이 둘러앉았다. 전내부는 내관(內官) 12부 중 선임으로 왕명의 출납을 전담하는 부서이며 성충은 외관(外官) 12부 중 선임인 사군부(司軍部) 장령으로 병관좌평이며 5좌평 중 좌장이다. 내외관(內外官) 각각 12부 중 수석 부서의 장이 다 모인 셈이다. 동방(東方)은 신라와 국경을 접하고 있어서 막강한 군단을 보유하고 있다. 이번 신라의 대야주는 남방군의 기습전으로 공취했지만 백제 주력군(主力軍)은 동방군(東方軍)이다. 계백이 국창의 밀사 양하를 죽

261

인 것부터 어제 수군항 항장 국창 이하 추종 세력들을 수장(水葬)시킨 이야기를 마칠 때까지 듣기만 하던 셋의 분위기는 무겁다. 성충이 다시 처음부터 진상을 말해달라고 했기 때문이다. 계백이 왔다는 기별을 받자 성충이 둘을 데리고 나온 것이다. 먼저 성충이 입을 열었다.

"태왕비께서 살아 계시는 한 왕비의 행동을 저지하기는 어렵소. 어찌 생각하시오?"

그때 흥수가 계백에게 말했다. 얼굴에 쓴웃음이 떠올라 있다.

"한솔, 나이든 우리가 무기력해서 한솔한테 다 떠넘기는 것 같네."

"아니올시다. 이제 대감들의 고충을 이해할 수 있을 것 같습니다."

"선왕(先王) 시대에 해결해야 했어."

길게 숨을 뱉은 흥수가 성충을 보았다.

"상좌평, 내가 대왕께 수군항 항장을 한산성주 계백이 겸임하도록 상주하겠소. 그러니 병관좌평께서 동의를 해주시면 대왕께서 선선히 받아들이실 것이오."

"그렇지."

성충이 머리를 끄덕였다.

"그러면 왕비 사주를 받는 팔족 놈들도 입을 다물겠지."

그때 의직이 나섰다.

"국창과 그 일당들이 실종된 것에 대해서 왕비 일파가 의심할 것이오."

"아직도 수군항에 국창 세력이 남아 있을 테니 당연한 일이지."

머리를 끄덕인 성충이 계백을 보았다.

"한솔, 그대의 공(功)으로 치면 나솔에서 한솔 일 등급 승진은 부족했네. 나하고 전내부 장령이신 내신좌평이 그대를 덕솔로 승진시키려고

262

하네."

그러자 흥수가 머리를 끄덕이며 말했다.

"대왕께선 두말하지 않으실 거네."

"역시 덕솔로 수군항 항장까지 겸임하는 것이 맞습니다."

의직도 거들었다.

"수군항에서 국창의 실종 신고가 올 테니 그때 우리가 상주하기로 하지."

흥수가 결론을 내었고 의직이 계백에게 다시 조언했다.

"이보게, 한솔, 그동안 국창 일파를 면밀히 탐문해 놓게. 한산성이 소속된 서방의 방령 해재용도 지금까지 수군항에 대해서는 손을 대지 못하고 있었어. 해재용에 대해서도 잘 알아보게."

"예, 방령."

계백이 소리 죽여 숨을 뱉었다. 갈수록 썩은 뿌리가 드러나는 것 같았기 때문이다. 그날 밤, 하룻밤 묵지도 않고 밤길을 달려 성으로 돌아오던 계백에게 수행한 하도리가 물었다.

"나리, 전장(戰場)에는 언제 나갑니까?"

"무슨 말이냐?"

계백이 말의 속력을 늦추면서 옆을 따르는 하도리를 보았다. 밤길, 두 필의 말이 텅 빈 국도를 질주하는 중이다. 그때 하도리가 번들거리는 눈으로 계백을 보았다.

"차라리 전장에서 싸우는 것이 편합니다."

6장 해상강국(海上強國)

계백이 한산성주 겸 수군항 항장으로 임명된 것은 그로부터 열흘 후다. 도성에서 온 의자왕의 사자(使者)인 전내부 도사는 계백이 4품 덕솔(德率)로 승급했다는 어명을 전했다. 그날 저녁, 한산성의 청에는 수군항 지휘관들까지 모두 모였다. 계백의 승급과 항장 취임을 축하하는 주연이 열린 것이다. 모두 한마디씩 축하 인사를 끝냈을 때 수군항의 나솔 윤진이 술잔을 들고 말했다.

"전(前) 항장 국창 님께서 해적에게 당해 수중고혼이 된 것이 안타깝습니다."

"그렇소, 하지만."

옆에 앉은 장덕 백용문이 거들었다.

"나솔 백안과 한솔 목덕춘 님도 함께 가셨으니 외롭지는 않으실 것입니다."

둘은 국창과 그 추종 세력들이 계백에게 몰살당한 것을 아는 것이다. 그때 화청이 거드름을 피우면서 말했다.

"어쨌든 한산성과 수군항 항장을 덕솔께서 겸임하게 되셨으니 이제는 수륙 합동작전으로 해적을 격멸시킬 수 있을 것이오."

"과연."

윤진의 목소리가 청을 울렸다.

"저승에 계신 국창 님도 반기실 것이오."

계백은 좌우를 둘러보았다. 수군항의 지휘관이 10여 명, 절반쯤은 기가 죽은 분위기다. 죽은 국창의 일파였던 자들이다. 그동안 그들이 안절부절못한 상태로 수없이 회의를 했고 두 번이나 도성으로 밀사를 보냈지만 화청과 하도리 등 한산성의 장수들이 쳐놓은 그물에 다 걸렸다. 그래서 계백은 국창의 일파가 누군지 샅샅이 알게 되었다. 그때 계백이 입을 열었다.

"나는 바다 건너 연남군의 기마대장 출신으로 본국에서 온 전함을 보면 자부심을 느끼곤 했다."

모두 숨을 죽였고 계백의 목소리가 청을 울렸다.

"국경을 맞댄 당(唐)의 수군(水軍)은 대백제의 전함을 보면 아예 도망질을 한다고 들었는데 막상 본국의 실상을 보니 해적의 침략으로 고전을 면치 못하다니 놀랍다."

계백의 시선이 국창의 일파를 스치고 지나갔다.

"더구나 수군항 항장까지 해적선의 공격을 받아 실종되다니 기가 막힌다."

국창의 일당으로 도성의 왕비에게 밀사를 두 번이나 보낸 지휘관은 다섯 명, 밀사를 잡아 밀서 내용을 보았더니 일당들은 국창을 계백이 살해해서 수장시킨 것으로 믿고 있었다. 지금 계백의 눈앞에 그 지휘관 다섯이 앉아 있는 것이다. 밀서를 함께 읽은 화청과 윤진 등은 그들을 모두 죽이자고 했다. 그리고 오늘이 그 기회인 것이다. 계백이 말을 이었다.

"대백제는 해상강국이다. 수백 년 전부터 남방의 담로를 지나 인도, 페르시아까지 상선을 보내왔다. 그런데 해적이 본토를 제 집 드나들 듯 하도록 놔두다니."

계백의 목소리가 높아졌다.

"더구나 도성의 대왕께서는 이 위기를 보고받지도 못하셨다. 이것은 수군항 지휘관의 반역이 있었기 때문이 아닌가?"

"옳습니다."

화청의 질그릇 깨지는 것 같은 목소리가 이어졌다.

"소장도 내륙의 전선을 수년 간 돌아다녔지만 해적이 횡행한다는 말은 듣지 못했습니다. 반역도의 짓입니다."

이제 다섯 지휘관의 얼굴은 사색(死色)이 되었다. 청 안 분위기가 얼음 구덩이 안처럼 차가워졌고 살기가 덮였다. 그때 계백이 이 사이로 말했다.

"수군항 지휘관 중에서 이 사실을 시인하는 자가 있느냐?"

"예, 있습니다."

손을 든 장수가 있다. 수군항의 선단장(船團將)인 나솔 문자성, 손을 들고 계백을 응시하고 있다. 청 안에는 한산성과 수군항의 지휘관 30여 명이 둘러앉아 있다.

밤 술시(오후 8시) 무렵, 마당에는 장작더미에 불을 붙여서 청 안까지 환해졌다. 계백이 문자성에게 다시 물었다.

"시인한다니 반역을 시인한다는 것인가?"

문자성은 국창의 일파로 분류된 인간이다. 도성의 왕비에게 보낸 밀서에 제 이름도 써놓고 수결(手決)을 했다. 그때 문자성이 계백을 똑바

266

로 보았다.

"말씀하신 반역도의 수장(首將)은 바로 왕비이십니다. 그러나 여러 번 이 사실이 대왕께 보고되었지만 선왕(先王) 시대부터 조치가 내려오지 않았습니다. 이는 대왕의 묵인으로 여길 수도 있는 것입니다."

계백은 듣기만 했고 문자성의 말이 이어졌다.

"소장은 대왕께 반역했습니다. 따라서 대왕 앞에서 죄를 심판받고 싶습니다."

그때 계백이 이를 드러내며 웃었다.

"교활한 놈. 대왕 앞에 설 때까지 시간을 벌어보려는 수작이구나."

그 순간 계백이 번쩍 손을 들었다.

"쳐라!"

그때다. 마당 쪽에서 빗발 같은 화살이 날아와 수군항 장수 다섯 명의 몸에 꽂혔다. 미리 궁수들에게 표적을 알려준 터라 실수가 없다. 마당 건너편 담장 위에 상반신을 내놓은 궁수 20여 명이 쏜 것이다. 거리는 30보 미만이었으니 단 한 발도 빗나가지 않았다. 주연 좌석이 술렁거렸다가 곧 잠잠해졌다. 그때 화청이 자리에서 일어나 소리쳤다.

"이 더러운 놈들의 시체를 치워라!"

그러자 청 안채에서 군사들이 우르르 몰려와 시체들을 떠메고 내려갔다. 다시 청 안이 조용해졌을 때 계백이 입을 열었다.

"대왕께는 내가 따로 말씀 올리겠다. 수군항의 역적 무리는 이것으로 소탕한 셈으로 치겠다."

계백의 시선이 수군항의 남은 장수들에게 옮겨졌다.

"너희들도 대충은 짐작하고 있었을 것 아닌가? 방관은 동조보다 더 비겁하고 나쁘다."

계백의 목소리가 엄격해졌다.

"그러나 적극적으로 국창의 반역에 가담한 무리만 제외하고 내가 사면을 해줄 테니 그것을 대왕에 대한 충성으로 보답하라."

남은 수군항 장수들이 머리를 숙였고 윤진이 대표하듯이 말했다.

"덕솔께서 수군항을 정화시키셨습니다. 이제는 마음 놓고 육지의 군사들과 함께 해적을 격멸할 수 있습니다."

주연이 끝난 후에 청 안에는 계백과 화청, 육기천과 윤진, 백용문 등 한산성과 수군항의 주요 지휘관만 남았다.

"덕솔, 수군항의 장졸이 뒤숭숭할 것입니다. 하룻밤에 지휘관 다섯이 떼죽음을 당한 데다 지난번에는 국창 이하 지휘관 여섯이 몰사했지 않습니까?"

윤진이 말을 이었다.

"남은 장졸을 위무해 주셔야 됩니다."

윤진은 35세, 10여 년간 전장을 누빈 무장이다. 수군항의 수병장(水兵將)으로 배속된 것은 3년 전. 그동안 전선을 타고 바다 건너 담로까지 여러 번 다녀왔다고 했다. 그때 계백이 말했다.

"기강이 풀린 군대를 위무해 준답시고 어루만지면 더 느슨해지는 법, 이번에 전 선단을 이끌고 해상 순찰을 나가도록 하지."

계백이 단호한 표정으로 말을 잇는다.

"단단히 준비를 하고 말이야."

수군항에서 빠져나간 국창 일당이 있다. 수병(水兵) 궁수장 적임인 11품 대덕 종해, 이른 새벽에 수군항을 빠져나온 종해는 필사적으로 말을 달려 유시(오후 6시) 무렵에 사비도성에 도착했다. 도중에 말이 쓰

268

러지는 바람에 뛰다 걷다 하면서 기어코 도성 문이 닫히기 직전에 들어온 것이다. 종해가 왕비 교지 앞에 엎드렸을 때는 술시(오후 8시)가 넘었을 무렵이다. 종해가 왔다는 보고를 받은 왕비는 식솔 연기신과 병관부 달솔 진재덕까지 불러 종해를 맞은 것이다. 왕궁 뒤쪽의 별당 안이다. 상석에 그림처럼 앉은 교지의 아래쪽 좌우에 연기신과 진재덕이 자리 잡고 종해를 내려다본다. 별당은 토지신과 조상신을 모신 곳으로 태왕비의 전용으로 태왕비와 왕비만 사용할 수 있다. 그때 교지가 말했다.

"서부 수군항에 급변이 일어났다니, 듣자. 빠짐없이 말하라."

"예, 마마."

머리를 든 종해가 교지를 보았다. 온몸이 땀과 먼지로 덮여 거지꼴이다.

"한산성주 계백이 덕솔 축하연에서 수군항의 지휘관 다섯을 죽였습니다."

종해의 목소리가 별당을 울렸다. 모두 숨을 죽였고 종해가 말을 잇는다.

"미리 궁수를 잠복시킨 후에 항장의 일당이라고 짐작되는 지휘관 다섯을 겨냥하고 있다가 계백의 신호를 받고 쏘아죽인 것입니다."

"누가 죽었느냐?"

교지가 묻자 종해가 바로 대답했다.

"나솔 문자성, 나솔 정길도, 장덕 육반, 장덕 장호기, 장덕 온성입니다."

"그전에 실종된 국창 이하 지휘관은 몇 명이냐?"

"여섯 명입니다."

"모두 십여 명이 죽었구나."

"예, 이제 국창 님 휘하의 지휘관은 다 죽었소이다."

종해가 번들거리는 눈으로 교지를 보았다.

"나솔 윤진, 장덕 백용문 등이 계백에게 국창 님 휘하의 지휘관을 낱낱이 알려주었기 때문이오."

"이 역적 같은 놈, 계백."

교지가 잇새로 말했다.

"내가 이놈을 꼭 죽일 것이다."

"마마."

병관부 달솔 진재덕이 조심스러운 표정으로 교지를 보았다.

"계백이 실상을 알았으니 이미 도성과 대왕께 손을 썼을 것입니다."

"아니, 대왕은 아직 모르신다."

교지가 반짝이는 눈으로 진재덕을 보았다.

"아마 성충과 홍수 무리에게는 기별을 했겠지. 아마 그들과 공모했을 것이다."

"그렇다면 마마께서 대왕께 먼저 손을 쓰셔야 됩니다."

"이번에는 연기신이 말하자 교지는 쓴웃음을 지었다."

"내가 오늘 밤에라도 대왕을 만나야지."

"먼저 머리를 잘라야 됩니다."

진재덕이 눈을 가늘게 뜨고 교지에게 충고했다.

"몸뚱이를 자르면 늦습니다. 독니가 있는 머리부터 자르셔야 하오."

"그 머리가 성충 아니냐?"

"그렇습니다."

"성충이 죽으면 그대가 병관좌평이 될 것이다."

자리를 차고 일어선 교지가 흰자위가 커진 눈으로 셋을 둘러보았다.

"계백이 국창과 휘하 지휘관을 죽인 것이 분명하다. 우선 성충을 제거하여 그 배후를 없앤 후에 그놈을 대역죄로 잡아들여 멸족시키기로 하자."

교지의 목소리는 차갑고 눈빛은 날카롭다. 왕궁의 밤이 깊어가고 있다.

그 시간에 대왕전 뒤쪽의 방 안에서 의자왕이 앞에 앉은 세 신하를 응시하고 있다. 세 신하란 바로 성충과 계백, 홍수다. 오른쪽에서부터 앉은 순서대로 말한 것이다. 계백은 대왕을 만나는 자리여서 옷은 자색 겉옷을 걸쳤지만 홍수한테서 빌린 옷이라 작았다. 계백도 이른 아침에 하도리와 함께 말을 달려 도성으로 온 것이다. 국가대사(國家大事)다. 한산성주 겸 서부 수군항 항장 덕솔 계백이 나솔급 관리 둘, 장덕 셋을 사살한 것이다. 또한 수군항 항장 은솔이하 관리 여섯을 수군, 수부(水夫) 수십 명과 함께 수장시킨 혐의도 있다. 계백은 두 손을 마룻바닥에 짚은 채 의자를 올려다보았고 성충과 홍수는 굳게 입을 다문 얼굴로 의자를 응시하고 있다. 붉은색 기둥에 양초등을 둥글게 붙여서 방 앞은 환하지만 넷의 표정은 무겁다. 방금 계백은 국창을 죽인 사실부터 어젯밤 문자성 일당까지 죽인 것을 모두 말한 것이다. 이윽고 의자가 조금 충혈된 눈으로 계백을 보았다.

"내가 우유부단했다."

의자의 얼굴에 일그러진 웃음이 떠올랐다.

"태자 시절부터 태왕비 마마와 왕비가 신라 측과 교류하고 있다는 말을 들었다."

"……."

"선왕(先王)께서 처리하시리라고 믿었지만 놔두시더구나."

"……."

"선왕 말년에 신라 접수에 대한 꿈을 버리신 터라 태왕비께서 더 기세를 올리시도록 한 것이다."

태왕비란 선왕(先王)이며 의자왕의 부친 무왕(武王)의 왕비를 말한다. 무왕의 왕비가 되기 전에는 선화공주로 불린 신라 진평왕의 딸이었으며 지금 신라 여왕인 선덕여왕의 동생이다. 무왕은 왕비를 무마하여 신라와의 합병을 공략했다. 선덕여왕도 후사가 없는 터라 그 다음은 선화공주가 될 수도 있는 것이다. 그러면 백제와 신라는 합병이 된다. 이것이 딸만 두었던 신라 진평왕의 의도이기도 했다. 신라왕은 선덕에서 성골(聖骨)인 왕족이 끊기게 된다. 김춘추 등은 무수한 진골(眞骨) 왕족 중의 하나일 뿐이다.

왕이 계백을 보았다.

"덕솔, 네가 마침내 칼을 뽑았구나. 잘 했다."

"황공하옵니다."

"국창이 왕비의 사주를 받아 신라와 내통하고 있다는 증거를 잡지 못했지만 아니 땐 굴뚝에 연기가 날 리 없는 법, 네가 잘 처리했다."

머리를 든 의자가 성충과 흥수를 번갈아 보았다.

"왕비가 이 사실을 모를 리가 없다. 이미 한산성의 변(變)을 보고 받았을지도 모른다. 어찌 하면 좋겠는가?"

"왕비께서 대왕께 직보하실 성품입니다. 계백이 무고한 장수들을 처단했으니 죽여 마땅하다고 하시겠지요."

흥수가 말했을 때 성충이 거들었다.

"태왕비 마마를 모시고 대왕을 압박하실 것입니다. 조정의 대신 몇 몇도 합세하겠지요."

의자가 시선만 주었고 흥수의 말이 이어졌다.

"이번에 조정의 실권을 장악할 가능성은 있습니다. 그동안 태왕비 마마 시절부터 포용했던 친(親)신라파 관리들이 모두 힘을 합쳐 나설지도 모릅니다."

그때 의자의 시선이 다시 계백에게 옮겨졌다.

"계백이 불씨를 살렸구나."

의자의 얼굴에 웃음이 떠올랐다. 기둥에 매단 등불의 불꽃이 바람이 없는데도 흔들렸다. 의자가 말을 이었다.

"내부 단속을 하지 않고 외부로 나갈 수는 없는 법, 이제 결단을 할 것이다."

다음 날 아침, 의자가 후궁 백씨의 침전에서 조반을 마친 후에 청에 나가려고 옷을 입을 때 문 밖에서 기척이 났다.

"대왕, 태왕비께서 부르십니다."

태왕비의 시녀다.

"그러냐? 곧 뵙겠다고 말씀드려라."

소리쳐 대답한 의자가 옆에서 얼굴을 굳히고 선 백씨에게 말했다.

"위사장을 부르라."

백씨가 서둘러 물러나더니 잠시 후에 위사장 협보가 소리 없이 다가와 옆에 섰다. 협보는 덕솔 관등으로 의자가 태자 시절부터 호위를 맡았던 복심이다. 항상 그림자처럼 의자를 따르면서 겉으로 자신을 드러내지 않아서 얼굴을 보지 못한 고관들도 많다. 의자가 허리끈을 매면서

273

협보에게 물었다.

"태왕비께서 나를 부르시는 이유를 알겠느냐?"

"덕솔 계백이 서부 수군항 지휘관들을 몰살한 죄를 물으라고 하실 것 같습니다."

"내가 임금이 된 지 올해로 몇 년째인가?"

"3년이 되셨습니다."

"내 나이가 몇인가?"

"43세가 되셨지요."

"내가 태자 생활을 몇 년 했지?"

"27년을 하셨습니다."

"긴 세월이었어."

"예, 대왕."

"네가 태자 시절부터 내 위사장이었으니 몇 년째냐?"

"예, 18년째올시다."

"네 나이가 몇이든가?"

"45살입니다."

"그렇지, 나보다 두 살 위였지."

머리를 끄덕인 의자가 몸을 돌려 협보를 보았다. 눈동자가 깊은 물 속 같다.

"내가 너무 어마마마께 주눅이 들어 있었지 않느냐?"

"예, 대왕."

대답은 했지만 협보는 외면했다. 그러나 의자가 말을 잇는다.

"태자 위치는 바늘방석에 앉아 있는 것 같았지. 어마마마의 한마디면 태자 자리에서 밀려날 수도 있었으니까."

"……"

"내가 임금이 되고 나서도 그 버릇이 남아 있는 것 같구나. 어마마마가 부르시면 대답부터 하고 나서 가슴이 무거워지는 걸 보니까 말이다."

"……"

"왕비도 어마마마 등에 업혀서 날 가볍게 보았고."

"대왕."

"말 안 해도 안다."

눈동자의 초점을 잡은 의자가 협보를 보았다.

"위사대를 시켜 병관부 달솔 진재덕, 전내부 덕솔 연기신, 그리고 왕비, 태왕비와 내통한 혐의가 있는 고관을 모두 잡아들여라. 모두 17명이었지?"

"예, 대왕."

협보의 목소리가 떨렸지만 눈빛이 강해졌다.

"대왕, 반항하면 베리까?"

"베어라."

숨을 고른 의자가 말을 이었다.

"너는 내 경호로 남고 부장들을 보내도록 하라. 모두 믿을 만한 자들이겠지?"

"모두 대왕께 목숨을 바칠 무장들입니다. 염려 마시옵소서."

"그럼 그동안에 나는 태왕비가 부르셨으니 가 뵈어야지."

의자가 옷매무새를 가다듬고는 방을 나왔다. 문 앞에서 기다리고 선 후궁 백씨의 어깨를 어루만진 의자가 웃음 띤 얼굴로 묻는다.

"내가 오늘 달라 보이지 않느냐?"

의자는 대답도 듣지 않고 몸을 돌렸다.

"오, 왔느냐?"

의자의 절을 받은 태왕비 선화공주가 잔잔한 표정으로 맞는다.

"어마마마 부르셨습니까?"

절을 하고 머리를 든 의자는 태왕비 옆에 앉아 있는 왕비 교지를 보았다. 의자가 절을 하는 사이에 옆으로 온 것 같다. 시선이 마주쳤을 때 교지가 눈웃음을 쳤다. 그 순간 의자의 심장 박동이 빨라졌다. 아름답다. 교지의 나이도 42세, 20대 자식이 있는 나이지만 나이가 들수록 더 요염해진다. 그때 태왕비가 의자에게 물었다.

"대왕, 서부 수군항의 항장 이하 지휘관급 11명이 몰사한 사실을 아느냐?"

"예, 어마마마."

허리를 편 의자가 똑바로 태왕비를 보았다. 부친인 선왕(先王) 무왕도 왕비인 선화공주를 어려워했다. 재색을 겸비한 선화공주는 결단력과 용기까지 갖춘 여장부이기도 하다. 백제왕이 되기 전에 소를 키우던 서동과 결혼할 만큼 과단성이 있다고 봐도 될 것이다. 부친인 진평왕이 시켰다고 따르는 성품이 아니다. 태왕비의 눈빛이 강해졌다.

"그럼 그 극악무도한 범인이 한산성주이며 수군항 항장을 겸임하게 된 덕솔 계백인지도 알겠구나?"

"처음 듣습니다."

놀란 의자가 눈을 크게 떴다.

"신라 자객들의 소행이란 보고를 듣고 한산성주 계백에게 시급히 자객단을 잡으라는 전령을 보낸 참입니다. 도대체 누구한테서 들으셨습니까?"

"수군항에서 밀사가 왔었다."

"저에게 밀사가 오지 않았습니다."

"나에게 왔다."

"어마마마께 밀사가 오다니요?"

의자의 목소리가 높아졌다.

"임금을 젖혀 놓고 태왕비께 밀사가 갔다는 말씀입니까?"

"대왕."

태왕비가 불렀지만 의자가 벌떡 일어나서 소리쳤다.

"위사장!"

"예, 대왕."

청 밖에서 다 듣고 있던 위사장 협보가 금방 소리쳐 대답했다. 의자가 다시 소리쳐 지시한다.

"서부 수군항에서 태왕비께 온 밀사는 신라 첩자가 분명하다. 그놈은 나와 태왕비 마마의 사이를 이간질시키려는 목적으로 온 것이다."

"예, 대왕."

"태왕비 마마 전을 샅샅이 뒤져서 찾으라."

"예, 대왕."

"태왕비전과 왕비전을 위사로 물샐틈없이 포위하고 외인의 입출을 금한다."

"예, 대왕."

"찾지 못하면 시녀들을 잡아 한 년씩 목을 베어라. 그러면 누군지 밝혀질 것이다. 알았느냐!"

"예, 대왕."

그때 의자가 어깨를 늘어뜨리면서 태왕비를 보았다. 왕비 교지에게 는 시선도 주지 않는다.

"태왕비 마마, 심려하지 마시옵소서. 오늘 중으로 첩자를 찾아낼 것 입니다."

"대왕."

의자의 말 한마디가 끝날 때마다 얼굴이 굳어졌던 태왕비가 겨우 불 렀지만 곧 입을 다물었다. 사태를 짐작한 것이다. 의자가 태왕비를 향 해 머리를 숙여 절을 했다.

"태왕비 마마, 옥체를 보중하시옵소서."

"……."

"긴 세월이었습니다, 태왕비 마마."

허리를 편 의자가 번들거리는 눈으로 태왕비를 보았다.

"소자도 30여 년을 인내하고 있습니다, 마마."

두 번째 시녀의 목에 칼을 대었을 때 비명처럼 말이 터져 나왔다.

"수군항 궁수장 대덕입니다!"

왕비전의 시녀 단월이다. 위사장 협보가 칼을 단월의 목에서 떼었다 가 다시 붙이면서 물었다.

"지금 그놈이 어디 있느냐?"

"조금 전까지 다리가 아프다면서 부식 창고 옆방에 있었습니다!"

"잡아라!"

협보가 소리치자 위사들이 달려갔다. 내궁 마당에 피비린내가 진동 했다. 햇빛이 환한 사시(오전 10시) 무렵, 마당에는 방금 목이 잘린 왕비 전 시녀의 시체가 처참한 모습으로 누워 있다. 구석에 잡아놓은 시녀들

278

은 50여 명이나 된다. 주위를 위사들이 칼을 빼든 채 둘러서 있어서 흉
흉한 분위기다. 잠시 후에 달려갔던 위사들이 대덕 종해를 끌고 마당으
로 들어섰다. 대덕은 반항을 했는지 얼굴이 피투성이다.

"덕솔, 도망치려는 것을 잡았습니다."

위사부장이 보고했다. 머리를 끄덕인 협보가 지시했다.

"그놈을 마당에 꿇려라. 곧 대왕을 모시고 나오겠다."

협보는 종해의 얼굴을 보지도 않고 몸을 돌렸다. 그로부터 한식경쯤
이 지났을 때 의자가 대왕전의 청에서 문무 관리들을 내려다보면서 말
했다.

"내궁(內宮)에 신라 첩자가 들락거렸기 때문에 그와 연관된 역적 무
리를 토벌했다."

모두 숨을 죽였고 의자의 목소리가 이어졌다.

"병관부 달솔 진재덕, 덕솔 연기신 등 17명을 위사대가 잡아 처형했
고 그 가족은 종으로 배분될 것이며 재산은 몰수한다."

단하의 성충, 흥수 등은 의자의 시선을 받지 못했다. 곧 생모(生母)인
태왕비와 왕비에 대한 조처가 내려질 것이기 때문이다. 의자가 말했다.

"신라 첩자가 태왕비와 왕비전을 들락거렸다는 증거가 있다. 지금
잡아놓은 서부 수군항 대덕 종해가 자신이 첩자이며 태왕비와 왕비의
지시를 받아 왔다고 자백을 했다."

"……."

"증거가 확실한 바 태왕비전을 봉쇄하고 왕비는 폐비함과 동시에 궁
안에 감금한다. 둘은 악의 근원이었다."

청 안에는 숨소리도 들리지 않았다. 그때 성충의 목소리가 무거운
정적을 깨뜨렸다.

"대왕, 대왕께 이렇게 수족을 자르시는 고통을 드린 죄를 제가 받겠습니다."

의자가 눈만 크게 떴고 성충이 말을 이었다.

"신하로서 사전에 일을 막지 못한 죄를 소신이 받겠습니다."

"당치 않은 말이다."

혀를 찬 의자가 쓴웃음을 지었다.

"다 내가 우유부단하게 질질 끌어왔기 때문이다."

"대왕, 신하들의 우두머리인 상좌평이 그 책임을 져야 합니다."

"난국에 상좌평이 공석이면 되겠는가? 입을 다물어라."

의자의 목소리가 높아졌다.

"임금이 지은 죄를 왜 신하가 받느냐? 임금이 뼈를 깎아내는 고통을 받아야 한다."

"대왕."

"지금은 내부 수습이 시급하다, 상좌평."

의자가 정색하고 성충을 보았다.

"신라 첩자들이 그동안 수군항에 집중적으로 도당을 배치했다. 이를 더 색출하고 수군(水軍)을 예전의 전력으로 되살리는 것이 상좌평 그대가 할 일이다."

의자의 논리정연함이 되살아났다. 의자는 결코 혼군(昏君), 폭군이 아니다.

"대선 5척, 중선 7척, 쾌선(快船) 18척을 보유하고 있습니다."

나솔 윤진이 대선 위에서 계백에게 설명했다. 수군항의 전력을 말한다.

"대선과 중선, 쾌선으로 진이 되어야 대해로 나갈 수 있지요. 대선 2척, 중선 4척, 쾌선 6척을 1진(陣)이라고 부릅니다."

계백이 머리를 끄덕였다. 예부터 백제는 해상강국이었다. 동성왕 때 대륙의 담로를 적극적으로 개척하면서 수군(水軍)도 양성했기 때문이다. 대선은 길이가 200자(60미터), 폭이 60자(18미터), 높이가 40자(12미터)였고 돛대가 2개, 수부가 20명, 수군을 60명까지 실을 수 있다. 중선은 길이가 150자(45미터), 폭이 40자(12미터), 높이가 25자(7.5미터)이며 돛은 2개, 수부가 12명에 수군 35명을 싣는다. 쾌선은 길이가 100자(30미터), 폭이 20자(6미터), 높이가 15자(4.5미터)인데 수부가 12명, 수군이 20명이다. 수부가 많은 이유는 배 양편에 노가 3개씩 있어서 수부 12명이 저으면 빠르게 달릴 수가 있는 것이다. 윤진이 말을 이었다.

"대선과 중선이 해전(海戰)을 벌이고 쾌선은 연락과 정찰, 또는 기습 역할을 맡았지요. 그러나 요즘 몇 년 동안 대해로 진(陣)을 펼친 적이 없습니다."

"왜 그런가?"

계백이 묻자 윤진이 쓴웃음을 지었다.

"해적선은 3척씩 무리지어 오는 데다 노꾼이 많아서 우리 쾌선보다 빠릅니다. 대해에서 잡지 못하고 놀림감만 되는 바람에 아예 근해만 순시하고 있었습니다."

"방법을 찾지 못했단 말인가?"

"쾌선에 노잡이를 배로 늘리고 대선과 중선에 대궁을 장착하자고 진즉부터 건의했지만 묵살되었지요."

계백이 머리를 끄덕였다. 신라 선박도 백제 연안을 통과할 수밖에 없다. 백제 연안은 대륙과 멀리 인도, 페르시아로 통하는 상로(商路)인 것이다. 다음 날부터 수군항에서는 대대적인 공사가 시작되었다. 선박을 수리하고 한편으로는 수군을 조련했기 때문에 수군항 주변에는 밤이 새도록 불빛이 휘황했다. 병관좌평 겸 상좌평 성충이 수군항에 도착한 것은 공사를 시작한 지 열흘이 되었을 때다. 대선(大船)에 오른 성충이 얼굴을 펴고 웃었다.

"내가 6년쯤 전에 대선을 타고 담로 안남군에 갔었어. 그때 선왕(先王) 마마의 사신으로 갔었는데 도중에 해적선을 만났지."

대선에 장착된 대궁(大弓)을 쓸면서 성충이 말을 이었다.

"그때는 이 대궁이 육지에서 공성전 때 사용한 지 얼마 되지 않았을 때야. 이 대궁만 있었다면 그 해적선을 잡았을 텐데."

"마침 알맞은 나무가 있어서 솜씨 좋은 군사들이 만들 수 있었습니다."

대궁은 길이가 15자(4.5미터), 시위는 삼줄과 가죽을 꼬아 만들었고 화살은 두께가 1치(3센티)에 길이는 12자(3.6미터)다. 화살 끝에 창날이 꽂혔는데 주위에 기름을 넣은 가죽 주머니를 붙여서 쏘도록 했다. 가죽 주머니 끝에는 불이 붙은 심지를 매달아 화살이 박힌 순간에 기름 주머니가 터지면서 불이 붙는 것이다. 육지에서는 공성전에 자주 사용했지만 배에 장착하는 것은 처음이다. 계백이 옆에 선 나솔 윤진을 손으로 가리켰다.

"나솔 윤진이 함선용 대궁을 착안했습니다."

"장하다."

상좌평 성충한테서 칭찬을 받은 윤진의 얼굴이 상기되었다. 대선에는 대궁이 선수에 2대, 선미에 1대가 장착됐고 아래쪽에 노 구멍을 만들고 노를 6개씩 넣었다. 노꾼으로 24명을 충원했지만 공간은 넉넉하다. 중선도 대궁을 2대, 노꾼을 20명, 쾌선은 대궁 1대에 노꾼을 20명으로 늘려서 그야말로 쾌속선이 되었다.

"마마, 소신이 당에 가겠습니다."

김춘추가 말하자 선덕여왕이 시선만 주었다. 청 안에 잠깐 정적이 덮였다. 김춘추는 석 달 전 고구려에 들어가 연개소문을 만나 신라와의 동맹을 제의했다가 오히려 잡혀 죽을 뻔했다. 겨우 도망쳐 나왔지만 신라 조정에서 김춘추를 비난하는 무리는 없다. 진골(眞骨) 왕족으로 구성된 화백회의에서도 김춘추의 용기를 칭찬했다. 이윽고 선덕이 입을 열었다.

"가서 뭘 어떻게 한단 말인가?"

김춘추는 선덕을 보았다. 미인이다. 여왕의 수심에 잠긴 것 같은 눈이 자신을 내려다보고 있다. 즉위 12년, 선덕은 진평왕의 맏딸로 신라에 남은 유일한 성골(聖骨) 왕족이다. 또 하나의 성골은 지금 백제 의자왕의 어머니인 선화공주다. 그러니 의자왕의 부친 무왕(武王)이 신라와의 합병을 꿈꾸지 않았겠는가? 선덕의 다음 차례는 자신의 왕비 선화공주가 될 수도 있었기 때문이다. 신라를 점령하면 신라 백성들은 합병을 자연스럽게 받아들일 것이었다. 그때 김춘추가 대답했다.

"마마, 당 황제께서 고구려와 백제왕에게 친서를 내려 신라를 더 이상 침공하지 말도록 청원하겠습니다."

"이보시오, 이찬."

김춘추 앞쪽에 서 있던 이찬 비담이 나섰다. 비담은 진골 왕족으로 구성된 화백회의의 좌장이다.

"이찬은 모르시오? 이제 바닷길이 막혀서 사신을 싣고 갈 배가 영락

없이 백제 수군에게 나포될 상황이오."

김춘추가 머리를 저었다.

"그렇다고 사신을 보내지 않을 겁니까? 바다는 넓습니다. 피해 가면 됩니다."

"그리고 사신이 간다고 해도 당 황제께서는 청을 들어주지 않으실 거요."

선덕도 단하에서 두 신하가 갑론을박하는 것을 듣기만 했다. 백제에서 첩자가 달려온 것은 열흘 전이다. 백제 서부(西部) 수군항의 항장 이하 지휘관 10여 명이 도륙을 당했고 조정에 잠입시켰던 신라 첩자 13명이 잡혀 처형당한 것이다. 첩자 중 4명은 간신히 신라로 도망쳐 나왔기 때문에 내막을 알게 되었다. 이제 백제 서부 수군항이 백제군의 수중에 들어갔으니 신라 사신이 탄 배 10중 8, 9는 나포될 것이었다. 그때 김춘추가 머리를 들고 선덕을 보았다.

"마마, 소신이 이번에도 목숨을 걸고 당에 가서 청하겠습니다. 이렇게 구석에 박혀만 있다가는 사직을 보존하지 못할 것입니다."

"경의 말이 옳다."

마침내 선덕이 결연한 표정으로 말했다.

"청에 서서 남 탓이나 하고 신세 한탄을 하면 빼앗긴 땅이 돌아오기라도 한단 말이냐?"

선덕의 시선이 비담에게로 옮겨졌다.

"그렇다면 경의 의견을 듣자."

"마마."

"어찌하면 이 난국을 헤쳐 나갈 수 있겠는가?"

"마마, 그것은……."

당황한 비담이 눈을 부릅떴다가 곧 내렸다. 선덕이 이렇게 강경하게 나올 줄은 예상하지 못했기 때문이다. 비담은 여왕 사후(死後)의 왕위 계승 1순위자다. 선덕이 다시 김춘추를 보았다.

"이찬, 곧 떠나라."

"예, 마마."

"백제와 고구려를 견제하지 못하면 당은 곧 등 뒤를 찔려 수나라의 전철을 밟게 될 것이라고 전해라."

"예, 마마."

김춘추는 머리를 숙였다. 그렇게 말했다가는 당장에 목이 잘릴 것이다.

"주인, 마님 모시고 왔습니다."

덕조가 인사를 했을 때는 오시(낮 12시) 무렵, 계백이 수군(水軍) 조련을 마치고 수군항의 진영으로 돌아왔을 때다.

"오, 왔느냐?"

두 달 만에 보는 덕조다. 덕조가 도성에서 고화를 모시고 온 것이다. 도성의 저택이 크고 잘 갖춰진 데다 시장에는 온갖 귀물(貴物)이 넘쳤고 의식주가 편리한데도 고화는 이곳으로 오기를 고집했다. 그래서 마침내 저택에 집 지키는 종만 남겨두고 이곳으로 옮겨온 것이다.

"내가 저녁때 들어간다고 해라."

"예, 주인."

대답한 덕조가 꾸물거리더니 상석에 앉은 계백을 보았다. 정색한 표정이다.

"주인."

"뭐냐?"

"마님이 한 분을 모시고 왔습니다."

"모시고 와?"

그때 덕조가 무릎걸음으로 두 걸음 다가와 앞쪽에 엎드렸다. 청의 마루방에는 둘뿐이다. 계백과 집안 집사인 덕조가 만나는 터라 누가 이상하게 생각하지 않는다. 계백의 시선을 받은 덕조가 목소리를 낮췄다.

"주인, 마님의 친척 행세를 하고 따라왔지만 실은 태왕비 마마의 시녀입니다."

"……."

"태왕비께서 마님께 직접 찾아오셨습니다. 그리고 시녀를 나리께 데려가라고 부탁을 하신 거지요."

"태왕비께서?"

계백은 자신의 목소리가 갈라져 있는 것을 들었다. 태왕비 선화공주는 지금 궁 안에서 연금 상태다. 그러나 변복을 하고 궁 밖으로 나오는 것은 일도 아닐 것이다. 대왕의 모친인 것이다. 가끔 선왕(先王)의 묘에도 가고 사찰에서 불공도 드린다.

덕조가 말을 이었다.

"예, 열흘쯤 전 저녁 무렵에 찾아오셨습니다. 불사에 가셨다가 들렀다고 하셨는데 변복을 하고 계셨지요."

"……."

"그때 시녀 서진을 두고 가셨습니다. 우리가 이곳으로 이전할 것도 알고 계시더군요. 서진을 데려가 나리를 만나게 하라고 부탁하셨습니다."

"……."

"서진을 만나고 나서 대왕께 사실을 말씀드려도 상관하지 않겠다고 하셨습니다."

"괴이하다."

마침내 어깨를 편 계백이 덕조를 보았다. 얼굴에 일그러진 웃음이 떠올라 있다.

"태왕비께서 끝까지 미련을 버리지 못하시는구나."

덕조도 계백의 주도하에 신라 첩자 일당이 소탕되었다는 것을 안다. 그 일에 태왕비와 왕비가 연루되어 둘 다 연금 상태라는 것도 아는 것이다. 덕조가 어깨를 늘어뜨렸다.

"주인, 어쩔 수가 없었습니다. 마님께서도 주인께서 알아서 처리하실 것이라고 하셨습니다."

"……."

"시녀인 서진 님도 주인의 뜻에 따른다고 하셨습니다."

그때 계백이 물었다.

"이 일을 집안에서 누가 아느냐?"

"저하고 마님, 우덕이까지 셋입니다."

"셋이라고?"

"집안 종들은 서진 님을 마님이 도성에서 만난 먼 친척인 줄로 압니다."

"그걸 믿겠느냐?"

"태왕비께서 대갓집 부인 행세를 하고 계셔서 모두 깜박 속았습니다. 시녀 서진 님도 재치가 있으셔서 다른 종들이 모두 마침 친척인 줄 믿습니다."

그때 계백이 자리에서 일어섰다.

"가자."

"나리."

관저로 들어선 계백을 고화가 먼저 맞았다. 얼굴이 상기되었고 웃음 띤 눈이 가늘어졌다.

"오느라고 고생했소."

계백이 부드러운 표정으로 고화를 보았다. 청으로 올라간 계백의 옆으로 고화가 다가서며 물었다.

"들으셨지요?"

"들었소."

청에 앉은 계백에게 가장 먼저 우덕이 와서 인사했다. 반가운지 활짝 웃는다.

"주인 나리, 관직이 오르신 것을 축하드립니다."

"오, 넌 몰라보게 고와졌구나."

계백이 놀란 표정으로 말했더니 고화는 외면했고 우덕은 순식간에 얼굴이 빨개졌다. 덕조와 우덕은 이제 한방을 쓰는 것이다. 청 아래에 서 있던 덕조가 헛기침을 하면서 시치미를 떼었고 우덕은 도망치듯이 청에서 내려갔다. 이어서 남여 종들이 차례로 올라와 계백에게 인사를 했다. 계백과 고화가 나란히 앉아서 인사를 받는다. 이윽고 10여 명의 종들 인사가 끝났을 때 청에는 부부가 남았다. 그때까지 청 아래에 서 있던 덕조가 계백에게 물었다.

"주인, 부를까요?"

"내가 안으로 들어갈 테니 객실로 오라고 해라."

288

태왕비의 시녀 서진을 만나려는 것이다. 계백이 자리에서 일어섰을 때 고화가 말했다.

　"저는 내실에 가 있겠습니다."

　자리를 피해 주겠다는 말이다. 머리를 끄덕인 계백이 안쪽 객실로 들어섰다. 손님을 맞는 방이다. 계백이 자리 잡고 앉았을 때 곧 상민 차림의 여자가 들어섰다. 분홍색으로 물들인 저고리와 남색 바지를 입었는데 얼굴을 본 순간 계백은 숨을 들이켰다. 미인이다, 흰 얼굴, 검은 눈동자, 곧은 콧날과 단정한 입술. 조금 상기된 얼굴로 들어선 여자가 계백에게 무릎을 꿇고 절을 했다. 바닥을 짚은 두 손이 눈부시게 희다. 절을 한 여자가 머리를 들더니 입을 열었다.

　"태왕비 마마의 시녀 서진입니다."

　낮지만 맑고 울림이 있는 목소리다. 계백이 시선만 주었고 여자의 말이 이어졌다.

　"마마께서 저에게 말씀을 전하라고 하셨습니다."

　계백은 보료에 한쪽 팔을 기대고 앉아서 시선만 준다. 머리도 끄덕이지 않는다. 서진이 당황한 듯 두어 번 눈을 깜박였는데 속눈썹이 길어서 창이 닫혔다가 열리는 것 같다. 서진이 말을 잇는다.

　"마마께서는 신라 여왕 마마의 친동생이십니다. 다 아는 사실이나 마마께선 먼저 그것부터 말씀드리라고 하셨습니다."

　"……."

　"그동안 마마께선 언니인 신라 여왕께 자주 연락을 하셨습니다. 이번에 죽은 덕솔 연기신이 갈 때도 있었고 때로는 제가 남장을 하고 다녀오기도 했습니다."

　서진의 목소리는 낮았지만 점점 열기가 띠어졌다. 반짝이는 두 눈이 계백을 응시한 채 떼어지지 않았다.

"선왕(先王)께서는 알고 계셨습니다. 때로는 선왕께서 마마를 통해 신라 여왕께 말씀을 전한 적도 있었습니다."

"……."

"신라 여왕께서 돌아가시면 후사가 없는 터라 태왕비 마마께서 왕위를 이으실 수도 있습니다. 실제로 몇 년 전까지만 해도 신라 여왕과 태왕비 마마께선 그런 약조를 하셨습니다."

계백이 숨을 들이켰다가 길게 뱉었다.

그러고는 처음으로 말을 뱉는다.

"이년, 그것이 가능할 것 같으냐?"

서진이 머리를 들고 계백을 보았다. 눈이 깊은 우물처럼 느껴졌고 계백은 자신의 몸이 그 우물 속으로 빨려드는 느낌을 받는다. 눈을 감았다 뜬 계백이 말을 이었다.

"이년, 요사스러운 말로 홀리려고 드는구나. 멀쩡한 관리들이 대역죄를 범한 이유를 이제 알겠다."

"덕솔께서 저를 죽이셔도 됩니다. 하지만 먼저 이것을 보시지요."

서진이 저고리 안에서 붉은색 비단 주머니를 꺼내더니 안에서 잘 접힌 종이를 꺼내 두 손으로 계백에게 내밀었다.

"태왕비께서 이것을 덕솔께 보이라고 하셨습니다. 6년 전, 신라 여왕이 태왕비께 보내신 편지입니다."

숨을 들이켠 계백이 저도 모르게 손을 뻗쳐 편지를 펼쳤다. 질이 좋은 종이였지만 오래되어서 접힌 자국이 깊다. 안에 글이 적혀 있다.

"내가 신라왕이 된 지 6년, 아직도 전쟁으로 수많은 양국 백성이 고통을 받는구나. 아버님의 뜻이 어서 이루어져서 신라, 백제가 한 나라가 되어야 할 텐데. 동생을 그리는 언니 선덕이 선화에게 보낸다. 선덕 씀."

읽고 나서 머리를 든 계백에게 서진이 말했다.

"그 편지를 선왕(先王)께서도 읽으셨습니다, 덕솔."

계백은 숨만 쉬었고 서진이 말을 이었다.

"그래서 선왕께서는 신라 공격을 삼가시고 신라 여왕의 기반을 굳혀 주시려고 노력하셨습니다. 옥문곡에서 군사를 되돌려 신라 여왕의 계략이 맞도록 만들어 주신 것도 그 때문입니다. 그 후로 신라 여왕의 권위가 살아났지요."

"……."

"그런데 선왕이 돌아가시기 전에 대왕께 그 사실을 말씀드리지 못했습니다. 그래서 대왕께선 즉위하신 후부터 신라를 계속해서 공격하셨지요."

"……."

"나리."

서진이 다시 깊은 물 같은 눈으로 계백을 보았다. 습기가 찬 눈이 번들거리고 있다.

"신라 여왕이 죽으면 뒤를 이을 성골 후계자는 태왕비 마마뿐이십니다. 이제 선왕께서도 극락에 가셨으니 태왕비께서 신라로 돌아가 신라 왕이 되셔야 합니다."

"무엇이?"

계백이 어깨를 부풀리며 물었다. 머리끝이 솟는 느낌이 든 계백이 서진을 노려보았다.

"신라로 가신다고 했느냐?"

"예, 그러나 대왕께서 보내주실 리가 없으니 몰래 가셔야 합니다."

"허어."

쓴웃음을 지은 계백이 옆에 내려놓은 장검의 칼자루를 쥐었다. 눈빛이 칼날처럼 날카로워졌다.

"이년, 단칼에 베어 죽일 테다. 입에서 뱀이 나오는 년이구나."

"지난번에 덕솔 연기신이 신라 여왕을 만나고 왔습니다. 신라는 비담과 김춘추가 왕위를 노리지만 둘 다 왕이 될 그릇이 아니라고 신라왕이 말했다는군요. 만일 태왕비께서 백제를 탈출해서 돌아오시면 후계자로 지명을 받게 되신다는 것입니다."

"나한테 이야기를 해주는 이유를 듣자."

"이곳 수군항을 통해 배를 타고 신라로 들어가는 것이 가장 안전하기 때문입니다."

"내가 이 말을 대왕께 말씀드린다는 것은 예상하고 있겠지?"

"예, 덕솔."

서진이 바로 대답하더니 어깨를 늘어뜨렸다. 계백은 아직도 쥐고 있던 장검을 내려놓았다. 눈동자가 흐려져 있다.

"마마, 부르셨습니까?"

김춘추가 허리를 굽히면서 묻자 선덕여왕이 손을 까닥여 가깝게 오라는 시늉을 했다. 당(唐)에 사신으로 출발하기 이틀 전, 배 5척에 당 황제에게 바칠 서신과 공물도 싣고 고관(高官)들에게 은밀히 줄 선물도 실었다. 사신은 정사(正使)에 이찬 김춘추, 부사(副使)에 잡찬 김문생이 지명되었는데 김문생도 진골 왕족으로 비담 일파에 속한다. 비담이 김문생과 그 수하 6명을 끼워 넣은 것이다. 사신은 35명, 수행하는 장졸들까지 122명이며 공물을 포함한 짐은 130상자나 된다. 그래서 대선(大船) 2척에 중선 1척, 쾌선 2척의 선단을 구성하고 떠나는 것이다.
김춘추가 두 손을 모으고 여왕의 다섯 걸음 앞으로 다가가 섰다. 이 자
리가 최고 관직인 상대등, 이벌찬의 위치다. 청 안에는 여왕 뒤에 시녀
둘만 서 있을 뿐이다. 미시(오후 2시) 무렵, 저택에 있던 김춘추는 여왕
의 부름을 받고 말을 달려온 참이다. 그때 여왕이 더 가깝게 오라는 손
짓을 했다. 긴장한 김춘추가 다시 두 걸음을 떼어 다가갔을 때 여왕이
낮게 말했다.

"더 가깝게 오라."

"예, 마마."

김춘추의 심장 박동이 빨라졌고 다시 한 걸음 다가갔다. 여왕은 미
모다. 결혼도 하지 않은 터라 아직 피부도 윤기가 흐른다. 그때 여왕이
입을 열었다.

"백제 서부 앞바다를 지나게 되겠지?"

"예, 마마."

"매년 그 앞바다를 지났지만 백제 수군과 부딪치지는 않았다. 그 이
유를 알고 있는가?"

김춘추가 목소리를 낮추고 대답했다.

"예, 수군항에 첩자가 있어서 수군의 출항 일정을 알려주기 때문이
아닙니까?"

수군 일정에 대해서는 알지 못했기 때문에 김춘추는 생각나는 대로
대답했다.

여왕이 머리를 저었다.

"아니다. 아예 수군 선단을 띄우지 않아서 신라 함선과 바다에서 부
딪치지 않았다."

김춘추는 눈만 껌벅였고 여왕의 말이 이어졌다.

"그런데 이번에는 백제 수군과 바다에서 만날 것 같다."

"마마, 어찌 아십니까?"

"백제 서부 수군항 항장으로 계백이란 백제 장수가 왔기 때문이다."

"계백이 말씀입니까?"

"그렇다. 그대의 사위와 딸을 죽인 놈 아닌가?"

"예, 마마."

김춘추의 얼굴이 저도 모르게 상기되었다.

"소신을 고구려에서도 능멸한 놈입니다, 마마."

"그대와 전생(前生)에 악연이 있었던 것 같구나."

여왕은 독실한 불교신자다. 전생과 극락을 믿는다. 김춘추가 어깨를 부풀리며 말했다.

"마마, 바다에서 만나 일전(一戰)을 하더라도 당에 가야만 합니다. 나라의 운명이 풍전등화인데 머뭇거릴 수 없습니다."

"내가 그 일 때문에 불렀다."

여왕이 똑바로 김춘추를 보았다. 왕위 계승 문제로 화백회의에서 연일 갑론을박을 해도 여왕은 놔두었다. 시간이 지날수록 여왕의 권위가 떨어지고 있는데도 김춘추도 도와주지 않았다. 당(唐) 황제도 신라는 여왕이 다스리기 때문에 약해진다고 대놓고 사신에게 말할 정도가 되었다. 그때 여왕이 입을 열었다.

"그대의 나라에 대한 충심(忠心)이 기특하구나. 그렇다면 내가 무사히 바다를 건너도록 도와주마."

"이럴 수가 있나?"

294

계백의 말이 끝났을 때 성충이 반쯤 입을 벌리고는 옆에 앉은 홍수를 보았다.

유시(오후 6시) 무렵, 이곳은 도성 중부에 위치한 영빈관 안이다. 오늘도 한산성에서 말을 달려온 계백이 성충과 홍수를 만나고 있다. 계백이 급한 보고를 할 것이 있다고 했더니 성충이 홍수를 데리고 온 것이다. 그때 홍수가 탄식했다.

"허어, 괴이하구나."

성충과 홍수는 외부 12부, 내부 12부로 나뉘어 있는 백제 24개 부(部)의 각각 수장(首長)이다. 성충은 외부(外部)의 수석인 병관부의 좌평이며 5좌평의 수장인 상좌평이니 관리 중 최고위직이다. 홍수는 내부(內部) 12부의 수석인 전내부(前內部)의 장으로 왕명 출납과 인사를 맡는다. 계백은 둘을 함께 만나는 중이다. 계백이 품에서 서전한테서 받은 편지를 꺼내 성충에게 내밀었다.

"이것이 6년 전, 신라 여왕이 태왕비께 보낸 친필 서한이랍니다. 보시지요."

그러자 성충이 편지를 받더니 빨려드는 것처럼 읽는다. 그러고는 숨도 쉬지 않는 것 같은 얼굴로 편지를 홍수에게 넘겨주었다. 홍수까지 편지를 읽는 동안 방 안에서는 숨소리도 나지 않았다. 이윽고 홍수가 머리를 들었을 때 계백이 먼저 말했다.

"그 편지를 선왕(先王)께서는 읽으셨다고 합니다. 그러나 대왕께는 말씀드리지 못했다는군요."

"요사하군."

성충이 겨우 그렇게 말을 뱉었을 때 홍수가 가볍게 헛기침을 했다.

"그렇다면 태왕비께선 신라로 돌아가시겠다는 말씀이신가?"

"그렇습니다, 좌평 나리."

"신라에 가면 여왕의 후계자가 된다는 보장이 있을까?"

"지난번에 연기신이 신라에 갔을 때 여왕한테서 약속을 받았다고 합니다."

"죽은 놈은 말을 할 수 없지."

그때 성충이 어깨를 펴고 말했다.

"궁중에 요괴가 활보하고 있었구나. 큰일이다."

"덕솔, 지금 그년을 잡아놓고 있나?"

다시 흥수가 묻자 계백이 대답했다.

"예, 좌평 나리."

"베어 죽입시다."

불쑥 성충이 말하더니 둘을 번갈아 보았다.

"그럼 태왕비는 끈 떨어진 연 신세가 되어서 궁 안에서 죽든 살든 할 것 아니오? 우선 날개부터 잘라냅시다."

흥수는 숨만 쉬었고 성충의 말이 이어졌다.

"얼마 전부터 궁 안에 여우가 돌아다닌다는 소문이 돌았소. 또 언젠가는 대백제는 안에서 무너지게 될 것이라는 소문도 있었소. 이것이 다 이 여우들 때문이오."

"이보시오, 상좌평."

흥수가 목소리를 낮췄다.

"이제 사건의 근원을 알게 되었으니 현명하게 대처하십시다. 그런데 이 내막을 대왕께 말씀드리는 것이 낫지 않겠소?"

그때 성충이 숨을 들이켜고 나서 말했다.

"태왕비께서 신라 여왕의 후계자가 되어서 신라왕이 된다고 합시다.

그러고서 신라가 백제에 합병될 것 같소?"

계백이 시선을 내렸다. 성충이 과격하지만 지용을 겸비한 무장(武將)이다. 앞을 내다보고 있는 것이다. 흥수가 머리를 끄덕였다.

"신라에 김춘추, 비담 같은 무리가 왕위를 노리고 있는 상황에 태왕비께서 어떻게 견디실지 불안하오."

그러자 성충이 말을 맺었다.

"대왕께 은밀하게 말씀 올립시다."

자시(밤 12시) 무렵, 내궁(內宮) 안은 무거운 정적에 덮여 있다. 방 안 분위기가 무거웠기 때문에 그렇게 느껴졌을 수도 있다. 어둡다. 상석에 앉은 의자왕도 그렇고 성충과 흥수, 계백, 그리고 말석에 시립한 위사장 협보의 얼굴도 납덩이같다. 방금 의자는 계백으로부터 태왕비 시녀 서진의 이야기에다 선덕여왕이 준 편지까지 읽은 것이다. 붉은 색 기둥에 달린 황초 불꽃이 흔들리고 있다. 이곳은 대왕의 침전 옆 대기실, 사방의 문은 굳게 닫혔지만 어디선가 바람이 새어드는 것 같다. 이윽고 의자가 입을 열었다.

"그랬었구나."

탄식하는 것 같다. 의자가 흐려진 눈으로 성충과 계백까지 차례로 보았다.

"그래서 대왕께서 어머니 기를 세워주시려고 애쓰셨구나."

대왕이란 의자왕의 부친인 무왕(武王)을 말한다. 의자가 말을 이었다.

"신라를 복속시켜야 한다고 입버릇처럼 말씀하신 이유가 이것이었다."

"대왕."

297

마침내 성충이 입을 열었다. 눈빛이 강했고 어깨가 부풀려져 있다.

"대왕, 연기신이 여왕의 말을 듣고 왔다지만 믿을 수 없을 뿐만 아니라 신라 내부의 사정으로 보면 불가능한 일입니다. 비담, 김춘추의 세력을 견딜 수 없을 것입니다."

그때 의자의 눈동자에 초점이 잡혔다.

"상좌평, 그대는 신라 여왕을 너무 가볍게 생각하는구나. 당왕(唐王)처럼 여자에 대한 선입견이 있다."

"대왕."

당황한 성충의 얼굴이 조금 붉어졌다. 그렇다. 의자가 부른 당왕(唐王)이란 당 황제 태종을 말한다. 태종 이세민을 의자는 당왕이라고 부르는 것이다. 의자가 목소리를 낮췄다.

"지금까지 신라가 태왕비와 왕비를 부추겨 백제의 내분을 일으켰다면 이제는 백제가 신라 왕가(王家)를 뒤흔들 차례다."

"대왕, 신라인은 교활합니다."

홍수가 나섰다.

"김춘추는 단신으로 고구려까지 다녀온 지용을 겸비한 후계자입니다. 아예 상종을 안 하시는 것이 낫습니다."

"태왕비와 왕비는 보내는 것이 어떨까?"

의자가 자르듯 말하자 방 안에 다시 정적이 덮였다. 이 경우도 예상하고 온 것이다. 덮어 놓고 보고만 할 고관들이 아니다. 그때 홍수가 입을 열었다.

"대왕, 태왕비께서는 선왕이 돌아가신 지 3년이 지났지만 그동안 한번도 그 이야기를 해 주시지 않았습니다."

의자의 시선을 받은 홍수가 말을 이었다.

"그러시다가 이번에 연기신 등 첩자 무리가 색출되자 그때서야 신라 여왕의 친필 서한을 내보이시며 선왕께서도 알고 계셨다는 말씀을 하시는데 믿음이 가지 않습니다."

홍수의 말을 성충이 받았다.

"대왕, 지금 태왕비 마마를 돌려보내지 마시고 신라에 세력을 굳힐 때까지 기다리시는 것이 낫습니다."

"……."

"그리고 신라 여왕이 어떤 복안으로 태왕비 마마를 후계자로 만드실지도 알아야 될 것입니다."

"과연, 그대들 말이 옳다."

의자의 얼굴에 쓴웃음이 떠올랐다.

"내 어머니가 신라왕이 된다면 좋은 일이지. 선왕께서 이루지 못하신 꿈이었으니까."

머리를 돌린 의자가 계백을 보았다.

"덕솔, 네가 잡아두고 있는 그 시녀를 놓치지 마라. 난 여기서 둘을 놓치지 않을 테니."

출항 엿새째, 그동안 바다는 잔잔해서 남서풍을 탄 5척의 함대는 순항했다. 쾌선은 노를 젓지도 않았고 대선(大船)의 앞뒤로 오가면서 심부름을 했다. 함대는 백제령에 들어가 해안을 우측에 두고 북상하는 중이다. 이틀 후면 대양(大洋)으로 나간다. 대륙과 반도 사이의 대양은 폭풍이 잦아서 겨울철에는 위험하다. 다행히 지금은 8월, 함대는 긴장을 풀지 않은 채 북상하고 있다. 대양을 건너려면 순풍을 만나도 보름은 걸린다. 바람이 없거나 역풍을 만나면 한 달이 걸릴 때도 있다.

"잡찬, 선장한테 속력을 더 내라고 이르게."

미시(오후 2시) 무렵, 선미에 선 김춘추가 부사 김문생에게 일렀다. 김문생은 28세, 진골 왕족인 덕분으로 3품 잡찬 직위에 종을 1백 명이나 소유한 부호였는데 상대등 비담의 일족이다. 김문생이 대답도 없이 몸을 돌렸을 때 뒤쪽에 서 있던 시위군관 유해성이 말했다.

"나리, 경호장 김배선이 데리고 온 군관 6명 중 4명이 전에 데리고 있었던 자들입니다. 심복들이지요."

"놔둬라."

쓴웃음을 지은 김춘추가 힐끗 앞쪽을 보았다. 그렇다면 군사 태반이 비담의 무리인 셈이다. 김배선은 비담이 신임하는 장수였기 때문이다. 입맛을 다신 유해성이 말을 이었다.

"부사(副使) 이하 경호장, 군관들까지 모두 상대등 나리의 일파인 것을 여왕께서 아시는지 모르겠소."

"아시겠지."

"그렇다면 차라리 상대등을 사신으로 보내실 것이지. 도대체……"

그때 왼쪽 난간에 서 있던 김춘추의 아들 김법민이 손으로 바다를 가리켰다.

"저기 배가 옵니다."

"무엇이?"

놀란 김춘추가 그쪽을 보았다. 맑은 날씨다. 푸른 하늘과 파란 바다가 맞닿은 대양(大洋)의 수평선을 김법민이 가리키고 있다.

"어디 말이냐?"

"저쪽입니다. 두 척인데요."

"어허, 내 눈에는 보이지 않는다."

유해성도 눈썹 위에 손바닥을 붙이고 보다가 이맛살을 찌푸렸다.

"소인도 안 보이는데요."

"젊은 놈이 시력이 좋은 거냐?"

김춘추가 아직 17살인 김법민을 놀리듯이 말했다. 김법민도 이번에 사신단에 끼어 있는 것이다. 견문을 넓혀 주겠다고 참가시켰는데 비담은 이의를 제기하지 않았다. 그때 앞쪽에서 선장의 외침이 울렸다.

"배다! 전함이다!"

놀란 김춘추가 그쪽으로 다가가며 소리쳐 물었다.

"어디 전함이냐?"

김춘추의 얼굴은 찌푸려져 있다. 그때 선장이 손으로 앞쪽을 가리켰다.

"백제 전함이오! 이쪽으로 옵니다!"

선장의 손끝을 본 김춘추가 숨을 들이켰다. 이제는 보인다. 김법민이 잘 보았다. 2척, 돛대가 2대인 것도 보인다.

"원진을 만들어라!"

김춘추가 탄 대선의 선장이 선단의 대장 노릇을 한다. 선장이 소리치자 기수가 깃발을 흔들었고 곧 북소리가 바다 위로 퍼져갔다. 그때는 5척의 배가 모두 다가오는 백제선을 본 터라 금방 대열 정돈이 시작되었다.

"궁수는 우측 측면으로!"

선장이 다시 소리쳤다. 해전(海戰)의 시작은 궁수가 한다. 불화살과 화살로 일제 사격을 한 후에 배를 붙여 백병전이다.

상대가 대선 2척뿐이라는 것에 신라군은 사기가 올랐다. 이쪽은 정예로 5척이다.

계백이 옆으로 비스듬히 지나가는 신라 선단을 보았다. 거리는 1천 보 정도.

"덕솔, 신라 사신선(使臣船)이오!"

옆에 선 장덕 백용문이 소리쳤다.

"앞쪽 대선(大船)에 사신이 탔을 것입니다!"

백용문의 목소리는 흥분으로 떨렸다. 어부가 대어(大魚)를 본 것이나 같다. 계백이 선장에게 지시했다.

"전속으로 접근하라!"

그 순간 북이 울리더니 전선의 아래쪽 좌우 덮개가 열리면서 노가 6개씩 빠져나왔다. 그러고는 북소리에 맞춰 노꾼들이 노를 젓기 시작했다. 더구나 돛은 바람을 가득 먹고 부푼 상태다. 신라 대선은 하물을 잔뜩 싣고 있는 데다 노가 없다. 거리는 순식간에 좁혀졌다. 8백 보, 7백 보, 6백 보, 그때 계백이 소리쳤다.

"노를 멈춰라!"

북소리와 함께 노가 일제히 올라가자 원진을 만들고 나아가던 신라 선단과의 거리가 5백 보 정도에서 좁혀지지 않았다. 백용문이 앞쪽을 응시한 채 말했다.

"5척이 모두 이쪽에 측면을 보이고 늘어서서 항진합니다. 측면에는 모두 궁수가 배치되어 있습니다."

그렇다. 계백의 눈에도 정연하게 늘어선 궁수들이 보였다. 모두 2백여 명, 2백여 대의 화살이 일제히 날아오면 위력적이다. 거기에다 불화살까지 날릴 것이다. 이쪽 2척의 전함에는 병사 80여 명이 타고 있을 뿐이다. 그때 계백이 백용문에게 지시했다.

"앞쪽 대선 한 척만 빼고 나머지는 모두 격침시켜라."

"예, 덕솔."

기운차게 대답한 백용문이 소리쳤다.

"2번선(船)에 연락해라! 2번선은 적함 4번째 5번째를 격침시켜라! 1번 선에서 쏘는 것을 신호로 사격하라!"

2번선과의 거리는 1백 보 정도였으므로 깃발과 고함 신호로 명령이 하달되는 동안 신라 선박은 반월형으로 둥글게 포진한 채 나아가고 있다. 지금 백제 전함 2척은 반월형 진에서 5백 보 거리를 유지하면서 좌측으로 따라가는 중이다. 그때 준비가 된 1번선에서 백용문이 소리 쳤다.

"사격!"

그 순간 우측 갑판으로 옮겨놓은 2대의 대궁(大弓)에서 화전(火箭)이 날아갔다. 거대한 불화살이다. 창날 밑에 감긴 아이 머리통만 한 가죽 주 머니에는 기름이 들었고 심지에는 이미 불이 붙었다. 먼저 발사한 2대 의 화전이 5백 보를 날아가는 동안 다시 화전이 장착되었다. 1번전(箭)이 떨어진 것을 보고 각도를 조절하려는 것이다. 그때 2대의 화살 중 1대가 신라 전선의 2번선에 명중되었다.

"와앗!"

배 안에서 함성이 울렸다. 화전은 2번선 돛대 밑에 박히더니 불기둥 이 솟아오른 것이다. 화전 하나는 옆쪽 바다에 떨어졌다.

"다시 사격!"

백용문이 발을 구르며 소리친 순간 백제 2번선에서 화전이 날아갔 다. 2개의 불덩이가 날아가는 것 같다.

"잘 겨냥해라!"

"와앗!"

옆쪽 2번선에서 함성이 울렸다. 2번선에서 쏜 화전 2대가 그대로 신라선 4번선에 명중된 것이다. 그때 다시 1번선에서 화전이 날아갔다. 이번에는 3대가 날아간다. 선미에 장착된 화전까지 옮겨와 발사한 것이다. 신라군은 당황한 기색이 역력했다. 반월형 진(陣)이 흐트러지더니 쾌선 1척은 뒤로 숨는다. 그때 다시 함성이 울렸다. 이번에는 다 맞혔다.

"앗! 부선(副船)이 넘어가오!"

부사 김문생이 소리쳤지만, 김춘추는 숨을 죽인 채 대선(大船)인 부선이 화염에 휩싸인 채 한쪽으로 기울어지는 것을 보았다. 백제 전함은 화전뿐만 아니라 포차까지 싣고 있어서 날아온 어른 머리통만 한 돌덩이들이 배를 부쉈기 때문이다. 공격을 받은 지 한식경밖에 지나지 않았다. 백제 전선(戰船) 2척은 교활한 범이었다. 5백 보 거리에서 더 이상 좁혀 오지 않은 채 화전과 돌덩이를 날려 불을 지른 배를 가차 없이 부쉈다. 이쪽은 궁수가 대기하고 있었지만 속수무책이다. 김춘추가 탑승한 정선(正船)이 기를 쓰고 백제선에 접근했지만, 그쪽은 대선에도 노가 12개나 있어서 이쪽을 가볍게 떼어놓았다. 발을 굴렀지만 맨 처음에 병사들을 태운 중선(中船)이 먼저 침몰했고 이어서 쾌선 2척이 차례로 부서지더니 바다에서 사라졌다. 그러고서 대선 중 한 척인 부선(副船)이 침몰한 것이다. 부선에는 정사(正使)와 부사(副使)를 제외한 사신단 관리들이 다 타고 있었다.

"대감!"

다급해진 김문생이 김춘추를 불렀다.

"놈들이 다가옵니다!"

304

김문생의 얼굴이 누렇게 굳어져 있다. 배 안은 금방 공포 분위기에 휩싸였다. 부선은 2백 보쯤 앞에서 옆으로 잔뜩 기운 채 불덩이가 되어 있다. 바다 위에는 뛰어내린 수군, 병사, 관리들이 가득 차 있었지만 구해낼 엄두도 내지 못하는 상황이다. 김춘추는 2척의 백제 전함이 천천히 다가오는 것을 보았다. 거리가 처음으로 4백 보 정도까지 좁혀졌다. 지금까지 김춘추가 탄 정사선(正使船), 즉 정선은 단 한 대의 화살도 맞지 않았다. 백제선은 다른 4척만 공격했던 것이다.

"대감!"

김문생이 다시 소리쳐 불렀을 때 김춘추가 머리를 돌려 노려보았다.

"잡찬, 그대라면 어떻게 하겠느냐?"

"예에?"

"너도 3품 고관이며 부사 아닌가? 이때 어떻게 하는 것이 낫겠는가?"

"대감, 그, 그것은……."

"말해보라!"

이제 김춘추 옆으로 김법민과 유해성, 경호장 김배선까지 모여들었다. 그때 백제 대선 2척은 2백 보 거리까지 다가왔다. 이쪽에서 활을 쏠 준비를 해야 한다. 그러나 아무도 대적하려 하지 않고 군사들은 우왕좌왕한다. 모두 김춘추와 김문생을 번갈아 바라보고 있다. 김춘추의 시선이 경호장 김배선에게 옮겨졌다.

"경호장, 배에 군사가 얼마 남았느냐?"

"예, 50여 명입니다."

"백제선은?"

"예, 1백인은 넘을 것이오."

"네 의견을 듣자, 싸워야겠느냐?"

"모, 모르겠습니다."

"모르겠다니! 이놈!"

"소인은 싸우라면 싸웁니다!"

그때 화전 하나가 날아왔다. 가까운 거리여서 배에서 외침 소리가 나자마자 화전이 돛대 옆에 박히면서 기름이 사방으로 번졌다. 김춘추는 숨을 들이켰다. 백제군은 화전에 불을 붙이지 않고 기름만 매달고 쏜 것이다. 시위를 했다. 그때 백제 대선 한 척이 빠르게 다가오더니 앞쪽을 가로막았다. 그러고는 선미에서 외치는 소리가 울렸다.

"신라선은 멈춰라! 불에 태워 수장시키기 전에 멈추는 것이 나을 것이다!"

목소리가 커서 배 안의 신라인은 다 들었다. 다시 백제인이 외쳤다.

"신라 사신선(使臣船)의 정사(正使)에게 말한다! 개죽음하지 않으려면 지금 당장 돛을 내려라!"

신라선에서 백기(白旗)가 올랐을 때는 3번째 화전이 갑판에 박혔을 때였다. 그것을 본 앞쪽 백제선에서 목청 큰 병사가 소리쳤다.

"모두 갑판에 나와 무릎을 꿇고 앉아 있어라!"

이제 백제선은 신라선의 좌우로 50보 거리까지 다가왔는데 배 크기는 비슷했지만 2층 누각이어서 10자(3미터)는 더 높았다. 누각에서 10여 명의 궁수가 활을 겨누고 있다. 계백은 신라인들이 갑판 위로 모여들더니 하나씩 무릎을 꿇는 것을 보았다. 항복하고 있는 것이다. 신라 사신선(使臣船)을 잡았다. 배 안의 장졸들은 기쁨에 넘쳐 웃음이 터질 것 같은 얼굴이 되어 있다. 그때 계백의 지시를 받은 목소리 큰 병사가 다시 소리쳤다.

"무기는 모두 한곳에 모아 놓아라. 무기를 소지한 자는 가차 없이 베어 죽일 것이다!"

배가 흔들리면서 신라 전선에 점점 붙여졌다. 좌우에서 다가가고 있는 것이다. 거리는 이제 20여 보로 가까워져서 양측의 얼굴까지 다 보인다. 누각 위에 서 있던 계백은 갑판에 무릎을 꿇고 있는 신라인을 훑어보았다. 2층 맨 뒤쪽에 서 있는 고관(高官)의 얼굴로 시선이 옮겨졌다. 그 순간 계백이 숨을 들이켰다. 청색 바탕에 금박을 입힌 관복 차림의 사내, 낯이 익은 얼굴이다. 어디서 보았던가? 그 순간 계백의 눈빛이 강해졌다. 저 해사한 용모, 짙은 눈썹과 단정한 입술, 잘 다듬어진 콧수염과 턱수염, 바로 김춘추 아닌가? 그때 배가 신라 배와 부딪치면서 흔들렸다. 수군들이 익숙한 솜씨로 배를 묶고 병사들은 뱃전을 뛰어넘어 신라 배로 옮겨갔다. 앞장을 선 백용문은 장검을 치켜들고 있다. 잠시 후에 신라인은 모두 묶여서 갑판 위에 꿇려졌고 배 안의 수색까지 끝냈다. 계백의 지시에 따라 김춘추는 묶이지 않고 뒤쪽에 서 있다. 바다 위에 3척의 대선(大船)이 나란히 묶여서 머물고 있다.

유시(오후 6시) 무렵, 어느덧 서쪽 수평선 위쪽에 태양이 걸렸고 바다는 은빛으로 반짝였다. 그때서야 계백이 백제선에서 신라선으로 넘어왔기 때문에 주위가 조용해졌다. 거침없이 다가간 계백이 김춘추의 다섯 걸음 앞에서 멈춰 섰다. 계백이 신라선으로 넘어온 순간부터 김춘추는 시선을 주고 있던 참이었다. 김춘추는 숨까지 멈춘 것처럼 미동도 하지 않고 계백을 바라보는 중이었다. 계백이다. 김춘추에게는 철천지원수, 대야성에서 사위 김품석을 죽이고 딸을 자결하도록 만든 원수, 거기에다 고구려에서는 고구려 관리로 위장하고 자신을 조롱하지 않앗던가? 그리고 이제 당에 사신으로 가는 길을 가로막고 포로로 잡았다. 그때 계백이 입을 열었다.

"김춘추 공이 아니신가?"

"계백 공이시군."

김춘추가 바로 말을 받는다. 눈빛이 순식간에 풀리면서 어깨가 늘어졌다. 과연 수전산전 다 겪은 신라의 기둥이다. 계백의 얼굴에 웃음이 떠올랐다.

"김 공하고는 인연이 깊소."

"과연 그렇습니다."

머리를 끄덕인 김춘추가 말을 이었다.

"고구려에서는 고구려 관복을 입으셨길래 고구려에 투항하신 줄 알았소."

"그때 신라를 고구려에 바치려고 오셨다가 일이 풀리지 않으셨지요? 지금은 당에 바치려고 가시는 길입니까?"

"계백 공이 서부 수군항장이 되셨다고 해서 가는 길에 만날 수 있을 것 같다는 생각을 했소."

"과연 신출귀몰하시는 분이시오."

그때 김춘추가 가슴에서 붉은색 비단에 싸인 서찰을 꺼냈다.

"이것을 받으시오."

김춘추가 비단으로 감싼 서찰을 내밀면서 말했다.

"여왕께서 보내신 서찰이오."

"나한테?"

계백이 눈을 크게 뜨면서 웃었다.

"신라 여왕이 개구리 울음소리를 듣고 백제군의 침입을 알았다고 하더니 과연 그 신하에 그 여왕이구려."

그러면서도 계백이 서찰을 받았다. 배 안의 모든 시선이 계백과 계백이 쥔 서찰로 모였다. 심지어 부사(副使) 김문생도 이쪽을 주시하고 있다. 그때 계백 옆으로 나솔 윤진이 다가왔다. 윤진은 손에 장검을 쥐고 있었는데 두 눈이 번들거렸다.

"덕솔, 궁금하오. 그 편지를 보시지요."

그때 계백이 웃음 띤 얼굴로 말했다.

"내가 신라 여왕이 바라는 대로 할 필요가 있겠는가? 나중에 읽겠다."

머리를 돌린 계백이 김춘추를 보았다.

"이제는 내가 수군항에서 김 공을 대접하겠소. 백제로 돌아갑시다."

김춘추는 대답하지 않았고 계백이 윤진에게 지시했다.

"수군항으로 돌아가세."

여왕의 편지를 급하게 읽을 필요는 없는 것이다. 곧 북이 울렸고 활기찬 수군들의 부르고 답하는 소리가 들리더니 세 척의 대선이 나란히 움직이기 시작했다. 나포한 신라 대선에는 계백이 올라 대장선(大將船)이 되었다. 생포한 신라 관인과 병사, 수군은 65인이 되었는데 다른 4척의 신라선은 침몰했고 그 배에 탔던 신라인은 모두 죽었다. 계백은 김춘추와 아들 김법민을 제외한 나머지 신라인을 모두 묶어서 선창에 가두었고 발에 족쇄까지 채워 놓았다. 선창 감옥은 배 밑바닥인 데다 올라오는 출구는 1개뿐이다. 갑판 위 2층 누각에는 계백과 나솔 윤진, 장덕 백용문까지 셋이 둘러앉아 있었는데 김춘추 부자는 선미 쪽 창고에 가둬 놓았다.

"덕솔, 김춘추가 여왕의 편지를 내민 순간에 온몸에서 소름이 돋아났소. 여왕 자매는 귀신이 붙은 모양이오."

윤진이 말하자 계백이 쓴웃음을 지었다.

"내가 담로에 있을 때 당(唐)의 장수 하나가 귀신을 부린다는 소문이 났어. 그놈이 나타나기 전에는 꼭 불이 났네."

둘의 시선을 받은 계백이 빙그레 웃었다.

"다음 날 그놈이 나타나면 군사들이 겁을 먹었지. 그래서 그놈 소문이 화귀(火鬼)였네."

"그놈이 미리 불을 질렀군요."

백용문의 말에 계백이 머리를 끄덕였다.

"미리 군사를 시켜 나타날 곳에 불을 지른 것이지. 난세에는 민심이 불안해서 쉽게 흔들리는 법이야."

"그래서 그 화귀는 어떻게 되었소?"

윤진이 묻자 계백이 쓴웃음을 지었다.

"불을 지른 곳에 매복하고 있다가 활로 쏘아 잡았네. 그래서 화귀(火鬼)가 제가 죽을 곳을 미리 알려준 셈이 되었지."

"여왕의 편지는 언제 읽으실 것입니까?"

"이 편지가 바로 화귀의 불일세."

가슴에 든 비단 보자기를 꺼낸 계백이 앞에 놓인 탁자에 놓았다. 그러고는 윤진과 백용문을 번갈아 보았다. 웃음 띤 얼굴이다.

"병사 둘을 이 비단 보자기 경비로 세우고 하루 3교대를 시키게. 수군항에 도착하면 병사들이 이 비단 보자기를 함에 넣고 청으로 옮기라고 하게."

"알겠습니다."

윤진이 얼굴을 펴고 웃었다.

"여왕이 화귀였소. 김춘추는 불을 지르려고 온 화귀의 부하였고."

그때 계백이 정색하고 말했다.

"저 편지는 대왕이 계신 자리에서 읽어야 돼."

<2권에 계속>